A KNIGHT OF THE SEVEN KINGDOMS

A KNIGHT OF THE SEVEN KINGDOMS
七王国的骑士

[美] 乔治·R.R.马丁 著
屈畅 赵琳 译

重庆出版社

版贸核渝字（2013）第264号

图书在版编目（CIP）数据

七王国的骑士 / (美) 马丁著; 屈畅, 赵琳译.
—重庆 : 重庆出版社, 2014.1
ISBN 978-7-229-07197-4
Ⅰ. ①七… Ⅱ. ①马… ②屈… ③赵… Ⅲ. ①长篇小说—美国—现代
Ⅳ. ①I712.45
中国版本图书馆CIP数据核字(2013)第278694号

七王国的骑士
QI WANGGUO DE QISHI
[美] 乔治·R.R.马丁 著 屈 畅 赵 琳 译

联合统筹：重庆史诗图书信息咨询有限公司
责任编辑：邹 禾 唐弋淄
装帧设计：谢颖设计工作室
封面图案设计：罗 烜
责任校对：刘 艳

重庆出版社 出版

重庆市南岸区南滨路162号1幢 邮政编码：400061 Http://www.cqph.com
重庆出版社有限责任公司品牌设计分公司 制版
重庆市鹏程印务有限公司 印刷
重庆出版社有限责任公司 发行
邮购电话：023-61520656

开本：880mm × 1230mm 1/32 印张：8.75 字数：230千
2014年1月第1版 2026年4月第8次印刷
ISBN 978-7-229-07197-4
定价：45.00元

如有印装质量问题，请向重庆出版社有限责任公司调换：023-61520678

前情提要：

——从维斯特洛的蒙昧时代到《七王国的骑士》

维斯特洛大陆是《冰与火之歌》外传《七王国的骑士》和《冰与火之歌》正传七卷故事的发生地，它是一片幅员辽阔的大陆，从漫漫的多恩红沙到霜雪之牙的冰封山脊，风云变幻，气象万千。维斯特洛的东西南三面都被茫茫大海隔开，拥有得天独厚的地理条件，在这里也发展出了已知世界中最完备的骑士文化。

维斯特洛已知最早的智慧居民乃是“森林之子”，他们生活的时代被称为“黎明之纪元”。这个种族身高不高，习惯在大森林里安家，还在苍白如骨的鱼梁木树干上刻出奇怪的人脸。无数个世纪后，上古人类“先民”入侵了维斯特洛，他们是通过陆桥从东方更辽阔的厄斯索斯大陆渡海而来的。凭借青铜剑和马，先民与森林之子进行了数百年的战争，但到最后，两个古老的种族之间达成了和平，先民转而信仰了森林之子崇拜的那些无名古神。他们的和平开启了“英雄之纪元”，在这个纪元里，先民和森林之子分享维斯特洛大陆，上百个小王国建立、兴旺而后衰落。

但其他侵略者终于到来。几千年后，安达尔人乘船横渡狭海，用铁与火横扫先民的诸王国，将森林之子赶出森林，砍倒了无数鱼梁木。他们还带来自己的信仰——一个一体七面的神，其标志是七芒星。只是在遥远的北境，在临冬城史塔克家族的领导下，先民们才挡住了侵略者。志得意满的安达尔侵略者建立起他们自己的众多王国，森林之子日益减少、终至消失，而先民与征服他们的安达尔人互相通婚，血脉逐渐融合在了一起。

又过了数千年，洛伊拿人也渡海而来，但他们不是作为侵略者，而是战争的难民。为了逃避强大的瓦雷利亚自由堡垒的不断扩张，洛伊拿民族被迫万船横渡狭海。当时，瓦雷利亚自由堡垒统治了大半个已知世界，瓦雷利亚人是知识渊博的巫师，而且，在人类所有的民族中，只有他们懂得如何培育巨龙，并让巨龙服从他们的愿望。在《冰与火之歌》开始之前四百年左右，也就是在伊耿征服大约一百年前，末日浩劫突然降临了瓦雷利亚，一夜之间就摧毁了这座伟大的城市。随后，庞大的瓦雷利亚帝国分崩离析，在世界各地，蛮族入侵，战火连绵。

维斯特洛由于有狭海阻隔，幸运地躲过了瓦雷利亚崩溃后的混乱。当时，整片大陆上的几百个国家经过若干个世纪的兼并战争，合并为了北境王国、凯岩王国、河屿王国、山谷王国、风暴王国、河湾王国和多恩领这七个王国，也就是俗称的“七大王国”。但七国分立的局面并未维持多久，有一支瓦雷利亚人的后裔——坦格利安家族——盯上了维斯特洛。在《冰与火之歌》开始之前三百年左右，伊耿·坦格利安带着他的两个姐妹（同时也是他的妻子，因为坦格利安家族按照瓦雷利亚的传统，实行族内兄妹通婚）、一支小军队和三头魔龙在黑水河口登陆。伊耿和他的姐妹们骑在魔龙背上，赢得了一场又一场胜利，用烈火、利剑和条约征服了七大王国中的六个。然后这位征服者收集起被打败的敌人们的剑，用龙焰将其融化后，打造出高耸到怪诞的程度并布满倒刺的铁椅子——铁王座，作为自己君临天下的象征。

就这样，伊耿成为了伊耿一世，安达尔人、洛伊拿人和先民的国王，七国统治者暨全境守护者。

伊耿和他的姐妹们所建立的坦格利安王朝，是维斯特洛历史上第一个大一统王朝，在《冰与火之歌》开始之前，这个王朝一共统治了维斯特洛大陆二百八十三年之久（统治期从伊耿历1年到伊耿历283年，伊耿历以伊耿建立坦格利安王朝为元年），后为劳勃·拜拉席恩建立的拜拉席恩王朝所取代。伊耿历190年，伊耿的后人

"贤王"戴伦二世，通过将自己的妹妹丹妮莉丝嫁与多恩领亲王马伦·马泰尔（同时，戴伦自己也在多年前娶了多恩公主弥丽亚·马泰尔），从而完成了维斯特洛最后的统一。当时的坦格利安王朝由于半个多世纪前"血龙狂舞"的大内战以及战后余波，已经失去了所有的龙，所以是靠联姻来完成统一的。

然而这段联姻却成为另一场血腥内战"黑火叛乱"的导火线。戴伦二世的父亲"庸王"伊耿四世是维斯特洛历史上屈指可数的好色君王，一生留下了无数私生子女，而他于伊耿历184年亡故之前，将这些私生子女统统划归了正统。伊耿四世的私生子中的长子——也是他所有孩子中的长子——是个人魅力非凡的戴蒙·黑火。戴蒙·黑火的母亲是"受神祝福的"贝勒一世国王（统治期为伊耿历161年—71年）之妹"违命的"戴安娜·坦格利安，戴安娜本是贝勒的王后，但这位主教国王登基之后，出于极度的宗教狂热，拒绝圆房，还把自己的三个妹妹——包括王后在内——统统软禁在红堡中的处女居。戴安娜不甘限制，多次溜出处女居，与堂亲伊耿王子偷情（这位伊耿王子就是后来的伊耿四世，他的元配妻子是妹妹奈丽诗·坦格利安，奈丽诗传说又与他们的弟弟"龙骑士"伊蒙王子相爱，更有人传说戴伦二世实际上是奈丽诗和"龙骑士"伊蒙王子的儿子，而不是伊耿四世的），于是生下了戴蒙·黑火。戴蒙·黑火十二岁命名日那天，在团体混战中表现英勇，战胜了其他十几个侍从，已经当上国王的伊耿四世亲手将坦格利安家族的族剑"黑火"赐予他。戴蒙·黑火长大后武艺高强，名头一时无双，他双亲均是坦格利安王族，而根据谣言，戴伦二世不过是个私生子。再加上戴伦二世将多恩人大量引入君临宫廷，引起大批勋贵领主的不满，于是他们纷纷怂恿戴蒙称王。当时，戴蒙·黑火与戴伦二世的妹妹丹妮莉丝·坦格利安相爱，戴伦为达成统一，却将妹妹下嫁多恩。得到消息后，戴蒙·黑火正式宣布自己为伊耿四世的正统继承人和铁王座的合法拥有者，黑火叛乱就此开始。由于坦格利安以黑底红色三头龙为纹章，黑火家族以红底黑色三头龙为纹章，这场战争又被称为“红龙与黑龙战争”。

伊耿历195年，戴伦二世逮捕戴蒙·黑火未遂，战火迅速蔓延。戴蒙·黑火得到了伊耿四世另一个高贵私生子（高贵私生子特指伊耿四世的一众私生子女中双亲均为贵族的）“寒铁”伊葛·河文的支持，并迅速集结起大批军队；而与寒铁争夺西蕊·洋星（亦为伊耿四世的私生女）的“血鸦”布林登·河文倒向国王戴伦二世。维斯特洛一分为二，一半的领主支持戴伦，另一半领主支持戴蒙。伊耿历196年，在红草原决战中，双方进行了殊死拼杀，血鸦射死了同父异母的哥哥戴蒙•黑火及其七个儿子中最大的两个，叛军因此溃败，黑火叛乱宣告失败。

戴蒙·黑火和他的两个儿子虽然丧命，但寒铁却保护他剩下的五个儿子流亡海外，在随后的半个多世纪里，黑火家族的后嗣们不断制造各种机会反攻维斯特洛大陆，直至在“九铜板王之战”中，伊耿历258年，巴利斯坦于石阶列岛击杀了“凶暴的”马里斯·黑火，彻底断绝了黑火家族的男性血脉。不过黑火虽逝，但当年随他们流亡海外的流亡者们组成的雇佣兵团“黄金团”却依然健在，直到《冰与火之歌》的时代，他们一直在等待回归的时机。

伊耿历209年，《七王国的骑士》在这一年拉开了序幕。这一年是贤王戴伦二世统治的最后一年，大约比《冰与火之歌》故事的开篇提早了89年。这时的维斯特洛风平浪静，坦格利安王朝经历过十几年前的血腥内战后，虽然暗潮汹涌，但表面上又恢复了昔日的荣光。

雇佣骑士邓克与小男孩伊戈命运的相遇就发生在这一年……

雇佣骑士

春雨滋润大地，邓克挖坟并不费力。他挑小丘西坡作坟址，因为老人喜欢看日落。“又一天过去了呀，”老人会边看边叹，“谁知明日是怎样，呃，邓克？”

于是，一个明日带来倾盆大雨，浸透主仆俩，第二天吹来潮湿冷风，第三天老人着了凉，到得第四天，便已无力骑马。现在他要入土了，而仅仅几天前，他还边骑边唱那首到海鸥镇去看美少女的老歌呢——虽然老人把海鸥镇换成了岑树滩。去岑树滩看美少女哟，嗨哟，嗨哟，邓克苦涩地挖着。

坑挖得够深后，他双手抱起老人置于其中。老人矮小消瘦，脱掉锁甲、头盔和剑带，简直不比一袋树叶沉；反观邓克，却有与年纪不相称的大块头，他年仅十六或十七（天晓得实际年龄），但骨架宽阔、蓬头散发、步履沉重，身高已过六尺半，肌肉发育才刚开始。老人常称赞他的力量——老人从不吝啬溢美之词，毕竟，那是他唯一能给的财富。

尸体躺在坑底，邓克伫立默看了一会儿。空中又有雨的气息，他明白该在大雨降临前把老人埋葬，可又不忍心用泥土盖住那张皱巴巴的老脸。该有个修士，说些祷语，可惜老人只有他。老人把剑、盾和长枪上的造诣倾囊相授，可惜他大字不识，邓克自然也是个白丁。

“我该把剑留给您，可它只会在泥土中锈掉，”最后，他抱歉地说，“我想，诸神会送您一把新剑，爵士先生。真希望您没死。”他顿了顿，不知如何继续。事实上，他不记得任何祷语，老人平日又不常祈祷。“您是一位真正的骑士，只在我该受罚时才打我。”他挤出几句，“女泉城那回除外，那回真是旅馆小弟偷吃寡妇的馅饼，不是我干的，我跟您解释过……算了，没关系，愿诸神接纳您，爵士。”他用脚把泥土踢进坑，开始机械地填土，没再多看老爵士一眼。老人好歹度过了漫长的一生，邓克心想，将近六十？几人能活到这把岁数？至少，老人挨到又一个春天。

邓克备马时，日已西沉。现下他有了三匹马：他原本骑的凹背小马、老人骑的驯马及战马“雷霆”。雷霆只有打仗和比武时才骑，这匹棕色牡马早已褪去昔日英姿，但仍有一双炯炯有神的眼睛和昂扬斗志，它是邓克最宝贵的财产。倘若卖掉雷霆和“老栗子”，连同它们的鞍辔装具，就能攒够银币……邓克皱起眉头。迄今为止，他唯一所知的生计就是雇佣骑士的颠沛人生，从一个城堡奔波到另一个城堡，为一个又一个领主服务效劳。雇佣骑士会为老爷们打仗，在老爷们的厅堂吃喝，直到战事结束，然后前往下一个地方碰运气。时不时，王国上下还会举办一些比武会——虽然如今不那么频繁了——而在寒冷萧索的冬天，他晓得，某些穷困潦倒的雇佣骑士会变成强盗骑士。

当然，老人没干过这种事。

兴许我可以找个别的雇佣骑士，为他服务，继续当侍从，照料马匹，清理锁甲。或者去座大城市，兰尼斯港或君临，加入那儿的守备队。再或……

他在一棵橡树底下清理老爵士的遗产：布钱包里有三枚银鹿、十九个铜分和一颗有豁口的石榴石。和绝大多数雇佣骑士一样，老人把大部分钱花在坐骑和武器上。他留给邓克一件全身锁甲——这件老爱生锈的锁甲邓克大概擦拭过上千回了——一顶有宽大护鼻、左额处被打凹的铁半盔，一条裂痕累累的褐皮剑带，一柄装在木头皮革剑鞘里的长剑。此外，邓克还继承到一把匕首、一把剃刀、一块油石、一对护胫、一面护喉、一根带有锋利铁尖头的八尺岑树长枪和一面镶边铁皮被敲得凹凸不平的橡木盾，盾面纹了铜分树村的阿兰爵士的纹章：褐底银翼杯。

邓克瞅瞅那面盾，一手抄起剑带，又瞅向那面盾。剑带是为老人瘦弱的臀部量身制作，穿不到邓克身上，锁甲也铁定不成。于是他找来一段麻绳绑住剑鞘，再把绳子绑在腰上。

做完之后，他抽出长剑。

剑身笔直沉稳，是城堡里的铁匠打造的好货，木剑柄包以柔软皮革，嵌了一颗光滑磨亮的黑石作圆头。虽然样式朴素，但挺称手的。旅行途中，多少个夜晚入睡前，他用油石和油布细细打磨它，知道它有多锋利。*它真的很称我的手，正如它很称老人的手*，邓克暗想，*而岑树滩草场正要举办一场比武会*。

“快步”比老栗子轻捷得多，但邓克看见旅馆时，仍骑得浑身疲累、酸痛不已。旅馆坐落在小溪旁，是一栋高大的泥木房子，自窗户流泻出的橙黄暖光如此诱惑，引人止步。*我有三枚银币*，他告诉自己，*足可吃顿大餐，痛饮麦酒*。

他一下马就撞见一个小男孩光溜溜湿漉漉地从溪水中钻出，用一件棕色粗布斗篷擦干身子。“马童吗？”邓克问。小家伙看上去不过八九岁，脸色苍白，骨瘦如柴，赤脚上的泥巴一直覆到脚踝，而最奇特的莫过于他一毛不生的脑袋。

“我要你刷我骑的这匹马，并喂它们三个吃燕麦。听见没？”

小家伙腆着脸，“当然可以，假如我愿意的话。”

听罢此言，邓克皱起眉头：“我可不管你愿不愿意。要知道，我是个骑士。”

“你看起来不像骑士。”

“难道骑士看起来都一个样？”

“不，但他们都不像你。你的剑带居然是绳子。”

“只要能拴牢武器，有啥关系？去照料我的马，勤快点儿，赏你一个铜板；懒散的话，瞧我不给你一耳刮子！”他没再搭理马童，径直转身用肩膀撞开旅馆门。

这时间，他以为里面拥挤不堪，没料到大厅几乎是空的。除一位披精致绸缎披风的小少爷埋首桌上一摊葡萄酒中轻声打鼾，再没客人。邓克迟疑地东张西望，直到一位面色发白的矮胖女人钻出厨房：“随便坐。要麦酒还是吃的？”

“都要。”邓克在窗边挑把椅子坐下，远离那酒鬼。

“咱家有上好羊羔，香草烤的咧，咱家小子还打下几只野鸭。你要啥？”

他足有半年多没在馆子里吃饭了，“都要。”

老板娘大笑，“啊，你这个头真不是盖的，”她倒了一大杯麦酒，放到他桌上，“还要房间过夜？”

“不了，”虽然松软的稻草席和遮风挡雨的屋顶具有莫大吸引力，但身上这点钱邓克得小心对付。还是露宿吧，“有吃有喝就行，我急着赶路去岑树滩。离这儿还有多远啊？”

“一天骑程。你往北走，直到路在烧毁的磨坊分岔。咱家小子有没帮你照料马啊，还是又溜了？”

“没有，他在干活。”邓克让她放心，“你这儿似乎很冷清。”

“没法子，镇里一半人跑去看比武了。哈，咱要松口，咱家小子也早去了。你瞧，咱要有个啥事儿，咱家小子便得接着干，可这孩子净喜欢看大兵、学步子，咱家姑娘还会傻笑着议论每个路过的骑士。天晓得咋了。骑士也都是肉长的，跟咱老百姓有啥不同？咱还没见过哪场比武会让鸡蛋好卖咧。”她好奇地打量邓克一番：他的剑和盾暗示的是一回事，麻绳剑带和粗布外衫却又不像那回事。

“你也去比武？”

邓克呷了口麦酒才悠然作答——这酒呈深褐色，味道浓厚，他很喜欢。“是啊，”他道，“我去弄个冠军当当。”

“你啊？是吗？”老板娘还算有礼貌。

屋子对面的少爷自酒洼中猛然提起脑袋。他长了一头鼠窝般凌乱的沙棕头发，面如菜色，下巴下顽强地钻出一圈金色胡楂。他揉揉嘴，眨眼看着邓克，大叫：“我梦见了你！”他颤巍巍地伸出一根指头：“别靠近我，听见没？你离我远点。”

邓克疑惑地望着对方，“大人？”

老板娘倾身靠近，“别理那酒疯子，爵士先生，他只会喝酒说梦话。咱去瞧瞧肉烤好没。”她匆忙离开。

“肉？”小少爷厌恶地说。他摇晃起身，一手撑桌以防滑倒。“我要吐了，”他大声宣布，红外套前襟全是葡萄酒污渍。“我想找个婊子，可这里一个都没有。都跑去岑树滩啦。诸神在上，添酒。”他东倒西歪地走过大厅，踉跄着爬上楼梯，邓克听见他边喘气边哼小曲。

*可怜虫一个，邓克心想，不过，他怎么自以为认得我呢？*他边喝麦酒边寻思。

这里的羊肉超级棒，鸭子更是绝无仅有——跟柠檬和樱桃一起煮，不像别处的那么油。老板娘还送上黄油豌豆，以及刚出炉的燕麦面包。*这才是骑士的生活，*他啃完骨头上最后一点肉，心满意足地想，*大杯喝酒、大口吃肉，没人会给我耳刮子！*第二杯麦酒来下饭，第三杯把食物冲下肚，第四杯么，没人说不可以吧？酒足饭饱，他付给老板娘一枚银鹿，居然还找回一把铜板。

出门天已全黑，他带着填饱的肚皮和变轻的钱包，兴高采烈地走向马厩。前头传来马嘶声，“安静，伙计。”是那男孩。邓克顿时加快脚步，警觉起来。

他看见马童穿起老人的盔甲，骑在雷霆背上。然而锁甲太长，而且小家伙不得不把头盔歪戴在秃头上，以免挡住视线。他专心致志学着骑士的样，模样甚是滑稽。邓克踏进马厩，忍不住放声大笑。

男孩抬头一看，脸刷一下红了，赶紧跳下马，“大人，我不是要——”

“小贼，”邓克试图让声音严厉些，“赶紧把盔甲给我脱掉！雷霆没踢破你那颗榆木脑袋，你就该谢天谢地啦。瞧好喽，它可是堂堂正正的战马，不是小孩子骑的毛驴。”

男孩摘下头盔扔进稻草堆。“哼，我骑得不比你差。”他大言不惭。

“闭嘴，少跟我来这套。锁甲也脱了，老实交代，你想干吗？”

“你不是要我闭嘴，‘少跟你来这套’吗？”男孩脱下盔甲，任其落地。

“回答问题可以张嘴。”邓克恼火地说，“嘿，把锁甲捡起来，哪有这样乱扔的？擦干净了，从哪儿拿放回哪儿去。别忘了头盔。还有，你到底按我吩咐喂马没有？给快步洗刷没有？”

“我当然做了。”男孩弯腰捡起锁甲，“您是要去岑树滩吧？带上我，爵士先生。”

幸好老板娘早有警告。“你偷跑出去，你娘会怎么说？”

“我娘？”小家伙皱起脸，“我娘早死了，还能说什么？”

邓克一愣。如此说来，老板娘不是他娘？兴许他只是来帮工的。喝多了酒，邓克有些昏昏沉沉。“你是个孤儿啊？”他狐疑地问。

“你才是个孤儿！”男孩顶回去。

“我曾是个孤儿。”邓克坦承，直到老人带上我。

“带上我，我可以作你的侍从。”

“我不需要侍从。”邓克声明。

“才怪，哪有没侍从的骑士？”小家伙坚持，“而你看来比别人更需要侍从。”

邓克扬起一只手吓唬他，“你看来想挨一耳刮子！给我装袋燕麦，我这就上路。”

若说小家伙怕了，至少面子上没表现出来。他在原地挑衅地站了一会儿，双臂抱胸瞪着邓克，就在邓克无奈地准备放弃时，他忽然撒腿去取燕麦了。

邓克松了口气。虽然稍有遗憾……可男孩留在旅馆帮工总比替雇佣骑士当侍从强。*带他上路于他无益。*

但男孩的失望之情溢于言表。邓克骑上快步，牵起雷霆时，决定付对方一个铜分作小费。“嗨，小子，谢谢。”他微笑着弹出铜币，可马童竟无动于衷，任其落在两只赤脚间的烂泥里，看都没看一眼。

我走后，他就会欢天喜地地捡起来，邓克心想。他调转马头，领着另外两匹马离开旅馆。月光照亮树林，天空万里无云，繁星密布。他一面策马沿路前进，一面感觉到小马童一声不吭死盯着他，闷闷不乐。

邓克来到宽阔的岑树滩草场边上时，夕阳已在他身后拖出长影。草场中搭起六十多个大小不一、方圆各异的帐篷，有帆布制、麻布制，更有丝绸质地。它们个个鲜亮，长长旗帜迎风招展在它们中央的旗杆上，好似野花盛开的旷野，深红与明黄，绿和蓝的条纹，以及更深的黑、灰跟紫，彼此争奇斗艳。

老人曾跟这里某些骑士为伍，邓克还在酒馆中和营火旁听来其他故事。尽管读写对他依然是深奥难解的魔法，但老人曾不厌其烦地教他辨识各路纹章，几乎把这当成骑马时的必修课。他知道夜莺属于边疆地总帅卡伦伯爵，这位大人能文能武，枪琴双绝；宝冠雄鹿是绰号“狂笑风暴”的莱昂诺•拜拉席恩爵士的纹章；健步猎人属于塔利家族；紫色闪电属于唐德利恩家族；红苹果属于佛索威家族；红底怒吼金狮属于骄傲的兰尼斯特家族；淡绿底面上爬过的深绿海龟是伊斯蒙家族的标记；至于红色牡马旗下的棕色帐篷，毫无疑问住着奥瑟•布雷肯爵士，其人有“屠夫”之称——三年前他在君临比武会中击杀了昆廷•布莱伍德伯爵，据说用的虽是钝长斧，但下手之狠，竟将对方连面甲带面孔砸个稀烂——这会儿布莱伍德家的人也来了，他们的帐篷在草场西端，那是离奥瑟爵士最远的地方。此外，马尔布兰家、梅利斯特家、卡盖尔家、维斯特林家、史文家、穆伦道尔家、海塔尔家、佛罗伦家、佛雷家、庞洛斯家、史铎克渥斯家、戴瑞家、帕伦家及威尔德家也均有代表到场。似乎西境和南境所有名门望族都派出二三位骑士，前来取悦岑树滩上爱与美的皇后，并以勇武博取荣誉。

这些帐篷很漂亮，但这里没他的位置，他只能裹一件老旧的羊毛斗篷过夜。而当领主老爷和有名望的骑士吃着烤猪阉鸡、大快朵颐时，他邓克能拿来填肚的，唯有一条硬邦邦的咸牛肉。他很清楚，若斗胆把帐篷搭进草场，会招来怎样的冷眼与嘲笑。或许少数人会可怜他，然而这种怜悯让人更难受。

雇佣骑士必须维持自尊，否则与佣兵无异。*我必须用实力去赢得草场里的位置。只要在比武会中表现优异，或许哪位老爷会收留我。届时我就可光明正大地驰骋在贵族中间，每晚在城堡大厅喝酒吃肉，每场比武会都能骄傲地升起自己的帐篷。我要用实力证明自己。*思前想后，他恋恋不舍地离开草场，朝树林而去。

在大草场外围，离城堡和镇子半里多的地方，他找到一泓清泉注成的深池，池旁生了厚厚的芦苇，一棵茂盛的榆树高悬头顶。春天的芳草郁郁葱葱，不逊于任何骑士的旗帜，而它们触感柔软，又似昂贵的丝绸。这是个没人占领的好地方。这是我的帐篷，邓克告诉自己，它以树冠为顶，比提利尔和伊斯蒙的更绿。

他先料理马匹，然后脱掉衣服，涉进水池洗去一路风尘。“真正的骑士得是清清白白。”老人常告诫邓克，并严格要求无论身上味道重不重，每半月必须从头到脚仔细清洗一次。既然现在邓克成了骑士，便得谨遵老人的教诲。

擦干水珠，他裸身躺在榆树下，任温暖春风吹拂肌肤。一只蜻蜓懒洋洋地在芦苇丛中盘旋。啊，蜻蜓，就是所谓“龙芙莱”。真奇特，它哪里像龙？其实邓肯也没见过龙，只有老人见过——这故事老人唠叨不下五十回了：阿兰爵士幼时被祖父带到君临，正好赶在最后的巨龙死去前一年。那是条绿色雌龙，矮小虚弱，翅膀萎缩，产的蛋没法孵化。“有人说是伊耿国王毒死了她，”老人总会神秘兮兮地吐露，“是指伊耿三世国王陛下哦，不是当今戴伦王的爹。他外号‘龙祸’，又叫‘倒霉’伊耿，他怕龙怕得要命，因为他亲眼目睹叔叔的龙吞食了母亲。唉，自从最后的巨龙死去，夏日就越来越短，冬天却越来越长、越来越冷了。”

穿过树冠射入的阳光愈发暗淡，空气中逐渐有了寒意，邓克手上起了鸡皮疙瘩，便抄起外套马裤，就着榆树简单拍拍泥尘，穿回去。明日，他要去大会主持处报名，但想上场，今天还有准备要做。

无须对着池水照，他也知道自己不像个骑士，于是他将阿兰爵士的盾挂在背上，露出纹章。他把马儿赶到榆树下草深的地方，步行前往比武场。

草场平日是河对岸岑树滩镇镇民的公共场地，现在却成了第二座镇子。一夜之间，一座丝绸镇子拔地而起，比它的姐姐更大更美。好几十家商铺摆在草场边缘，贩卖毛毡水果、腰带靴子、兽皮猎鹰、陶器、宝石、蜡制品、香料、羽毛，无奇不有。杂耍艺人、木偶师和魔术师在人群中穿梭……当然，也少不了妓女跟小偷。邓克小心翼翼护住钱包。

烟雾缭绕的火堆上"滋滋"作响的烤肠让他垂涎欲滴，他用一个铜分换来一根烤肠和一角麦酒。他边吃边看骑士大战恶龙的彩绘木偶戏，更值得一看的是操纵木龙的木偶师：她个子挺高，有多恩人的橄榄色皮肤和黑发，苗条得像把枪。虽然这女人胸部平平，但邓克喜欢她的长相，也喜欢她那仅凭绳子就能让恶龙游弋扑击的灵活手指。他很想抛一枚铜币给她，只是现下囊中羞涩，每分钱都不容浪费。

商铺中果然有武器师傅。一个留分叉蓝胡子的泰洛西人正出售装饰华丽的头盔，盔顶雕金琢银，夸张地做成各种飞禽走兽的模样。一位铸剑师在打造廉价铁剑。另一位铸剑师手艺好一些，不过他缺的不是剑。

他要找的人在商铺尽头，其柜台前方展示了一件精致的链甲衫和一对上好的铁制龙虾护手。邓克凑近细看。"你的手艺很好，师傅。"他评价。

"俺的手艺是最好的。"矮胖的铁匠身高不满五尺，但胸膛宽阔膀子粗，就跟邓克一般。他留一大把黑胡子，抄起一双巨手，满脸自豪。

"我需要一套盔甲参加比武会。"邓克告诉对方，"上等锁甲，外加护喉、护胫和全盔。"老人的半盔他倒戴得上，然而仅有护鼻参加比武太危险。

铁匠从上到下瞅了他一遍。"好大个儿啊，算你走运，俺为更魁梧的人做过盔甲。"他走出柜台，"跪下去，俺来量量肩膀。嗯，还有你的粗脖子。"邓克依言跪下。铁匠拿打了结的牛皮绳量肩围，“哼”了一声，量颈围，又“哼”一声，“抬胳膊。不，右手。”铁匠“哼”了第三声。“你起来吧。”他的大腿、小腿和腰围又让铁匠连哼三声。“俺车里有些部件合适，”铁匠声明，“但丑话说在前头，俺那些玩意儿可没什么金银装饰，只是上好的铁，朴实耐用。俺这人做头盔就做头盔，啥长翅膀的猪啊，稀奇古怪的水果啊，统统没兴趣。不过被长枪击中时，你就晓得俺的好处了。”

“我要的就是这种，”邓克满意地说，“多少钱？”

“给你个实在价，八百银鹿。”

“八百？”这远超他意料。“我……我可以卖你一套老盔甲，是为比较矮小的人做的……包括一顶半盔，一副锁甲……”

“铁汉佩特只卖自己打的东西。”铁匠打断他，“不过，若这些废铁不太锈，或许能再利用一下，那就收六百银鹿。”

邓克想到哀求铁匠赊盔甲给他，但他心知肚明会得到怎样的回答。跟老人旅行这些年，他晓得商贩们多不信任雇佣骑士，也难怪，许多雇佣骑士实与强盗土匪无异。“那我先预付两枚银鹿，盔甲和剩下的钱明天结。”

铁匠仔细琢磨了一番，“两枚银鹿为你保留一天，之后东西俺可要卖给别人。”

邓克掏出钱包中最后两枚银鹿，放进铁匠满是老茧的手掌，“你会拿到钱的，我要当冠军呢。”

“你吗？”佩特咬咬银币，“你是说，这些人都是来给你捧场的喽？”

皓月当空，他走回榆树下的营地。身后的岑树滩草场被营火映得透亮，洒满歌声笑语，令他心情更为低落。他只有一个法子赚钱，如果输掉……“一场胜利，”他大声告诉自己，“我只要一场胜利。”

话虽如此，可就连老爵士本人也难奢望一场胜利。自多年前在风息堡比武会被龙石岛亲王挑下马，老人再没参加长枪比武。“想想看，谁能挑战七国最优秀的骑士，并折断七根长枪？”他每每夸口，“这是我的巅峰，所以干吗不见好就收？”

邓克怀疑阿兰爵士多半是因年龄退出，而非与龙石岛亲王比武的荣耀，但他没胆子问。老人到死都维持着自尊，总说自己强健得很，关节又灵活。*也许他确实是，我却未必*，邓克郁闷地估测。

他踏过野草丛，一路胡思乱想，猛见前方灌木丛隐有火光。什么？邓克不敢怠慢，立时长剑在手，飞快地冲过去。

他一边吼一边骂，赶到却发现是个孩子，连忙刹住脚。“又是你！”他放低武器，“你想干吗？”

“我在烤鱼啊，”秃头男孩说，“来一条？”

“我问你，你怎么找上来的？偷马了？”

“我搭大车来的，车主送羊给岑树滩的岑佛德老爷。”

“好吧，这人走没？还是你必须搭另一辆车？我可没法收留你。”

“你赶不走我，”小家伙满不在乎，“我受够那家旅馆了。”

“我说了我是个骑士，少跟我来这套！”邓克警告，“我可以把你扔到马背上，一路押回家。”

“押我回家啊？君临离这可远了，”男孩针锋相对，“你想错过比武？”

君临？一时间邓克以为对方嘲笑自己，旋即想到这野孩子根本不可能知道他出身君临。*他多半也是跳蚤窝的孽种，跟我一样不想回那鬼地方。*

邓克发觉自己还拿长剑胁迫这八岁的可怜孤儿，赶紧收起，同时眼瞪对方，免得小家伙以为自己占到上风。*我至少该揍他一顿，*

邓克心想，可这孩子看上去一副可怜相，我下不了手。他扫视营地，发现营火在整整齐齐的一圈石头遮挡下欢快跳跃。几匹马都刷过，衣服挂在榆树枝头，快烤干了。“这些是谁做的？”

“我洗的衣服，”男孩一样一样地说，“我刷的马，我生的火，我抓的鱼。我本来还想给你搭帐篷，但我没找到帐篷。”

“这就是我的帐篷。”邓克抬手比画头顶榆树的高大树冠。

“这明明是棵树嘛。”小家伙不满地说。

“真正的骑士用这当帐篷。与其睡在乌七八黑的帐篷里头，我宁愿面对满天星斗。”

“那下雨怎么办？”

“树叶可以遮雨。”

“但树叶会漏啊。”

邓克忍俊不禁：“真有你的。实话告诉你，我没钱买帐篷。对了，你赶紧把鱼翻面，不然就一面焦一面生喽。没在厨房干过活吧？这都不会。”

“我当然会，假如我愿意的话。”男孩虽嘴硬，却依言翻了鱼。

“你怎么没头发啊？”邓克好奇地问。

“给学士剃的。”小家伙突然害羞似的拉起那件深褐色斗篷的兜帽，盖住秃头。

邓克听说学士会干这类事，以对付虱子、根虫或别的一些毛病。“你有病？”

“才没有，”男孩反驳，“你叫什么？”

“邓克。”他老老实实回答。

小捣蛋放声大笑，仿佛这是他有生以来听过最可笑的事。“邓克？”他笑道，“‘浸水’爵士？你算哪门子骑士啊。你是不是该叫邓肯？”

是吗？反正老人管他叫邓克，而之前他活得稀里糊涂。“我是叫邓肯，”他一本正经地说，“邓肯爵士，外号……”邓克没本名，更和任何贵族家族扯不上半点关系，他不过是阿兰爵士在跳蚤窝的街道和食堂间发现的野孩子。他不记得父母双亲，该说什么好呢？“跳蚤窝的邓肯爵士”听来不像个正派骑士……他也许可自称铜分树村的邓肯爵士，但若问及铜分树村在哪儿咋办？邓克没去过，老人也鲜少提及。他皱眉冥思苦想好一阵，突然有了主意：“我是‘高个’邓肯爵士。”他确实身材高大，引人注目，而且“高个”听来够威风。

小家伙显然不这么想。“我没听说什么高个邓肯爵士。”

“啥，你以为自己认得七大王国里每位骑士吗？”

男孩挑衅地瞪着他，“排得上号的我都认得。”

“别吹牛了。反正等比武会以后，我会跟他们一样出名。喏，小毛贼，你又叫什么？”

男孩犹豫半晌。“伊戈。”他说。

伊戈不就是鸡蛋的意思吗？这孩子的脑瓜确实像个蛋。虽然如此，邓克却没出言讥笑，他不能跟小孩一般见识。“伊戈啊，”他说，“我本该狠揍你一顿，然后赶你走。但事实上，我确实没帐篷，也没侍从。如果你发誓乖乖听话，那在比武会期间，我就留着你。比武会结束后呢，呃，到时再说。如果我觉得你小子是个可塑之材，那么跟着我，我保证你不愁吃穿。当然啦，穿的也许是粗布衣，吃的不过是咸肉鱼，偶尔还得铤而走险，躲着林务官去森林打野味，但总不会饿着。而且我承诺，只在你该受罚时才打你。”

伊戈眉开眼笑，“遵命，大人。”

“是爵士，”邓克纠正，“我只是一介雇佣骑士。”不知今晚的巧遇是否是老人在天之灵保佑。放心，我会悉心传授这孩子武艺，如您教导我一样，爵士先生。这孩子骨子里并不顽劣，指不定有一天，他也能当骑士。

鱼肉稍有点生，而且男孩没把鱼骨剔净，不过比起硬邦邦的咸牛肉，这绝对算得上美味。

伊戈吃完就靠着将熄的营火沉沉睡去。邓克躺在旁边，枕着一双巨手，仰望夜空。飘忽的乐声仍从半里外的比武场传来，头顶是满天星辰，不计其数。就在他注目凝视时，其中一颗坠落下来，在黑天中拖出一条亮绿丝线，渐渐消逝在远方。

流星会带给看见它的人好运，邓克满怀期冀，其他人都睡在帐篷里，被丝绸隔着，好运唯我独享。

次日拂晓，邓克被报晓的公鸡吵醒。伊戈并没趁夜逃掉，仍蜷在老人第二好的斗篷底下呼呼大睡。好吧，算是不错的开始。邓克用脚尖碰醒伊戈。“起来干活。”男孩揉揉眼睛，飞快爬起。“帮我给快步上鞍。”邓克吩咐。

“早餐在哪儿？”

“先干活，干完有咸牛肉吃。”

“我宁可宰马吃，”伊戈抱怨，“行么，爵士？”

“不听话就等着吃我拳头！快去拿刷子，都在鞍袋里。对，就那把。”

主仆俩一起替栗色驯马刷毛，再把阿兰爵士最好的鞍子装上、系牢。邓克赞赏地想：伊戈一心干活时，还是个蛮不错的孩子。

“我要出去大半天，”他上马时叮嘱小家伙，“你留下照看营地。别教其他毛贼溜进来占便宜。”

“能给我一把剑对付他们吗？”伊戈渴望地问。他有一双好蓝好蓝的眼睛，邓克注意到，很深，近乎于紫。不知怎地，秃头让伊戈的眼睛看来更大了。

“我没有，”邓克说，“你用匕首就够。我回来前你可别跑啊，听到没？你要敢拿了我的东西就跑，我发誓追你到天涯海角。我会带狗来抓你。”

“可你没有狗。”伊戈指出。

“我会买几条！”邓克反驳，“专门来抓你。”他调转快步，朝草场小跑而去，希望刚才的威胁能让小捣蛋老实点。除开身上的衣服、袋子里的盔甲及胯下驯马，邓克的财产都留在营地。如此信任这小贼，真是大傻瓜才会干的蠢事。不过，老人不也这样信任我吗？他心想，一定是天上圣母派这小鬼过来，好让我偿还恩惠。

穿过草场时，他听到河岸边的捶打声，那是木匠们在钉栏杆，搭建高高的看台。草场里又添了些帐篷。有的骑士因昨夜的放纵在补觉，有的骑士在用早餐，炊烟里有培根味道。

舟徙河从草场以北流过，它是雄浑的曼德河的支流。浅滩对面便是镇子和城堡，邓克和老人旅行途中见过许多集市，而这座集市算是其中最漂亮的之一：它有粉刷过的白房子，房子还都有茅草屋顶，十分诱人。小时候他一直在想住房子里是什么滋味，每晚睡觉都有屋顶罩，每天醒来都被墙围绕。很快我就知道了，他心想，届时伊戈也有份。好运常在嘛。

岑树滩堡是个三角形石堡，顶点各一座三十尺高的圆碉堡，之间以厚厚雉墙保护的走道相连。城齿间飘扬的橙旗展现出岑树滩堡白V字下一颗白太阳的纹章。白橙相间服装的长戟武士把守城门，监视进出——但主要是跟漂亮的挤奶小妹调情。邓克在貌似守卫队长的长须矮个面前勒马，询问主持人所在。

“你要找普默，这里的总管。请随我来。”

进得庭院，一位马房小弟过来照料快步，邓克肩挎阿兰爵士伤痕累累的盾牌，随守卫队长从马厩后进到外墙一个设计精巧的碉楼，踏着陡峭阶梯登上城墙。“来帮主人报名参赛？”队长边爬边问。

“我自己报名参赛。”

“是么？”他挂着嘲笑？邓克不确定。“穿过前面那个门就是。我回岗位了。”

邓克推开门，发现岑树滩堡总管坐在搁板桌后，用鹅毛笔在一张卷轴上书写。他有稀疏的灰发和皱巴巴的窄脸。“嗯？”他说着抬头，“你有何贵干？”

邓克关上门。“您是普默总管吗？我来报名参加比武会，请予登记。”

普默撅起嘴，“老爷的比武会是骑士们的竞赛。敢问足下是骑士么？”

邓克点点头，不知有没有红了耳朵。

“那么先生，请教大名？”

“我叫邓克，”怎么一开场就说错话？“真名邓肯。高个邓肯爵士。”

“您来自何方，高个邓肯爵士？”

“我云游四方。我是说，我从五六岁起就担任铜分树村的阿兰爵士的侍从。这是他的盾牌。”他把老人的盾牌拿给总管看。“他本想参加比武会，不幸路上着了风寒逝世。我代他来，他临死前亲手用配剑赐封我为骑士。”邓克抽出长剑，放在自己跟总管间满是刮痕的木桌上。

主持人看都没看那剑一眼。“确实是把剑。不过我从没听过所谓‘铜分树村的阿兰爵士’。你说你是他侍从？”

“他一直要培养我当骑士。弥留之际，他特地取来剑，要我跪下，然后在我右肩左肩各拍一下，说了些话。当我站起来，他说我是骑士了。”

“噗，”这个叫普默的人揉揉鼻子，“话倒没错，任何骑士都能赐封骑士，不过按正式礼仪，你得先守夜，再由修士涂抹圣油，最后宣誓。你的赐封仪式有证人吗？”

“只有荆棘树上的一只知更鸟，老爵士说那些话时，我听见它在叫。老爵士要我做一个真正的好骑士，信奉七神，保护弱者和无辜之人，忠诚事主，全力卫国。我发誓谨遵教诲。”

“啊，毫无疑问，”然而邓克忍不住意识到，普默并未改口称他为爵士，“不过你的事我还得请示老爷。你或你不幸去世的主人认识到场任何一位好骑士吗？”

邓克思考了一下，“这里可有唐德利恩家的旗帜？就是黑底上紫色闪电。”

“唐德利恩家族的曼佛德爵士已到场。”

“阿兰爵士三年前曾在多恩为他父亲大人效劳。曼佛德爵士可能还认得我。”

“那我建议你立刻去找他。若他愿为你作保，明天同一时间你带他过来便是。”

“好吧，大人。”邓克走向门口。

“邓肯爵士。”总管叫住他。

邓克回头。

“你一定知道，”对方耐心解释，“比武会上输家的武器、盔甲和坐骑都归赢家所有，必须支付赎金才能赎回。”

“我知道。”

“那你准备好赎金没有？”

这回他确信自己双耳通红。“我无须准备赎金。”他暗暗祈祷这是真的。我只要一场胜利，一场。赢下第一轮，得到输家的盔甲、马匹，甚至获得可观的赎金。

那就能应付失利了。

邓克缓步下阶梯，他必须强迫自己做该做的事。于是他在庭院拉住一位马童：“我要跟这里的马房掌管谈谈。”

“我替您找去。”

马厩内又暗又凉，有匹火爆的灰牡马还伸长脖子咬他，但快步只轻嘶几声，蹭蹭他摸她鼻子的手。“你会一如既往做个好姑娘，对吧？”他喃喃道。老人常说骑士不能跟坐骑产生感情，因为总会有坐骑死于骑士胯下，可这点老人自己也不能遵守。邓克常见他把最后一枚铜板花在为老栗子买个苹果，或为雷霆和快步买燕麦上。这匹驯马是阿兰爵士的骑乘马，毫无怨言地驮他千里迢迢，行遍七国。邓克感觉是在出卖老友。但有什么选择？栗子太老不值钱，雷霆还要载他去比武。

马房掌管久久不肯屈尊驾临。等待期间，邓克听到城头吹起喇叭，院子里随即有了人声。他好奇地牵快步来马厩门前查看。只见一大群骑士和骑射手鱼贯而入，为数至少一百，骑的都是罕见的良驹。哪位大老爷？他捉住跑过的马童的胳膊：“他们是什么人？”

男孩诧异地看着他：“你看不见旗帜吗？”他扭脱胳膊匆匆跑开。

旗帜……邓克抬头，一阵风刚好吹开高高旗杆上的黑丝三角旗，坦格利安家族凶悍的三头巨龙在旗上展翅翱翔，喷出深红火焰。掌旗官是个穿金缕白甲的英伟骑士，纯白披风在他肩头飞扬。另有两名骑士跟他一样从头到脚全身白衣。他们是掌旗的御林铁卫！岑佛德伯爵及其诸子匆忙奔出主堡迎接，还有今番岑树滩比武会的美少女岑佛德小姐。那是个黄头发、粉圆脸的小姑娘，邓克并不觉得她美，他认为木偶师更漂亮。

“小子，放开那老畜牲，过来照料我的坐骑。”

一名骑手在马厩前下马。他在跟我说话，邓克意识到。“我并非马夫，大人。”

“不够聪明？”对方身披红缎镶边的黑披风，披风下的衣服如红、黄和金的明亮火焰。他如匕首般又瘦又直，但只中等身高。他与邓克一般年纪，银金卷发气势汹汹地围着脸庞，他额头高，面颊尖，鼻子直，苍白光滑的皮肤毫无瑕疵，眼睛是深紫色。“马你管不着，给大爷上酒、找个漂亮妞儿总成吧。”

“我……大人，请原谅，我也不是仆人。我有幸作了骑士。”

“这年头，骑士越来越廉价了，”小少爷宣称。一个马童跑来，小少爷回头递出胯下驯马的缰绳——那是匹血色宝马——立时遗忘了邓克。邓克欣慰地溜回马厩，继续等马房掌管。他跟草场上的贵族尚且格格不入，更别提与王子说话了。

他敢肯定这俊俏少爷是个王子。坦格利安族人拥有海外早已失传的瓦雷利亚血统，银金头发和紫罗兰色眼眸使他们异于凡人。邓克知道贝勒王子年长得多，门外的少爷可能是贝勒之子：长子瓦拉尔，人称“少王子”，以和父亲区分；次子马塔瑞斯，“少少王子”，这是史文老大人的弄臣编的外号。此外，王室还有别的王子，即瓦拉尔和马塔瑞斯的堂亲。贤王戴伦有四个儿子长大成人，其中三个育有子嗣。在戴伦王父亲的时代，龙王家族差点绝嗣，世人认为正因如此，戴伦二世才生出这许多儿子，以确保铁王座江山稳固。

“你，就你。你找我。”岑佛德伯爵的马房掌管红润的脸被橙色制服衬得更红。他口气粗鲁，“干吗？我可没时间——”

“我想卖掉这匹马。”邓克抢在对方下逐客令前道，“她是匹好马，步子稳健——”

“我说了，没时间。”马房掌管看都没看快步一眼。“我家老爷不需要这畜牲。牵她去镇里，或许亨利会给点银子。”他说完欲走。

“多谢大人，”邓克赶在他走人前说，“大人，是国王驾到么？”

马房掌管笑话他：“不，感谢诸神，光这帮王子就够烦人了。

我上哪给多出的畜牲找地方？上哪找草料？”他大步走开，边走边大声指挥马童们。

邓克离开马厩时，岑佛德伯爵正护送贵客们入厅，但两位白甲白袍的御林铁卫骑士留在庭院，跟守卫队长攀谈。邓克走到他们面前：“大人们，我是高个邓肯爵士。”

“幸会，邓肯爵士。”比较高大的白骑士回应，“我是罗兰•克雷赫爵士，这位是我的誓言兄弟，暮谷城的唐纳尔爵士。”

御林铁卫的七位成员乃七国上下武艺最高强的骑士，也许只有王太子“破矛者”贝勒殿下能与之媲美。“你们会参加比武么？”邓克紧张地问。

“我们不与我们誓言守护的对象同场竞技。”红发红须的唐纳尔爵士回答。

“瓦拉尔王子有幸成为守护岑佛德小姐的冠军，”罗兰爵士解释，“他的两位堂弟加入了挑战者的行列。我们其他人旁观。”

邓克松了口气，谢过白骑士们的细心回答后，他赶在别的王子现身骚扰前骑出城堡大门。三个王子，他在岑树滩镇街上边骑边想。瓦拉尔是贝勒殿下的长子、铁王座第二顺位继承人，但不知乃父登峰造极的武艺他能继承几分。别的坦格利安王子他几乎一无所知。若对上他们怎么办？他们允许我挑战大贵人么？他不知道。老人常说他比城墙还笨，现在他感觉到了。

邓克出售快步前，亨利都十分欣赏她，旋即马商眼中就全是缺陷了。他提议三百银币，邓克要价三千，一番唇枪舌战后，他们在七百五十枚银鹿的价码上达成一致。这价码更接近亨利的报价，邓克自觉亏大了，但马商坚称一个子儿也不会多出，无奈他只能妥协。紧接着他们又开始了关于这价码含不含马鞍的第二轮争论。

最终战罢，亨利去取钱时，邓克摸摸快步的鬃毛，叮嘱她要勇敢。“赢下一场，我就来赎你，我保证。”他确信在此期间驯马的缺陷会全部消失，届时身价必将翻倍。

马商付给他三枚金币和一堆银币。邓克乐呵呵地咬了其中一枚金币，他还从没尝过金子，甚至碰都没碰过。人们一般管金币叫“金龙”，缘于坦格利安王朝的统一铸币上均是一面印三头龙，另一面是国王头像。亨利给的金龙有二枚印有戴伦王，另一枚有些老旧，钱上头像并非戴伦。头像下头写了名字，可惜邓克不认识。他注意到这枚金币边沿有磨损，便大声对亨利抗议，马商抱怨几句，又拿出几枚银币和一把铜板作补偿。邓克当即退回几个铜板，朝快步点点头。“给她的，”他说，“今晚喂她吃点燕麦，嗯，再加个苹果。”

完事之后，邓克手提盾牌，肩扛装老盔甲的袋子，穿过阳光明媚的岑树滩镇。钱包沉沉的重量让他走路有些发飘，又是眩晕又是紧张。老人最多给他一两个钱，而现在兜里的金银足以过一整年好日子。*到头来又怎么办，卖雷霆？最终不免沦为乞丐或土匪。机会不容错过，我必须冒险。*

等他涉过渡口回到舟徙河南岸，早晨几已过去，比武场恢复了生机。葡萄酒贩子和烤肠贩子大声叫卖，一只跳舞的熊伴随歌手的唱腔和主人一起载歌载舞：“狗熊，狗熊，少女美容……”。杂耍艺人开始耍杂技，木偶师刚结束一场比斗。

邓克停步观赏，不多久，木偶骑士再次砍下木偶龙的脑袋，里头的红色锯末撒在草地上。邓克“哈哈”大笑，抛给那女孩两枚铜板。“一枚是昨晚的，”他叫道。女孩在空中接住，回以邓克所见最甜美的笑容。

*她是为他笑，还是为他的钱呢？*邓克没跟女人干过那事，女人让他紧张。三年前有一回——老人刚为盲眼的佛罗伦伯爵效劳半年，钱包鼓鼓——老人告诉邓克是时候带他去妓院初解人事了。不

过当时老人醉了酒，醒来不记得这番话，邓克则羞于提醒。他不确定自己想要个妓女。就算不能像正派骑士那样迎娶大家闺秀，他至少也想找个爱他人而非爱他钱的女孩。

“来一角麦酒吗？”木偶女孩把地上的红色锯末装回龙身时，邓克提出，“我的意思是，呃，跟我一起？再来根烤肠？昨晚我尝过，挺好吃的。我想原料确实是猪肉。”

“非常感谢，大人，可我们还有一场戏要演。”女孩起身，匆匆跑回操纵木偶骑士的多恩妇人身旁，那妇女又胖又凶。邓克呆立原地，自觉愚蠢透了，但他爱看她跑的样子，真的。她好漂亮，个子又高，我无须下跪就能吻到她。他知道如何亲吻，一年前在兰尼斯港过夜时，某个酒馆小妹跟他演示过，不过她太矮，得坐在桌上才够得着他的嘴。想起这个他双耳发烧。大呆子，我该把注意力全放在比武上，想什么亲吻？

岑佛德伯爵的木匠们忙于粉刷分割比武双方的齐腰木栏杆，邓克伫立观望了一会儿。比武场共有五条赛道，均为南北向，确保选手不会直视阳光。场地东侧搭了三层看台，橙色天篷将替老爷夫人们遮阳挡雨，他们大部分坐长凳，但看台中央为岑佛德伯爵、美少女及来访的王子备了四张高背椅。

草场东沿立起一个枪靶，十来个骑士以此练习，他们将靶子一端的盾牌戳得稀烂，让靶子另一端的横杆转个不停。邓克目睹屠夫布雷肯发起冲锋，接着是边疆地总帅卡伦伯爵。我的骑术枪法都不如他们，他不安地想。

附近还有人训练徒步战斗，用木剑你来我往，边上的侍从叫嚷出各种下流招数。邓克眼见一个健壮少年奋力抵挡一个身材壮硕、却如山猫般轻盈的骑士，两人盾上均有佛索威的红苹果，但少年的苹果很快被砍成碎片。“这只苹果没熟咧。”年长的骑士叫嚣着狠狠击中少年的头盔。年轻的佛索威认输时挂着瘀青，还流了血，他的对手大气却也没喘几下。骑士掀开面甲，环视周围，看见邓克便道："那边那人，是的，就你，大个子。飞翼杯骑士，你戴了剑？"

"我完全有权佩戴它，"邓克防范地说，"我是高个邓肯爵士。"

"我乃史蒂芬•佛索威爵士。跟我比比如何，高个邓肯爵士？我也该换换对手了，你看，我堂弟还没熟。"

"上，邓肯爵士。"被打败的佛索威边脱头盔边催促，"我或许是没熟，但我的好堂哥烂到了芯儿里，把他的烂籽砸出来瞧瞧。"

邓克摇头。这帮公子哥儿干吗把他扯进他们的纠纷里？他对此毫无兴趣。"承蒙邀请，爵士，但我有事在身。"身上带这么多钱他很不安生，早点付清铁人佩特的账，要到盔甲才好。

史蒂芬爵士一脸轻蔑，"雇佣骑士有事在身。"他继续环视，找上附近另一位闲晃的骑士。"格兰斯爵士，幸会。跟我比比如何？我堂弟雷蒙的小伎俩我都看腻了，而邓肯爵士有事非回树篱下办不可。来吧。来吧。"

邓克面红耳赤地走开。他哪里懂得什么大把戏小伎俩，他只是不想在比武前露底。老人常说知己知彼百战百胜，像史蒂芬爵士这么厉害的角色肯定一眼就能看出他的破绽。邓克强壮敏捷，体重和臂展是其最大优势，但技巧毫无疑问逊人一筹。阿兰爵士虽已倾囊相授，但老人年轻时也算不上优秀骑士。伟大的骑士决不会甘居树篱之下，也不会死在泥泞的路旁。*我不会落得这等下场*，邓克暗暗发誓，*我会以实力证明自己不仅是个雇佣骑士。*

"邓肯爵士，"年轻的佛索威追上他，"我不该怂恿你挑战我堂哥。他的傲慢把我憋急了，而你又那么高大，所以我想……算了，都是我的错。你没穿盔甲，他会下狠手打断你的手或膝盖。他在训练场上总这么凶，伤着人才好在正式比赛时占便宜。”

“他可没打断你的。”

“是的，因为我是他亲戚，尽管他不忘提醒我他才生于苹果树的主干。我是雷蒙•佛索威。”

“幸会。你和你堂哥都参加比武吗？”

“他当然会参加。至于我，我是想参加，可毕竟只是个小侍从。堂哥承诺赐封我为骑士，却总以我没熟为托词。”雷蒙方方正正的脸上生了只狮子鼻，短发松软如羊毛，但笑容颇有魅力。“我看你很有挑战者的气势。你打算敲哪位骑士的盾牌？”

“都没关系，”邓克说。正派骑士该这么说，虽然事实上敲谁的盾牌有天差地别的关系。“我打算第三天再出场。”

“是的，那时有的冠军已被挑落马下。”雷蒙道。“好，愿战士向您微笑，爵士先生。”

“也向你微笑。”他只是侍从，我却是骑士？我们间定有个傻瓜。邓克钱包里的钱一路叮当作响，他心知稍有闪失就会输个精光。连比武规则也跟他作对，让他没机会对上新手或徒有虚名的骑士。

一场比武会可能有十几项竞赛，加入什么全凭主办者喜好。有时是骑士组队的模拟战斗，有时是毫无限制、荣耀全归最后一位屹立者的团体混战。而在单人对决中，对手有时由抽签决定，有时则由主持人指定。

岑佛德伯爵为庆祝女儿十三岁命名日举办了这场比武会，按照传统，这位美少女会坐在他身边，成为爱与美的皇后，而接受她信物的五位冠军将捍卫她的荣誉。其他人都是挑战者，战胜任何一位冠军就可接替其位，直到被另一位挑战者击败。长枪比武持续三天，最终剩下的五位骑士决定是让美少女保留爱与美的后冠，还是给予别的女人。

邓克望着碧绿草场和空空如也的看台，寻思自己有几成把握。一场胜利足矣，一场胜利就能宣称做过岑树滩草场的冠军，哪怕仅一小时。但老人年近花甲也没当过一次冠军。诸神在上，这并非非分之想。他想起那些流传四方的歌谣，歌谣中的瞎子“星眼”赛米恩、高贵的“镜盾”萨文、龙骑士伊蒙王子、莱安•雷德温爵士及傻子佛罗理安个个都曾战胜强敌。可他们是大英雄，大贵人——除了佛罗理安——我算啥？跳蚤窝的邓克？高个邓肯爵士？

答案将很快揭晓。他再次扛起盔甲袋，去商铺间找铁人佩特。

伊戈并没在营地闲着，邓克原本有点怕侍从脚底抹油，现下不由心中暗喜。“您的驯马卖了个好价钱？”小家伙问。

“你咋知道我要卖她？”

“您骑马出去走路回来，若是遭劫，不会这么平静。”

“我换到这个。”邓克取出新盔甲给男孩看。“将来你想当骑士，首先要学会辨别什么是好盔甲。看，这就是好家什。双环锁甲，每个环节同时连接两条链环，瞧好喽？防护性强于单环锁甲。还有这头盔，佩特的头盔是圆顶，看到弧线没？剑劈斧砍都会滑，不像平顶盔那样结结实实吃招。”邓克戴上巨盔。“咋样？”

“没面甲啊，”伊戈挑毛病。

“有气孔咧。面甲才危险。”他复述铁人佩特的话。“你知道有多少骑士为了换气拉开面甲时被射穿眼睛，就不会考虑面甲了。”铁匠郑重其事解释过。

“还没有护翼，”伊戈不服气，“这也太朴素了。”

邓克取下头盔。“我这种人就要朴素的设计。看这铁多亮堂？你今后的任务就是天天擦它。你知道怎样擦锁甲吧？”

“放进沙桶擦。”小家伙回答，“可您连桶都没有。买帐篷没，爵士？”

“没找到便宜货，”小捣蛋口无遮拦，真想教训一顿。然而邓克自知不会动手。他喜欢小家伙的直率，他自己也是口无遮拦。我的侍从比我更勇敢、更聪明。“干得不错，伊戈。”他称赞小家伙，“明天一早我们一起去吧，给马买点燕麦，给自个儿买新鲜面包，或许再加点奶酪。有家铺子的奶酪特好。”

“我不想进城堡，行吗？”

“干吗不进去呢？总有一天我也会住进城堡，通过奋斗赢得厅堂里一席之地。”

男孩不再吭声。或许是觉得拘束，邓克心想，人之常情，小家伙会适应的。邓克继续欣赏盔甲，琢磨自己能穿多久。

曼佛德爵士是个阴郁的瘦子，黑罩袍上有唐德利恩家族的紫色闪电，然而邓克单凭那头无比凌乱的红金头发便能认出他。“阿兰爵士曾助您父亲大人和卡伦大人将秃鹰王烧出赤红山脉，爵士，”他单膝跪下，“我那时还小，但已是铜分树村的阿兰爵士的侍从了。”

曼佛德爵士皱眉，“不，我不认识他，也不认识你，小子。”

邓克把老人的盾给他看，“这是他的纹章，飞翼杯。”

“家父率八百名骑士和近四千步兵进入赤红山脉，我不可能记得每个人，更何况家徽。也许你曾跟着我们，但……”曼佛德爵士耸耸肩。

邓克哑口无言。老人为你父亲效劳时受过伤，你怎能把他忘记？“我要得到骑士或领主的担保才能上场。”

“这与我何干？”曼佛德爵士道，“我很耐心了，爵士。”

得不到曼佛德爵士支持，他的准备将统统白费。邓克盯着对方黑羊毛罩袍上的紫色闪电说：“我还记得您父亲大人在营里对大伙儿讲述您家获得这个纹章的故事。那是个风暴肆虐的夜晚，您家第一代先祖在多恩边疆地传信，突然飞来一箭射中马，将他掀翻在地。黑暗中冲出两个环甲翼盔的多恩人，而您家先祖落马时折断了剑，只能坐以待毙。正当多恩人欲下杀手时，天空中突然劈下闪电，明亮耀眼、熊熊燃烧的分叉闪电直接打中两个全身铁甲的多恩人，令其当场毙命。您家先祖的信最终为风暴国王赢得了对多恩的胜利，为表谢意，国王提拔他为第一代唐德利恩伯爵，他选择黑底繁星上的紫色分叉闪电做纹章。”

若邓克以为故事能打动曼佛德爵士，那就大错特错了。“随便哪个曾为我父亲效劳的跑堂小弟和马夫迟早都会听到这个故事。这不能让你当骑士。请便，爵士。”

邓克心情沉重地回到岑树滩堡，不知该说什么才能打动普默，获得比武资格。总管不在小碉楼，守卫透露可能去大厅了。“我在这儿等行吗？”邓克问，“要等多久？”

“我怎么知道？随你便。”

以大厅的标准，这座厅并不大，岑树滩堡本就是个小地方。邓克从一道旁门进入，一眼便发现了总管，他和岑佛德大人及其他十来个人一起站在大厅之首。邓克迈步走去，身边墙上挂着绘有鲜花水果的羊毛织锦。

“——换成你儿子出事，你就不会无动于衷了。”有人忿忿不平地说。在昏暗的大厅中，这人的直发和修剪得方方正正的胡子显得极白，邓克走近才发觉那是间杂些许金色的银白。

“戴伦不是第一次这么干了。”普默刚好挡住说话人。“你不该强迫他比武，他不比伊里斯或雷格更适合参赛。”

“所以你宁可他骑婊子而不骑马。”先前的人嚷道。这位王子——这肯定是位王子——身强体壮，一身银钉装饰的皮甲，肩披貂皮镶边的沉重黑披风。除开被银胡子遮住的地方，他脸上全是痘疤。“我儿缺点无须你提醒，哥哥。他才十八岁，还可以改。该死的，他一定得改，否则我发誓亲手宰了他。”

“那你就蠢到家了。无论戴伦如何行事，他终究是你我的血脉。我毫不怀疑罗兰爵士会寻到他，还有伊耿。”

“到时候也许比武会都结束了。”

“伊利昂还在啊。如果你只在乎比武会，那伊利昂的枪术无论如何比戴伦好。”邓克终于看见说话人。他坐在中央高椅上，一手握着一捆卷轴，岑佛德大人恭恭敬敬站在他旁边。即便坐着，从伸出的两条长腿也能看出他比这里的主人高一个头。他剪短的头发黑中间灰，强健的下巴刮得十分干净，鼻子似乎断过不止一次。虽然他衣着平凡，仅一袭绿上衣、棕斗篷和磨旧靴子，却散发出雍容华贵的王者风范。

邓克意识到自己误打误撞听见了不该听见的事。*我最好赶紧退出，等他们说完再回来*，但他下决定时已迟了，银须王子忽然盯住他。“汝是何人，竟敢擅闯？”他厉声喝问。

“他是我们的好总管在等的人，”高椅上的人微笑道，笑容似乎暗示早就注意到了邓克。“弟弟，擅闯的是我们。上前来，爵士。”

邓克走上前，搞不清周遭状况。他求助地看向普默，却一无所获，昨天运筹帷幄的窄脸总管如今只敢低头死盯着石地板。“大人们，”邓克说，“我请求曼佛德·唐德利恩爵士为我的比武资格作保，但他拒绝了我。他说不记得我。我发誓，阿兰爵士曾为他效劳，我拥有爵士的长剑与盾牌，我——”

“长剑与盾牌不能让人当骑士。”岑佛德伯爵宣布，他是个圆脸红润的秃顶大汉。“普默跟我提过你。即便我们承认这纹章属于所谓铜分树村的阿兰爵士，亦有可能是你从尸身上扒来遗物。除非你能提出更好的证据，如文件或——”

“我记得铜分树村的阿兰爵士。”高椅上的人静静地说。“就我所知，他从未赢得任何比武会，但也从未做出不光彩的事。十六年前在君临，他于团体混战中战胜史铎克渥斯伯爵和赫伦堡的私生子，再往前若干年，他在兰尼斯港把灰狮挑下马。请注意，灰狮当年可没现在这么灰。”

“他常跟我提此事。”邓克道。

高个子细细审视他。“那你定然知道灰狮的真名。”

邓克脑子里霎时空空如也。老人讲这故事怕有一千回了，足足一千回，狮子，狮子，名字，名字，名字……就在濒临绝望的当口，答案忽然闪现。“达蒙•兰尼斯特！”他叫喊，“灰狮！他现在当了凯岩城公爵。”

“没错，”高个子和蔼地说，“他明天会出场。”他摇晃手中那捆卷轴。

“你居然记得十六年前凑巧挑落达蒙•兰尼斯特的某个微不足道的雇佣骑士？”银须王子皱眉道。

“我研究过每个对手。”

“你怎么可能对上雇佣骑士？”

“九年前在风息堡，拜拉席恩大人为庆祝孙儿诞生举办了比武会。我第一轮抽签抽中阿兰爵士，在我挑他下马之前，我们折断了四根长枪。”

“是七根，”邓克纠正，“而且他对阵的是龙石岛亲王！”此话一出，他后悔不迭。呆子邓克，比城墙还笨，他仿佛听见老人的责备。

“确实如此，”破鼻子的亲王——也即王太子殿下——温和地笑道，“不过呢，故事总是越传越离奇。我没有诋毁你老主人的意思，但恐怕真相只有四根长枪。”

真该感谢大厅的昏暗，邓克心知自己红到耳根。“大人，”

不，又错，“殿下。”他双膝下跪，低下头。“如您所言，四根长枪，我不是要……我的意思……老人，也即阿兰爵士，他常说我比城墙还笨，比野牛更迟钝。”

“你也壮得像野牛，瞧这体魄。”破矛者贝勒道，“你没冒犯我，起来吧，爵士。”

邓克起身，不知该继续低头，还是直面王太子。*我正跟贝勒·坦格利安，龙石岛亲王，国王之手，征服者伊耿的铁王座的继承人对话。一个雇佣骑士怎配如此殊荣？*“您——您把坐骑和盔甲还给了他，不要半分赎金，我记得。”他结结巴巴地说，“老——阿兰爵士总说您是骑士之魂，总有一天七大王国会在您手中永享太平。”

“我祈祷这天别来那么快。”贝勒王子说。

“对不起，”邓克蓦然心惊。他几乎说出口：*我不是诅咒国王。*幸好在最后一刻忍住。“对不起，大人。殿下，我是说。”

他迟迟想到那银须的健壮王子称贝勒王子为“哥哥”。*该死的呆子，他们都是真龙血脉。*他一定是梅卡王子，戴伦王四子中的幼子。伊里斯王子是书虫，雷格王子疯疯癫癫又柔弱多病，他俩都不可能旅行半个国度来参加比武会。听说梅卡是个令人生畏的勇士，可惜一直活在长兄的阴影下郁郁不得志。

“你想参加比武，对吗？”贝勒王子道，“这得由比武会主持人决定，但我看不出他有任何理由拒绝你。”

总管低头：“如您所言，殿下。”

邓克挤出几句感谢，梅卡王子打断他：“你满意了，爵士，你理应庆幸。现在出去。”

“请原谅我高贵的弟弟，爵士。”贝勒王子说，“他有两个儿子在来此的路上走丢了，他非常担心。”

“春雨让河流统统涨水，”邓克指出，“两位王子或是被耽搁了。”

“我来这不是听雇佣骑士指点的。”梅卡王子对兄长发牢骚。

“下去吧，爵士。”贝勒王子客气地遣散邓克。

“是，大人。”他鞠躬退下。

但他离开前，王子又叫住他。“爵士，还有一事：你并非阿兰爵士的亲戚吧？”

“是的，殿下。我是说，我不是。我跟他没有血缘关系。”

王子朝邓克的破盾牌上的飞翼杯点点头：“按照律法，只有血统纯正的儿子才能继承骑士家徽。你必须使用自己的纹章，爵士，属于你自己的。”

“我会的，”邓克回答，“再次感谢您，殿下。您会看到我证明自己的勇气。”*跟破矛者贝勒一样勇敢，老人常常教诲。*

葡萄酒贩子和烤肠贩子的生意依旧活络，妓女们大摇大摆混迹于商铺和帐篷间，有的长得还不错，尤其是一位红发女。她移动时胸脯在松弛裙服下晃得如此迷人，他几乎无法移开视线。他想到钱包里的银币。*如果我愿意，就可以要她。她会看上我的钱，我能带她回营地睡觉，占有整整一夜，想怎么做就怎么做。*他没跟女人睡过，而且很可能在第一轮比武就送命。不过比武虽危险……娼妓却不见得更安全，老人警告过他。*若她趁我熟睡卷走我全部身家，该怎么办？*红发女回头瞟他时，邓克摇头走开。

伊戈盘腿坐地看木偶戏，兜帽完全拉起，遮住光头。小家伙害羞，不肯进城堡，邓克也不勉强。*我也不想跟老爷夫人们，尤其王子亲王什么的打交道。*小时候他跟伊戈一样，觉得跳蚤窝外的世界既刺激又可怕。*伊戈只是需要时间适应，*眼下，塞给男孩几个铜板，让他逛商铺玩，比硬拖他进城要好。

今天早上木偶师们演绎的是佛罗理安和琼琪的故事。胖胖的多恩妇人操纵用杂色衣做盔甲的佛罗理安，高个女孩操纵琼琪。“你不是骑士。”女孩牵引木偶的嘴，说道，“我认得你。你是傻瓜佛罗理安。”

“是的，小姐，”另一个木偶跪下回答，“我是有史以来最傻的傻瓜，却也是最伟大的骑士。”

“傻瓜兼骑士？”琼琪反问，“没听说过。”

“最可爱的小姐啊，”佛罗理安道，“只要爱上心爱的女人，所有男人都是傻瓜，所有男人也都是骑士。”

这场戏很棒，伤感与欢乐并存，最后以一场精彩的比剑和惟妙惟肖的彩绘巨人结尾。戏演完后，胖妇人来人群前收钱，留下女孩收拾木偶。

邓克带上伊戈去见她。

“大人？”她用眼角瞥了他一眼，似笑非笑地问。她比他矮一头，但仍比他见过的所有女孩都高。

“你演得真棒，”伊戈大加赞赏，“我喜欢你摆弄他们的方式，琼琪还有龙。我去年也看过木偶戏，但那些木偶太笨了，比不上你灵活。”

“谢谢你。”她礼貌地感谢小家伙。

邓克道：“你们的木偶雕得也很精致。尤其是龙，好一条怪兽。是你自己做的？”

她点头：“我叔叔雕，我上色。”

“你能为我绘点东西吗？我付钱的。”他取下盾牌给她看，“我要盖住杯子。”

女孩瞅瞅盾，又瞅瞅他。“您要我绘什么？”

邓克猛然发现自己没考虑过。不用老人的杯子，用什么？他脑海一片空白。呆子邓克，比城墙还笨。“我没……我没想好，”他苦着脸，感觉耳朵又红了。“你一定觉得我是个不折不扣的傻瓜。”

她笑了：“所有男人都是傻瓜，所有男人也都是骑士。”

“你能上什么颜色？”他问，希望讨论能带来灵感。

“您要什么颜色我都能调。”

邓克素来觉得老人的褐色太暗。“底色就用落日的色彩，”他忽然开口，“老人喜欢看日落。至于图案嘛……”

“一棵榆树，”伊戈建议，“大榆树，跟水池边那棵一样，有褐色树干和绿色枝叶。”

“没错，”邓克同意，“这行得通。一棵榆树……上头加一颗流星，你觉得怎样？”

女孩点头，“把盾给我，我今晚就能涂好，明天还你。”

邓克把盾给她：“我是高个邓肯爵士。”

“我是坦茜娅，”她微笑。“男孩们叫我‘高过头的’坦茜娅。”

“你没有高过头，”邓克脱口而出，“你刚好……”他意识到自己要说什么，涨红了脸。

“刚好什么？”坦茜娅好奇地歪脖子。

“刚好当个木偶师。”他狼狈地补充。

比武会第一天风和日丽，他们以昨日买回的满满一袋食物做早餐，包括鹅蛋、炸面包和培根。然而做好之后，邓克却毫无胃口，即便今天不上场，也觉腹硬如石。首轮挑战权属于出身高贵或有名望的骑士，属于领主老爷和他们的儿子，及其他比武会的冠军。

伊戈倒是边吃边说，高谈阔论诸位选手的优缺点。这小子说七大王国排得上号的骑士都认识，并不是开玩笑，邓克可怜巴巴地想。专心致志听个瘦弱孤儿点评对手有失体面，但为了比武会顾不得了。

草场被围得水泄不通，人们拼命推挤，只求抢得好位置。幸亏推挤是邓克的强项，他凭块头挤到离比武场的篱笆仅六码的一块小凸地上。伊戈兀自抱怨只能看到屁股，邓克便把小家伙举上肩。场子对面，前来观礼的老爷夫人们纷纷在看台上落座，台上还有几个富裕镇民，以及约二十位今日不想上场的骑士。他没看见梅卡王子，只见到贝勒王子坐在岑佛德伯爵身边。明媚阳光照耀在王子扣住披风的金手徽章和额头的细王冠上，除此之外，他比大多数领主更朴素。说实话，黑发的他看来不像个坦格利安，邓克悄悄告诉伊戈。

“那是他母亲的遗传，”小家伙提醒他，“她是多恩公主呢。”

五位冠军在比武场北端河岸边升帐。最小的是两顶橙色帐篷，帐外盾牌展示了白V白日纹章。他们是岑佛德伯爵之子，安德鲁和劳勃，身为兄长守护妹妹。邓克从未听哪位骑士谈及他们的勇武，这几乎注定他俩是首先落败的冠军。

橙色帐篷边有一顶大得多的深绿帐篷，高庭的金玫瑰飘扬其上，帐门外的巨大绿盾上也有玫瑰纹章。“里奥•提利尔，高庭公爵。”伊戈解说。

“我认得他，”邓克恼火地道，“你小子还没打娘胎里出世，老人和我就在高庭效劳了。”其实那时的事他已记不大清，但阿兰爵士常提起“长刺”里奥——虽已银发斑斑，枪术依旧出类拔萃。“帐篷边定是里奥大人本人，就那挺瘦的、绿金服饰的灰胡子。”

“没错，”伊戈道，“我在君临见过他一回。您可不能挑战他呀，爵士。”

“小子，我不需要你来指挥我挑战谁。”

第四顶帐篷用红白相间的菱形布料缝成，邓克不知是哪家颜色，伊戈说属于一位来自艾林谷、名叫亨佛利•哈顿的骑士。“他去年在女泉城赢得一场大型团体混战，爵士，又在长枪比武中打败暮谷城的唐纳尔爵士、艾林大人和罗伊斯大人。”

最后一顶帐篷属于瓦拉尔王子，细长的红色三角旗飘扬在黑丝帐篷顶上，宛如跳动的火焰。帐外闪亮的黑盾牌绘有坦格利安家族的三头巨龙。一名御林铁卫守在帐边，耀眼白甲和漆黑帐篷形成鲜明对比。看到白骑士，邓克不禁猜测谁有胆敲打龙盾。瓦拉尔毕竟是国王长孙，破矛者贝勒的长子。

反正，这不是他担心的事。号角奏响，召唤挑战者去挑战守护美少女的五位冠军。当他们在场子南端陆续现身时，人群兴奋的低语逐渐升高。传令官高喊出每个骑士的名讳，他们骑到看台前停下，朝岑佛德伯爵、贝勒王子和美少女垂枪致敬，然后兜转马头去场子北端选择对手。凯岩城的灰狮对上提利尔公爵，他的金发继承人泰伯特·兰尼斯特爵士挑战岑佛德伯爵的长子，奔流城的徒利公爵敲了亨佛利·哈顿爵士的菱形花纹盾，阿贝拉·海塔尔爵士敲了瓦拉尔的盾，而外号“狂笑风暴”的莱昂诺·拜拉席恩爵士的对手是岑佛德伯爵的幼子。

挑战者们回到场地南端，等待对手现身：阿贝拉爵士银烟服色，挂一面烽火石塔盾；两位兰尼斯特通体红衣，衣上绣了凯岩城的金狮；狂笑风暴身穿灿烂金装，胸前和盾上各绣一只黑色雄鹿，头盔饰以铁制鹿角；徒利公爵的蓝红条纹披风以银色鳟鱼扣扣在双肩。他们向天举起十二尺长枪，劲风吹得枪上三角旗扑哧作响。

场地北端，侍从们牵出装饰华美的坐骑，让冠军们上马。他们同样披甲戴盔，手拿长枪盾牌，威仪不输对手：岑佛德家族波浪翻卷的橙色丝衣，亨佛利爵士的红白格子，里奥公爵白马上的绿绸马饰绣满金玫瑰，然而最华丽的还数瓦拉尔·坦格利安：少王子黑甲黑枪黑盾黑马，连马饰也漆黑如夜，只头盔上有一条展翅欲飞、闪闪发光的红色三头龙，闪亮的黑盾牌上另有一条红龙与之呼应。冠军们手上各缠了一条橙丝带，那是美少女的信物。

等冠军们就位，岑树滩草场几乎鸦雀无声。但一只号角奏响，不到半个心跳，静默便转为雷鸣般的欢呼。十双金马刺催促着十匹雄伟战马，一千个嗓子同声尖叫呐喊，四十只铁蹄隆隆践踏过草地，十根放平的长枪跃跃欲试。比武场地动山摇，冠军和挑战者在木与铁的绚影中迅速逼近。一瞬之后，双方冲了过去，绕回来准备第二回合。徒利公爵晃了几下，勉强稳住身形。当观众们意识到所有十根长枪都折断了，顿时爆发出山呼海啸的喝彩。这对比武会是个莫大的好兆头，展现出选手们不俗的实力。

骑士抛开断掉的长枪，侍从递上新枪，然后双方再次狠夹马肚。邓克只觉大地也在马蹄下颤抖，肩上的伊戈兴高采烈地嚷着，挥舞细瘦胳膊。他们离少王子的赛道最近，邓克亲眼目睹王子的黑枪刺中对手盾上的塔，顺势扎向对手胸膛，而阿贝拉爵士的枪同时在瓦拉尔的胸甲上撞个粉碎。银烟马饰的灰骏马被这一击震得人立起来，将阿贝拉·海塔尔爵士掀出马鞍，狠狠甩到地上。

这回合，徒利公爵亦被亨佛利·哈顿爵士掀翻，但他立时跃起，抽出长剑，而亨佛利爵士扔掉完好无损的枪，下马步战。阿贝拉的状况就不太乐观了，他的侍从迅速跑来，解下头盔，大声呼救，随后人事不省的骑士被两名仆人架回帐篷。其余三条赛道上，仍在马上的六名骑士夹马开始第三回合。又是几根长枪折断。里奥·提利尔公爵瞄得极准，干脆利落地挑飞了灰狮的头盔。被揭开面目的凯岩城公爵举手致敬，主动下马认输。此时，亨佛利爵士也已打败徒利公爵，证明自己剑技不输枪法。

泰伯特·兰尼斯特与安德鲁·岑佛德又战了三回合，最终安德鲁爵士弃盾落马，大败亏输。安德鲁的弟弟坚持得更久，他与狂笑风暴莱昂诺·拜拉席恩爵士折断了九根长枪。第十回合，冠军和挑战者双双落马，又用钉头锤和长剑继续较量，直至劳勃·岑佛德爵士招架不住被迫认输。看台上他们的父亲却满脸骄傲，两个儿子虽然第一轮就失去冠军位置，但毕竟与七大王国最优秀的骑士斗到了最后。

我必须比他们的表现更好，眼看胜利者和出局者相拥走出比武场，邓克心想，对我而言，战斗得英勇还不够。我必须赢下第一轮，否则就全完了。

泰伯特•兰尼斯特爵士和狂笑风暴取代对手成为新科冠军，橙色帐篷业已撤下。离邓克观望处仅数步之遥的地方，少王子安坐于黑色大帐外的行军折凳上休息。他脱下头盔，露出一头继承自父亲的沉暗头发，中间只夹杂了一丝耀眼的银白。他抿了抿仆人递来的银色高脚杯。明智的话是喝水，邓克心想，傻瓜才喝酒。他不禁寻思瓦拉尔是跟乃父一样武艺高强，还是单单挑到最弱的对手。

一阵喇叭宣告三位新的挑战者上场。传令官喊出名字："边疆地总帅，卡伦家族的皮尔斯爵士。"卡伦的盾涂了只银琴，罩袍上还是传统的夜莺纹章。"梅利斯特家族的乔赛斯爵士，来自海疆城。"乔赛斯爵士头戴飞翼盔，湛蓝底色的盾上有只银色飞鹰。"史文家族的加文爵士，风怒角石盔城伯爵。"加文伯爵盾上绘有一黑一白两只缠斗天鹅，其盔甲、披风和马饰也是黑白交缠，甚至剑鞘和长枪都有黑白条纹。

卡伦伯爵是闻名七国的琴手、歌手兼骑士，他用长枪点了提利尔的玫瑰；乔赛斯爵士点在亨佛利·哈顿爵士的菱形纹章上；至于那黑百骑士，加文·史文伯爵，则挑战白骑士护卫的黑王子。邓克搓搓下巴。加文伯爵甚至比已故阿兰爵士更老。"伊戈，这几个挑战者谁最弱？"他问肩头的小家伙，男孩似乎对这些骑士了若指掌。

"加文大人，"小家伙立刻回答，"瓦拉尔的对手最弱。"

"瓦拉尔'殿下'。"他纠正，"当侍从的不得无礼，小子。”

三名挑战者就位，三名冠军也纷纷上马。熙熙攘攘的群众赶紧下注，同时高声鼓励支持对象。邓克的注意力全放在王子身上，第一回合，王子的枪又是从侧面刺中加文伯爵的盾牌，试图将对付阿贝拉·海塔尔爵士的故伎重演，枪尖钝头一路侧滑，但这回失手刺空。加文伯爵的枪倒是结结实实击中王子的胸膛，瓦拉尔摇摇欲坠，几乎落马。

第二回合，瓦拉尔枪尖左移，直奔对手胸膛，虽只打中肩膀，却足以让老骑士长枪脱手。加文伯爵拼命挥手保持平衡，却不免于落马命运。少王子一跃而下，抽出长剑，却见伯爵连连示意，揭开面甲。“我认输，殿下，”他声明，“打得好。”看台上众诸侯齐声应和，“打得好！打得好！”于是瓦拉尔跪下搀扶灰发领主起身。

“两个都打得烂。”伊戈抱怨。

“管住舌头，否则就给我回营地待着。”

远处，不省人事的乔赛斯·梅利斯特爵士被抬出场，竖琴领主和玫瑰领主用钝制长斧你来我往，看得观众如痴如醉。然而邓克的目光仍旧落在瓦拉尔·坦格利安身上，不想分散注意力。*他外表光鲜，但仅此而已，*他发现自己在盘算，*我对上他有机会。若诸神保佑，我甚至能打他下马，到地上就能充分发挥体格与力量的优势。*

“揍他！”伊戈激动地高喊，在邓克肩上兴奋地扭来扭去，“揍他！揍他！打得好！对，就那儿，就那儿！”他支持的似是卡伦大人。琴手奏出另一种音乐，以金铁交击的伴奏不断压迫里奥公爵。观众分成对等两派，晨风中蔓延的半是助威半是咒骂。皮尔斯伯爵一斧一斧将金玫瑰花瓣挨个砍掉，木片和涂料满天飞，整面盾似要分解。就在这时，斧头嵌在盾上片刻……里奥公爵的长斧果断砍向对手的斧柄，瞬间只留给对手不满一尺的木棍。公爵抛开破盾，转守为攻，很快竖琴骑士只能单膝跪下，唱出降歌。

余下大半天如此这般地过去，节奏几乎不变：挑战者三三两两出场，偶尔能凑足五人。喇叭奏响，传令官报名，战马冲刺，群众欢呼，长枪折断，长剑砍在头盔和锁甲上。无论平民百姓还是贵族老爷都同意，今天比武格外精彩。在一场史诗般的对决中，亨佛利·哈顿爵士和亨佛利·毕斯柏里爵士——一位盾牌画着黑黄条纹上三个蜂窝的英勇的年轻骑士——一共折断十二根长枪，“亨佛利之战”誉满全场。泰伯特·兰尼斯特爵士被琼恩·庞洛斯爵士挑下马，还摔断了长剑，但他仅凭一盾笑到最后，得以保住冠军身份。独眼的罗宾·罗辛林爵士，一位须发皆白的老骑士，第一回合便被里奥公爵挑飞头盔，却拒不认输。他们又战了三回合，其间罗宾爵士无惧劲风吹起头发，断裂的长枪碎片如无数木刀在裸脸旁飞刺。邓克从伊戈口中得知不到五年前罗宾爵士正因长枪碎片失去了一只眼，不由更为称奇。纵然里奥·提利尔颇有风度地避开罗宾爵士毫无防护的头部，但罗辛林的顽强（或者说愚勇）仍让邓克哑口无言。最终高庭公爵正中罗宾爵士胸甲的心脏部位，令其翻下马去。

莱昂诺·拜拉席恩爵士也有多场精彩比斗。每当实力稍逊的对手点他的盾，他便会豪迈地大笑，上马冲锋和击落对手时亦是狂笑不断。若对手盔上有任何装饰，他都会打下来，抛给人群。那些冠饰往往雕琢精美，有木雕或革制品，有镀金或珐琅，甚至有纯银打造的，所以群众十分喜欢，被他打败的对手却脸上无光，不出几轮，只有头盔没装饰的才会挑战他了。莱昂诺爵士笑声洪亮，出尽风头，但邓克觉得今日最佳还属亨佛利·哈顿爵士。亨佛利一共打败十四名骑士，且没有一个易与之辈。

少王子大半时间安坐黑帐外，品尝银制高脚杯里的饮料，偶尔上马打败武艺平平的挑战者。他赢下九场，但在邓克眼中这九人均是菜鸟，老的老小的小，要么是技艺生疏的侍从，要么是外强中干的年迈诸侯。真正的强手都视而不见直接骑过他的盾牌。

下午晚些时候，刺耳的喇叭宣布一位新挑战者出场。他骑在高大的红色战马上，漆黑马饰有黄、红和橙色流苏。他来看台前致敬时，掀开的面甲下的面孔正是邓克在岑佛德伯爵的马厩里遇见的王子。

伊戈的腿忽然夹紧。“停下，”邓克大叫着把小捣蛋挣开，“想勒死我吗？”

“明焰王子伊利昂，”传令官宣布，“来自君临红堡。坦格利安家族的盛夏厅亲王梅卡之子，安达尔、洛伊拿人和先民的国王，七国统治者贤王戴伦二世之孙。”

伊利昂的盾上当然也绘有三头龙，但色泽比瓦拉尔的丰富得多，三个龙头分别是橙、黄和红色，它们吐出的火焰是闪闪发光的金箔。他的外套绣了火与烟的涡旋，黑头盔也以红色珐琅火焰装饰。

他将长枪朝贝勒王子一点——漫不经心，极其敷衍——然后策马奔向场地北端，风驰电掣般奔过里奥公爵和狂笑风暴的帐篷，在瓦拉尔王子的帐前慢下。少王子僵硬起身，站在盾牌边上，邓克一时认定伊利昂就要敲……但马上的王子哈哈大笑，催马过去重重敲在亨佛利·哈顿的菱形纹章上。“出来，出来，小骑士，”他高亢清澈地唱道，“出来面对真龙。”

亨佛利爵士硬邦邦地朝对手垂首致敬，然后不再多看，自顾上马，系牢头盔，拿枪持盾。两名骑士就位时，满场安静下来。邓克听见伊利昂王子阖上头盔，接着号角奏响。

亨佛利爵士缓缓起步，意在逐渐提速，但对手用两只马刺狠狠催促红色骏马，一开场便舍命狂奔。伊戈又夹紧双腿。“杀了他！”他忽然高喊，“杀了他，看准了，杀了他，杀了他，杀了他！”邓克闹不清小家伙要杀谁。

伊利昂王子的金色长枪有红、橙、黄的条纹，摇摇晃晃低垂于栏杆上。低了，太低，邓克一眼就看出问题，他会错过亨佛利爵士而击中马，他必须提枪。可是，邓克心头寒意骤生，也许伊利昂不会提枪。他总不能……

电光火石之间，亨佛利爵士的战马在杀到眼前的矛尖前退缩，人立而起，怕得双眼翻白。但是迟了，伊利昂的枪恰好高过那畜牲的护胸甲，伴着一阵鲜红血雾穿颈而出。战马哀嚎着倒向一旁，木栏杆被踏得支离破碎。亨佛利爵士意欲跳出，但一只脚卡在马镫里，他被压在碎裂的栏杆和倒下的坐骑之间，惨叫连连。

岑树滩草场沸腾了。许多人跑去解救亨佛利爵士，但垂死的战马在剧痛中胡乱蹬踢，难以靠近。伊利昂轻快地绕过现场，跑向对面，又调转马头飞奔回来。他也在喊，但在战马几如人声的垂死嘶鸣中听不真切。伊利昂下马后，拔剑走向倒地的对手，他自己的侍从和亨佛利爵士的侍从联手才把他拉住。伊戈在邓克肩上蠕动。“放我下去，”小家伙叫道，“可怜的马，放我下去。”

邓克觉得恶心。*若雷霆遭此噩运，我会怎么做？*一个士兵用长柄斧结果了亨佛利爵士的坐骑，终结了令人心悸的嘶鸣。邓克回身强挤出人群，走到空地才放下伊戈。男孩兜帽掉了，眼睛通红。“挺可怕的，嗯，”他告诉小家伙，“但当侍从就要学会坚强。比武会上有更可怕的意外。”

“那不是意外，”伊戈说话时嘴唇颤抖，“伊利昂故意的。你也看见了。”

邓克听得皱眉。在他看来也是这样，但他很难相信一个骑士，尤其是流着真龙血脉的骑士不行正道。“我只看见一个嫩如夏日青草的骑士握不稳长枪，”他顽固声称，“此事我不想再谈。今天比武也瞧够了，回去吧，小子。”

如他预料，等场子清理干净，日已西沉，岑佛德伯爵宣布今天比武到此为止。

暮色笼罩草场，商铺沿线燃起百来只火炬。邓克给自己买了角麦酒，还给生闷气的男孩也买了半角。主仆俩游荡了一阵，听着愉悦的长笛和打鼓表演，又看了一场以万船横渡的战士女王娜梅莉亚为主角的木偶戏。木偶师只有两艘船，却营造出一场热热闹闹的海战。邓克原本想问那个叫坦茜莉的女孩涂好他的盾牌没有，但她实在忙不开。还是等今晚表演结束吧，他宽慰自己，没准她那时会口渴呢。

“邓肯爵士，”有人在身后呼唤。跟着又唤一声，“邓肯爵士。”邓克这才意识到叫的是自己。“我今天看见你挤在平民中间，肩上扛着这孩子。”雷蒙·佛索威笑着走来，“哈，你二位可是鹤立鸡群啊。”

“这孩子是我的侍从。伊戈，这位是雷蒙·佛索威。”邓克不得不推着孩子上前，饶是如此，伊戈仍低头盯着雷蒙的靴子，喃喃地打招呼。

“你好啊，小家伙。”雷蒙轻松地说，“邓肯爵士，何不上看台呢？那里欢迎所有骑士。”

邓克觉得跟百姓仆人们一起更自在，想到坐在老爷夫人和有产骑士中间就不舒服。“幸亏没在上头，最后那场可不光彩。”

雷蒙苦着脸，“同感。岑佛德大人判亨佛利爵士胜，并将伊利昂王子的战马奖给了他，但他没法参赛了，腿生生断成三截。贝勒王子派自己的学士去照顾他。”

“谁接替亨佛利爵士的冠军之位呢？”

“岑佛德大人有意让卡伦大人或另一位亨佛利爵士接替——就那位与哈顿棋逢对手的好骑士——但贝勒王子认为不宜就此撤去亨佛利爵士的盾牌和帐篷。依我看，明天可能只有四位冠军出场。”

四位冠军，邓克寻思，里奥·提利尔、莱昂诺·拜拉席恩、泰伯特·兰尼斯特和瓦拉尔王子。就今日所见，他知道自己跟前三位相差太远，只能……雇佣骑士怎能挑战王子？瓦拉尔是铁王座第二顺位继承人，作为破矛者贝勒的长子，身上流淌着征服者伊耿、少龙主和龙骑士伊蒙王子的血，而我不过是老人在跳蚤窝的食堂找到的野孩子。

光想想就头痛。“你堂哥要挑战谁？”他问雷蒙。

“不出意外，是泰伯特爵士，他二人势均力敌。不过我堂哥密切关注着每场比赛，明日若哪位冠军受点小伤，或稍露疲态，史蒂芬会毫不犹豫敲他的盾。你大可放心，他从不以骑士风范闻名。”他大笑着，似乎被自己的毒舌逗乐了。“邓肯爵士，跟我去喝两杯？”

“我有事在身。”邓克不太想接受无法报答的好意。

“我在这等吧，等木偶戏结束取盾牌，爵士。”伊戈说，“他们接下来演星眼赛米恩，然后又是杀龙。”

“看，这下方便了，你的事有这小子操办，酒还等着我们咧。”雷蒙道，“青亭岛的佳酿哟，你怎舍得拒绝？”

邓克无法推辞，只能随他去，留下伊戈继续看木偶戏。雷蒙和他堂哥住的金色帐篷顶上飘扬着佛索威家的苹果旗，旗下两名仆人在一小堆火上用蜂蜜和草药烤一只山羊。“你饿的话，也有吃的，”雷蒙替邓克拉开帐门，大咧咧地说。帐篷里被一只炭盆烤得暖洋洋的。雷蒙取出两个酒杯。“他们说岑佛德大人将马判给亨佛利爵士时，伊利昂大怒若狂，”他边倒酒边倾诉，“但我想真正做决定的是王子的大伯。”他把一杯递给邓克。

“贝勒王子是有荣誉感的人。”

“明焰王子就没有荣誉感啦？”雷蒙笑道，“别那么严肃，邓肯爵士，这里只有我俩，况且伊利昂行止不端不是什么秘密。感谢诸神，他在继承顺位上很靠后。”

“你真的相信他故意杀马？”

“毋庸置疑。我跟你说，今日要是梅卡王子在看台上，他决不敢如此嚣张。若传言不假，每当父亲在场，伊利昂就会表现得优雅得体，尽显骑士风范，但只要父亲不在……”

“我看见梅卡王子的座椅是空的。”

“他跟御林铁卫罗兰•克雷赫一道离开岑树滩堡，找两个失踪的儿子去了。强盗骑士的谣言愈传愈离谱，我想王子殿下不过是又喝多了。”

甘醇的葡萄酒带有馥郁的水果味，他头一次尝到如此佳酿，不由得把酒液在嘴里细细品尝，才肯吞下。“这又是哪个王子？”

“梅卡的继承人，跟着国王取名戴伦，大家背地里叫他‘醉鬼’戴伦。他带着梅卡的小儿子，结伴离开盛夏厅，却没抵达岑树滩。”雷蒙干了杯中酒，放开杯子。“可怜的梅卡。”

“可怜？”邓克吃惊地问，“你说国王的儿子可怜？”

“国王的第四子，”雷蒙纠正，“没有贝勒王子英勇，没有伊里斯王子聪明，也没有雷格王子温和，现在连儿子也要活在哥哥儿子的阴影下。戴伦是酒鬼，伊利昂虚荣又残忍，他的第三子如此不上道以至于被送去学城当学士，至于最小的那个——”

“爵士！邓肯爵士！”伊戈气喘吁吁冲进来，兜帽掉了，他深色的大眸子闪着炭盆的火光，“你快去，他要伤她！”

邓克茫然起身。“伤她？谁要伤谁？”

“伊利昂！”男孩声嘶力竭地吼道，“他要伤她。伤那个木偶女孩。快来。”说完他旋身冲入黑暗。

邓克必须去，雷蒙一把捉住他胳膊。“邓肯爵士，他说的可是伊利昂，流着真龙血脉的王子。当心！”

他知道对方说得在理，老人也会如此建议，但他不想听。他挣脱雷蒙，一肩膀撞出帐篷。商铺那边远远传来叫喊，伊戈几乎跑出了视线，借着长腿，邓克迅速赶上。

近了，围观人群堵得水泄不通，邓肯不顾抗议，硬生生撞进去。一位着王室服色的士兵上前阻拦，邓克伸出巨手朝他胸前一推，让他双手乱舞四仰八叉坐倒在泥地里。

木偶师的铺子被人掀翻，肥胖的多恩妇人伏地哭泣。一个兵一手抓佛罗理安的木偶，一手抓琼琪的木偶，让另一个兵用火炬点燃。另外三个兵翻箱倒柜，将木偶扔在地上践踏。木偶龙散落一地，东一片翅膀，西一只脑袋，龙尾断成三截。一片狼藉间，伊利昂王子容光焕发，他身穿拖长袖的红天鹅绒外套，双手扭住坦茜莉的胳膊。她双膝跪下，苦苦哀求，伊利昂根本不听。他强掰开她的拳头，捉住一根指头。邓克呆若木鸡，不敢相信眼前所见。只听“噼”的一声，坦茜莉惨叫起来。

伊利昂的一个手下想擒他，被他直接扇飞。邓克跨出三大步，生生扳过王子的肩。他忘了身上的长剑匕首，也忘了老人的所有教诲，他“砰”一记重拳打翻伊利昂，又照小腹猛踢。伊利昂摸向匕首，邓克一脚踏在他手腕上，然后踢他的嘴。若是没人拦，他会当场就地踢死王子。但王子的手下蜂拥而上。有两人分头捉住他两条胳膊，另一人跳上他的背，这些亲随越来越多，他根本无法摆脱。

他们终于按倒他，压住四肢，伊利昂重新站起来。王子嘴边全是血，他将手指探进嘴。“你弄松了爷一颗牙，”他怨毒地说，“我们要一颗一颗拔掉你的牙。”他拨开眼前几缕乱发。“你有点眼熟。”

“你曾把我当马夫。”

伊利昂绽出血红的微笑，“爷想起来了，当时你就不识抬举。今天又为何要白白送命咧，为这婊子？”坦茜莉蜷在地上，护住伤残的手，王子用脚尖踢了她一下。“她值么？不过是个叛徒，真龙决不会失败。”

他疯了，邓克心想，但他毕竟是亲王之子、国王之孙，惹上他是死路一条。若他知道如何祈祷，现在该祈求诸神保佑了，可惜他无暇多想，甚至连害怕都来不及。

“无话可说了？”伊利昂问，“真让人失望呀，爵士。”他又将手指伸进血淋淋的嘴里。“瓦特，找把锤子，敲光他的牙，”他下令，“然后开膛破肚，看看里头是何颜色。”

“住手！”一个男孩叫道，“不许动他！”

诸神在上，是小捣蛋，勇敢又愚蠢的小捣蛋，邓克心想。他拼命挣扎，却无法挣脱，只能冲男孩大喊：“闭嘴，傻孩子。还不快逃？待在这等他们抓你吗！”

“他们不敢，”伊戈走近，“谁敢造次，我父亲唯他是问。还有我大伯。我命令你们放开他。瓦特、约克尔，不认得我了？赶紧松手。”

按住他左手的胳膊松开了，接着所有胳膊都松开了。邓克不明白发生了什么，只见王子的亲随纷纷退后，有一个甚至跪了下去。紧接着全身披挂的雷蒙•佛索威冲出人群，长剑在手。他堂哥史蒂芬爵士跟在后面，同样亮出了武器。他们带来六七名胸前有红苹果纹章的佛索威武士。

伊利昂王子不在乎他们。“小鬼放肆，”他对伊戈说，一口血吐在男孩脚边。“你的头发怎么搞的？”

“我剃光了，哥哥，”伊戈回答，“我不想跟你同流合污。”

比武会第二日阴云密布，西风猎猎。观众比昨天少吧，邓克心想，今天更容易抢到好位置。伊戈可以坐篱笆上，我站在他身旁。

伊戈这会儿应是在看台包厢里，穿着丝绸毛皮，邓克却被岑佛德伯爵扔进了光秃四壁的塔楼房间。这房间有扇窗，但朝向不对，可自打太阳升起，邓克依然凑在窗边座椅上，阴郁地眺望市镇、原野和森林。他们收缴了他的麻绳剑带，连同剑带上的长剑匕首及他所有银币。他只希望伊戈或雷蒙没忘记栗子、雷霆。

“伊戈，”他用几不可闻的声音呼唤。他可怜的侍从，来自君临跳蚤窝的小家伙。有他这么傻的骑士吗？*呆子邓克，比城墙还笨，比野牛更迟钝。*

自岑佛德伯爵的士兵赶到木偶戏现场，他就没机会再跟伊戈说话——也没机会跟雷蒙、跟坦茜莉、跟任何人，甚至岑佛德伯爵本人说话。他怀疑自己还能否见到他们中任何一个，也许要被活活困死在这间小屋。*还能怎样？*他苦涩自问，*我当众殴打亲王之子、国王之孙，还用脚狠狠踢他。*

阴霾不开，高贵的老爷和驰骋赛场的冠军们的旗帜将不复昨日荣光；乌云蔽日，没有太阳为他们的钢盔添色增彩，让他们金银装饰熠熠生辉。饶是如此，邓克仍希望能在比武场边观赛。今天属于雇佣骑士，属于穿着朴素盔甲、没钱置办马饰的雇佣骑士。

唯一值得欣慰的，是他至少能听见比武场的声音。传令官的号角如此嘹亮，群众时而爆发的呐喊意味着又有人落马、或起身继续奋战、或做出其他英勇行为。他也听见微弱的马蹄声，隔了许久有金铁交击或长枪折断——邓克每听见后一种声音就禁不住畏缩，这让他想起伊利昂折断坦茜莉的手指。还有别的、更近的声音：门外大厅的脚步、下方庭院的马蹄、城墙上的人声与叫喊——有时这些声音淹没了比武场的声音，邓克觉得这样也行。

“雇佣骑士是最纯粹的骑士，邓克。”很久以前，老人告诉他，“其他骑士或为领主效忠，或为领地打算，但我们凭心而为，坚守信念……每位骑士都起誓保护弱者和无辜之人，可我想，只有我们能更好地遵守誓言。”这番话变得奇怪地清晰，邓克本以为差不多全忘了。也许到头来，老人是对的吧。

日渐西沉，远处比武场的声音低落下去，暮色潜入囚室。邓克依然坐在窗边座椅上，望着聚集的黑暗，试图忽略空空的肚皮。

他听见脚步声，然后铁钥匙叮当。待他起身，门开了，两个守卫进来，其中一个提着油灯，后面有个仆人带来一盘食物。伊戈在仆人身后。“留下灯和吃的，下去吧。”男孩吩咐。

他们不敢有违，但退出时把沉重的木门半掩。食物香味让他垂涎欲滴，盘子里有热面包和蜂蜜，一碗豌豆粥和一串上好的洋葱烤肉。他坐下来，撕开面包，狼吞虎咽。“没刀子啊，”他注意到，“他们以为我会胁持你么，小子？”

“他们才不会跟我讲。”伊戈穿一件收腰紧身的黑羊毛上衣，长长衣袖饰以红绸，坦格利安的三头龙缝在胸口。“我大伯说我必须为欺骗你的事向你诚挚道歉。”

“你大伯，”邓克道，“不就是贝勒王子。”

男孩惨兮兮地承认：“我不是有意骗你。”

“但你就是骗了我，没一件是真的，从名字开始。我从未听说什么伊戈王子。”

“那是伊耿的简称，我哥伊蒙给取的。他现下去了学城，将来要当学士，他走后戴伦和姐姐们有时也这样叫。”

邓克拿起肉串，贪婪地咬了一口。是山羊肉，涂了些他从未尝过的高级香料。油脂流下嘴巴。“伊耿，”他念道，“当然是伊耿，跟着龙王伊耿取名。有多少个伊耿做过国王啊？”

“四个，”男孩回答，“四个伊耿。”

邓克咀嚼烤肉，吞下去，又撕下一块面包。“你为何这么做？为了愚弄愚蠢的雇佣骑士？”

“不，”男孩眼中噙满泪水，但竭力保持尊严，“我本该成为我长兄戴伦的侍从，为此学会了一切侍从该做的事。但戴伦不是个好骑士，他不想上场比武，离开盛夏厅后他趁护卫们不注意偷偷溜走。他没回家，而是带我继续前往岑树滩，为的是出其不意。是他剃光我的头，他知道我父亲会多方寻找。戴伦的发色并不突出，只是淡棕，但我的头发跟伊利昂和我父亲一样。”

“真龙血脉。”邓克说，“银金头发和紫罗兰色眼眸，大家都知道。”比城墙还笨，邓克。

“是的，所以戴伦把我剃个精光，打算要我俩藏到比武会结束。随后你误打误撞将我当作马童，我……”他垂下眼。“我不管戴伦想不想上场，我只想当个好侍从。对不起，爵士，我说的是真心话。”

邓克满腹思量地看着小家伙。他明白为实现心愿而撒下弥天大谎的感觉。“我以为你很像我，”他最后说，“也许你确实像，只是跟我以为的有点不一样。”

“我们确实都是君临人嘛。”小家伙满怀希望地说。

邓克忍俊不禁。“是的，不过你来自伊耿高丘，我却生于低贱的跳蚤窝。”

“那也不远。”

邓克咬口洋葱，“我是该叫你大人呢还是殿下还是别的什么？”

“在朝廷里得这么叫。”男孩承认，“但你愿意的话，私下可以继续叫我伊戈，爵士。”

“他们打算怎么处置我，伊戈？”

“我大伯想见你。等你吃完以后，爵士。”

邓克推开盘子起身。“我吃完了。我踢过一个王子的嘴，不能让另一个王子久等。”

贝勒王子逗留期间，岑佛德伯爵让出自己的套房，所以伊戈——不，是伊耿，他必须习惯——将他带到领主书房。贝勒正就着蜂蜡烛看东西，邓克在他面前跪下。“起来吧，”王子说，“要酒吗？”

“方便的话，殿下。”

“给邓肯爵士倒一杯多恩红葡萄甜酒，伊耿。”王子命令。“注意别洒了，你还欠着他。”

“这孩子不会洒，殿下，”邓克道，“他是个好孩子、好侍从。我知道他对我没恶意。”

“结果不因意图而改变。当伊耿目睹他哥哥对木偶师做出那种事，就该直接来见我，结果他跑去找你，这可不是好主意。你做的那些，爵士……好吧，换我可能也会那么做，但我是七国太子，不是雇佣骑士。无论出于何种原因，你一时冲动殴打王孙都太不明智。”

邓克沉重地点头。伊戈递上一只满满的银制高脚杯，他接过长饮一口。

“我恨伊利昂，”伊戈急迫地说，“而且城堡太远，我只能去找邓肯爵士，大伯。”

“伊利昂是你哥哥，”王子坚定地回答，“修士劝诫我们兄弟之间要互相友爱。伊耿，你先下去，让我跟邓肯爵士谈。”

男孩放下酒壶，僵硬地一鞠躬，“如您所愿，殿下。”他走出书房，轻轻带上门。

破矛者贝勒盯着邓克的眼睛看了很长时间。“邓肯爵士，请容我开门见山——你是不是合格的骑士？你的武艺究竟如何？”

邓克不知如何作答。“阿兰爵士教会我使剑和盾，还教我用长枪刺吊环与枪靶。”

贝勒王子听了忧心忡忡，“我弟弟梅卡数小时前回到城堡，他发现自己的继承人在此地以南仅一日骑程的旅馆里喝得烂醉。虽然梅卡不会承认，但我相信他盼望自己的儿子们在这场比武会中胜过我儿子。结果他俩都令他蒙羞。他会怎么做？他俩都是他的嫡生血脉，他一肚子怒火无处发泄，只怕要挑你作替罪羊。”

“我？”邓克可怜兮兮地重复。

“伊利昂早就在搬弄是非，戴伦的话更是火上浇油。为开脱自己的懦弱，他谎称在路上遇到个高大的强盗骑士，力不能敌，被掳走了伊耿——很不幸，他口中的强盗骑士是你，爵士。在戴伦的故事中，他为追回亲弟弟，披星戴月地追赶你。”

“但伊戈会说实话。我是说，伊耿。”

“伊戈会说实话，我毫不怀疑。”贝勒王子道，“但这孩子从小爱撒谎——你也亲身体验过——我弟弟会信哪个儿子呢？再说伊利昂将木偶师的事形容为叛国大罪。龙毕竟是王室纹章，一条龙被杀，脑袋砍掉，血流满地……没错，这只是纯粹的表演，但很不明智。伊利昂称这是对坦格利安家的大不敬，意在含沙射影煽动叛乱，梅卡多半会认同。我弟弟天性敏感，而自戴伦让他失望以来，他更把所有希望都寄托在伊利昂身上。”王子呷了口酒，放下高脚杯。“不管我弟弟信什么不信什么，有件事确定无疑：你向真龙血脉动手，单这个就必须受审，接受法官判处的惩罚。”

“惩罚？”这个词让邓克惊恐。

“伊利昂要你的脑袋，最好先拔光牙齿——当然，我向你保证，你的牙不会受任何伤害，但我无法拒绝他的审判要求。既然我们尊贵的君父远在千里之外，那么我和我弟弟将成为裁判你的法官，连同此地主人岑佛德伯爵及其封君高庭的提利尔公爵。上次有人因对王族动手获罪，惩罚是砍掉那只手。”

“砍掉我的手？”邓克惊呆了。

“还有你的脚。记得吗？你还踢过他。”

邓克哑口无言。

“当然，我会敦促法官们从轻发落。作为国王之手和王位继承人，我的话有分量。但我弟弟的话同样也有，结果如何很难说。”

“我，”邓克张口结舌，“我……殿下，我……”木偶女孩当然没有叛国，那只是一条普普通通的木龙，绝非要诅咒王子。他想解释，可所有的辩词都离他而去。他向来不善言辞。

“你还有个选择。”贝勒王子静静地说，“是好是坏，由你自己决定，我只提醒你任何受指控的骑士都有权要求比武审判。所以我再问你一遍，高个邓肯爵士——你是不是合格的骑士？说实话？”

“七子审判，”伊利昂微笑，“我确信，那是我的权利。”

贝勒王子眉头深锁地敲打桌面，岑佛德伯爵在他左边缓缓点头。“怎么？”梅卡王子倾身质问儿子，“你不敢面对这雇佣骑士，让天上诸神证明你的指控？”

“不敢？”伊利昂说，“面对这货？别傻了，父亲，我只想关照我挚爱的兄长。戴伦王兄也曾被这位邓肯爵士冒犯，他的指控在先，七子审判能让我们一起报仇雪恨。”

“我可没兴趣，弟弟，”戴伦·坦格利安、梅卡王子的长子咕哝道，他的脸色比跟邓克第一次在旅馆见面时还差。虽然这回他似乎冷静下来，红黑上衣没有葡萄酒污渍，但眼睛充血，额上全是汗。“等你杀了这个强盗，我再为你庆功。”

“你心肠太好了，亲爱的哥哥。”伊利昂王子笑容满面，“但我要是贸然剥夺你证明自己的机会，未免太无情。我坚持要求七子审判。”

邓克不明白。“诸位殿下，诸位大人，”他对高台上众人说，“我不明白，何谓‘七子审判’？”

贝勒王子不安地在座椅里扭动。“它是比武审判的一种，源远流长，但很少启用。七子审判随安达尔人和他们的七神一起传到维斯特洛。在比武审判中，控辩双方把命运交给天上诸神决定，而安达尔人觉得让七对选手交手，会更荣耀诸神，让诸神更乐于干预，使比武审判的结果更公平。”

“或许诸神只想看场大戏，”里奥·提利尔公爵嘴角露出一丝冷笑，“无论如何，伊利昂爵士有这个权利，七子审判在所难免。”

“也就是说，我必须和七个人打？”邓克绝望地问。

“你不是一个人，爵士。”梅卡王子不耐烦地回答，“少装蒜，对你没好处。七子审判必须以七对七，你得再找六位骑士为你而战。”

*六位骑士，*邓克心想，*这跟要我去号召六千位骑士有何区别？*他一无兄弟，二无亲戚，连战友都没有，上哪儿去找六个陌生人为雇佣骑士的命挑战两位王子？“诸位殿下，诸位大人，”他问，“要是没人为我而战怎么办？”

梅卡•坦格利安冷冷地向下瞪着他：“若你诉求正义，一定有人为你而战；假如找不到人，爵士，自然证明你有罪。我说得够明白了吗？”

走出岑树滩堡，身后闸门“咔咔”降下，邓克感到前所未有的无助。细雨飘飞，如露珠凝在皮肤上，却令他阵阵发抖。他过了河，前方草场中依稀可见几个彩圈，那是仍点着火的帐篷。时至半夜，黎明几小时后就会到来，*届时便难逃厄运。*

他们归还了长剑和银币，但涉过浅滩时，他觉得一无所有。他猜他们是不是要他骑马逃走。想逃可以逃，可那毫无疑问意味着他骑士生涯的终结，今后只能落草为寇，直到被哪位大人抓住砍头。*宁可生为骑士死，也不能如此苟活，*他顽固地想。

他徘徊在空旷的比武场，膝下全打湿了。绝大多数帐篷漆黑一片，主人们早已睡去，间或能瞧见几根蜡烛。有个帐篷传来愉悦的呻吟和叫床声，令他想到自己或许到死都是处男之身。

接着他听到马儿喷鼻息，不知为何，他确信是雷霆。他转身循声奔跑，果然是，他和栗子一起被拴在一顶散发出朦胧金光的圆帐篷外。帐篷中央旗杆上的旗帜湿透了，但邓克看出佛索威苹果的黑色曲线。

他又有了希望。

“比武审判，”雷蒙沉重地说，“诸神在上，邓肯，这意味着使用真正的战枪、流星锤、长斧……不再是钝剑，你想清楚没？”

“畏首畏尾的雷蒙，”他堂哥史蒂芬爵士嘲笑，爵士的黄羊毛披风扣着黄金和石榴石制的苹果搭扣，“瞎担心什么，堂弟，比武审判是骑士间的较量，只有骑士才能参加。邓肯爵士，至少有一个佛索威站你这边，那个成熟的。我亲眼看见伊利昂对木偶师们的所作所为，我挺你。”

“我也挺你，”雷蒙恼怒地声明，“我刚才的意思只是——”

他堂哥打断他：“还有谁跟我们一道出战，邓肯爵士？”

邓克无奈地摊开双手：“我谁也不认识。好吧，除了曼佛德·唐德利恩爵士，但他甚至不肯为我的骑士身份担保，哪会为我以身犯险？”

史蒂芬爵士似乎不以为意。“也即是说，我们还需要五条好汉。幸运的是，我的朋友不止五个。长刺里奥、狂笑风暴、卡伦爵爷、两个兰尼斯特、奥瑟·布雷肯……对，还有布莱伍德，跟我都有些交情，虽然你绝不能让布莱伍德和布雷肯站到一边。我去找他们谈。”

“他们不会喜欢被人半夜吵醒。”他堂弟反对。

“那更好，”史蒂芬爵士宣称，“生气会打得更卖力。包在我身上，邓肯爵士。堂弟，若日出时我没回来，就带上我的盔甲，替‘暴怒’备鞍，你们一起到挑战者的区域来找我。”他哈哈大笑。“我想，这将是难忘的一天。”说完他自信满满地大步离开帐篷。

雷蒙却没这么乐观。“五个骑士，”堂哥走后他忧郁地说，“邓肯，不是我想打击你，可……”

“假如你堂哥能带回他宣称的那些骑士……”

“长刺里奥？屠夫布雷肯？狂笑风暴？”雷蒙站起来，“不错，他认识这些人，关键在于他们认不认识他？史蒂芬无疑把这当成博取荣耀的机会，但赌注是你的命啊！你必须行动起来，自己去找人，我协助你，多多益善嘛。”门外的声音让雷蒙迅速转头。“谁鬼鬼祟祟？”他高叫。男孩矮身进帐，后面跟了个裹着被雨水浸透的黑斗篷的细瘦男子。

“伊戈？”邓克站起来，“你来干什么？”

“我是您的侍从，”男孩回答，“您需要有人为您穿戴盔甲，爵士。”

“你父亲大人可知你离开城堡？”

“诸神在上，千万别教他知道。”戴伦·坦格利安解开搭扣，斗篷从他的细肩膀上滑下。

“是你？你疯了不成，竟敢来这里？”邓克抽出匕首，“我捅死你。”

“也许你应该，”戴伦王子承认，“不过最好先给我来杯酒。瞧我的手。”他伸出一只手，让他们看见抖得多厉害。

邓克怒不可遏地踏步上前，“我管不了你的手。是你撒谎害我落到这步田地！”

“家父质问小弟去向时，我总得说点什么。”王子淡然回答，径自坐下，毫不在乎邓克和他的匕首。“说真的，我甚至没意识到走丢了伊戈，光盯着酒杯咧。所以……”他叹口气。

“爵士，我父亲要为控方出战，”伊戈插嘴。“我恳求他别这么做，但他不听，他说只有这样才能挽回伊利昂和戴伦的荣誉。”

“我根本没什么荣誉需要挽回，”戴伦王子酸溜溜地说，“谁要就拿走，我不在乎。可惜事已至此，邓肯爵士，但你大可放心，我唯一比骑马更讨厌的就是使剑。剑那么重那么利，野兽才用嘛。我第一回合会尽可能骑得英勇，之后……好吧，或许你可以照我头盔侧面来一下，弄出点声音，但别太响，如果你懂我的意思。论及舞刀弄剑读书思考，哪怕跳舞，我样样比不过弟弟们，但躺泥巴里装死的本领绝对是冠军。”

邓克瞪圆了眼，不晓得这小少爷是不是在耍他，“那你为何前来？”

“为警告你，”戴伦回答，“家父已命御林铁卫上场。”

“御林铁卫？”邓克顿时脸色惨白。

“是的，全部三名御林铁卫。诸神保佑，贝勒大伯把其他四人留在君临保护我们的国王祖父了。”

伊戈说出名字：“罗兰·克雷赫爵士，暮谷城的唐纳尔爵士，威廉·威尔德爵士。”

“他们别无选择，”戴伦替御林铁卫解释，“他们发誓守护国王和王室，诸神在上，我和我兄弟毕竟是真龙血脉。”

邓克掰着手指，“这也才六人。第七个人是？”

戴伦王子耸肩，“伊利昂会找到的。如果必须，他甚至会花钱收买个冠军。反正金子多的是。”

“您这边有谁？”伊戈忙问。

“雷蒙的堂哥史蒂芬爵士。”

戴伦听了一缩，“就一个？”

“史蒂芬爵士去约朋友了。”

“我可以找人，”伊戈说，“我能调动一些骑士。”

“伊戈，”邓克道，“我可要对付你两个哥哥。”

“您不会伤着戴伦的，我知道，”男孩说，“他答应装死。至于伊利昂……记得很小的时候，他会在夜里溜进我卧房，拿匕首顶住我双腿之间。他说他有太多兄弟，也许哪天兴起就让我做他妹妹，然后娶我。他还把我的猫扔进井里，他说不是他干的，但他撒谎成性。”

戴伦王子疲惫地耸肩。“伊戈说得没错，伊利昂是个怪物。你知道，他总以为自己是化身人形的魔龙，所以看见那场木偶戏才失控。真遗憾他生来不是个佛索威，若他以为自己是个苹果，大家都安全多了。可惜事已至此。”他弯腰起身，抄起掉在地上的斗篷，抖抖雨滴。“我得赶在家父怀疑我为何花如此长时间磨剑之前回城堡。但离开前，我想跟你私下聊两句，邓肯爵士，行吗？”

邓克狐疑地看了王子一会儿。“如您所愿，殿下，”他收起匕首，“我也得去取盾牌。”

“伊戈和我去找骑士。”雷蒙承诺。

戴伦王子扣好斗篷，拉起兜帽，邓克随他回到细雨中。他们朝商铺行去。

“我梦见了你。”王子静静地说。

“您在旅馆就这么说。”

“我说过？好吧，那就对了。我的梦跟你的不同，邓肯爵士，我的梦会成真。它吓着我了，你吓着我了。瞧，我梦见你和死去的龙，那是一头庞然巨兽，翅膀如此宽阔，以至于遮住整片草场。它倒在你身上，你活下来，龙却死了。”

“我杀了他？”

“这我不清楚，我只知你和龙都在场。我们曾是龙的主人，我们坦格利安，现在龙绝了种，但我们还在。好吧，我不想死，诸神知道，我不想死。若你肯操这个心，请确保杀的是伊利昂。”

“我也不想死。”邓克说。

“我不会杀你，爵士。我会撤回指控，但若伊利昂不肯同时撤回，这无济于事。”他又叹口气，“也许我的谎言会害死你，倘若如此，十分抱歉。我自知不免堕入地狱。也许是没酒的那层。”他打个寒战，独自走进冰冷细雨。

商人们打烊后会把货车推到草场西沿，一片桦树和岑树林里。邓克伫立树下，沮丧地看着原先木偶师的货车所在的地方。他们逃了，正如他担心的那样。*我要不是比城墙还笨，也该逃的*。他不知上哪去找盾牌。身上银币大概够买一面新的，他估计，假如找得到卖家的话。

“邓肯爵士，”有人在黑暗中呼唤。邓克回头发现铁人佩特就站在身后，提着一只铁灯笼。武器师傅腰部以上只披了件短短的皮革披风，赤裸的宽阔胸膛和粗膀子上覆满粗糙黑毛。“来取盾的吧？她把盾留下了。”他上下打量邓克，“俺瞧你手脚无缺，所以明天确实要进行比武审判，是不？”

“七子审判。你怎么知道？”

“哈，也许他们会亲吻你，封你当领主，可惜这世道这种事实在不可能；若非如此，就得让你少点零件。好了，时间不多，请随俺来。”

铁匠的车侧面绘有剑和铁砧，老远都看得见。邓克随佩特钻进去。武器师傅把灯挂到钩上，脱掉湿斗篷，当头套上粗布外衣。他从墙上放下一块铰链木板权当桌子。“坐。”他说着推来一张矮凳。

邓克坐下，“她人呢？”

“他们去多恩了。是女孩叔叔的决定，很明智。远走高飞，隐姓埋名。倘若继续逗留，只怕龙族不会忘记。况且，她叔叔不想让她看见你死。”佩特在货车尽头的阴影中翻找了一阵，取回盾牌。“你的盾边沿都是些廉价旧铁，生了锈又易碎。”他指出，“所以俺给你打了面新的，比以前厚两倍，背后以钢筋加固。虽然沉了许多，但也结实得多。女孩为你绘了图。”

她的画工是他前所未见的。灯笼映照下，落日的色彩异常丰富，茂盛的榆树挺拔高贵，流星宛如一条掠过橡木天空的明亮彩带。但邓克拿它在手，心里却不是滋味。*坠落的流星，算哪门子征兆？我会这样坠落么？况且落日意味着黑夜。*“我该留着飞翼杯，”他不无凄凉地说，“至少有翅膀能飞，而阿兰爵士说那杯子里装满信仰、希望和一切美好。现在这面盾看来预示着死亡。”

“不，那棵榆树如此生机盎然，”佩特指出，“看见它的枝叶多绿了吗？这毫无疑问是夏天的叶子。俺这辈子见过无数盾牌，上头不乏骷髅、恶狼、乌鸦，甚至吊死的人或血淋淋的头。它们并未预示主人的死亡，这面盾也一样。你记得那首古老的盾牌四字歌不？*橡木钢铁，护卫平安……*”

“*……保我周全，不堕地狱。*”邓克唱完。他多年没唱儿歌了，那还是老人很久以前教他的。“这面新盾，你收多少钱？”他问佩特。

“你吗？”佩特挠挠胡子，“一个铜板。”

第一缕苍白晨光渗出东方天际时，雨全停了，但场子也全毁了。岑佛德伯爵命手下移除栏杆，比武场成为一大片灰棕泥巴和烂草的沼泽，地面升起缕缕蜿蜒白雾，犹如条条扭动的白蛇。铁人佩特陪邓克上场。

看台快坐满了，老爷夫人们在早晨的清寒中裹紧斗篷。老百姓们也蜂拥而至，成百上千。*就这么想看我死啊，*邓克苦涩地想，但他错怪了他们。他才走几步，就听一个女人扯着嗓子喊：“祝您好运！”一个老人挤出人群来握他的手：“愿诸神赐予您力量，爵士先生。”一个穿破烂褐袍的乞丐帮兄弟吻了他的剑，一位少女冲上来吻他的脸。他们是来支持我的。“为什么？”他问佩特，“我算什么？”

“一位谨记誓言的骑士。”铁匠回答。

雷蒙等在比武场南端尽头的挑战者区域外，牵着堂哥的战马和邓克的雷霆。雷霆被沉重的马头甲、马胸甲和锁甲毯压得焦躁不安。佩特仔细检查过这套马盔甲，虽然并非他的作品，还是大加称赞。不管是谁贡献出这套马盔甲，邓克感激不尽。

然后他看见了加入他一方的人：花白胡子的独眼骑士，盾牌和罩袍绘有黑黄条纹上三个蜂窝的年轻骑士。罗宾·罗辛林爵士和亨佛利·毕斯柏里爵士。他震惊地意识到。亨佛利·哈顿爵士也来了。他骑在伊利昂的红色战马上，只是那马已覆上红白相间的菱形纹章。

他走向三位骑士，“爵士们，我永远欠你们的情。”

“是伊利昂欠我们，”亨佛利·哈顿爵士回答，“我们要找他讨回。”

“听说您腿折了。”

“不错，”哈顿承认，“我下不了地。但只要能骑马，我就能战。”

雷蒙将邓克拉到一旁，“我盘算哈顿渴望再次面对伊利昂，果真与他不谋而合。更幸运的是，另一位亨佛利原来是他连襟。罗宾爵士是伊戈找的，他们在别的比武会上有交情。现在我方有了五人。”

“六人，”邓克难以置信地伸出手指，只见一名雄赳赳的骑士踏步而来，侍从牵着他的战马，“狂笑风暴！”莱昂诺爵士比雷蒙爵士高出一头，几乎与邓克持平，金线罩袍上绣着拜拉席恩家的宝冠雄鹿，鹿角盔夹在腋下。邓克伸出手，“莱昂诺爵士，真不知如何感谢您和邀请您的史蒂芬爵士。”

“史蒂芬爵士？”莱昂诺爵士奇道，“是你的侍从来找我。那男孩伊耿。我家小子想赶他走，他一个猛子就从我家小子双腿间钻过，朝我头上泼了一壶酒。”他哈哈大笑。“要知道，一百多年没举行七子审判了！我可不愿错过与御林铁卫较量，顺便煞煞梅卡王子威风的机会。”

“现在有了六人，”莱昂诺爵士去招呼其他骑士时，邓克满怀希望地对雷蒙·佛索威说，“我敢肯定，你堂哥至少能请来一人。”

人群爆发出一阵呐喊。草场北端，一队骑士自河岸的晨雾中奔出。当先是三位瓷釉白甲的御林铁卫，犹如三道幽灵，长长的白袍在身后翻飞，连盾上也白白净净，空无一物，宛若新雪。铁卫之后是梅卡王子及其两个儿子，伊利昂骑一匹灰斑骏马，马饰上的橙、红流苏一路耀武扬威；他哥哥的战马小一号，通体裹着黑金鳞甲，戴伦的头盔上飘扬着绿丝羽毛。然而，真正令人望而生畏的是他们的父亲，梅卡双肩装饰着弯曲的黑色龙牙，头盔和背上也有，马鞍挂了一把硕大的钉头锤，那是邓克见过最可怖的武器。

“六人，”雷蒙忽然叫道，“他们也只有六人。”

是的，邓克发现了，对方有三名黑骑士三名白骑士，但还缺一人。难道伊利昂找不到人助拳？这意味着什么？审判将以六对六，而非以七敌七？

他正冥思苦想，伊戈悄然来到身旁，“爵士，该穿盔甲了。”

“谢谢你，侍从。搭把手？”铁人佩特和男孩合力为他穿上锁甲和护喉、护胫跟护手、头盔与股囊。一样接一样，他们把他武装到牙齿，又反复检查每个带扣搭扣。莱昂诺爵士在旁用油石磨剑，两个亨佛利低声交谈，罗宾爵士在祈祷，而雷蒙·佛索威焦急地踱来踱去，担心堂哥的去向。

待邓克披挂整齐，史蒂芬爵士才姗姗来到。“雷蒙，”他使唤堂弟，“快，把我的锁甲拿来。”他已穿好锁甲里的加垫上衣。

“史蒂芬爵士，”邓克道，“你请到朋友了吗？我们还需一位骑士才能凑足七人。”

“恐怕你还需两位，”史蒂芬爵士回答。雷蒙替他系好锁甲。

“大人，”邓克不明白，“两位？”

史蒂芬将一只精良的铁制龙虾护手套进左臂，活动手指。“我只看见五人，”雷蒙替他系上剑带。“毕斯柏里、罗辛林、哈顿、拜拉席恩和你自己。”

“还有你啊，”邓克说，“加上你就是六人。”

“我是第七人，”史蒂芬笑道，“不过是另一边的。我已加入伊利昂王子一方。”

雷蒙正欲给堂哥戴上头盔，听罢此言如五雷轰顶，“不。”

“是的，”史蒂芬爵士耸肩，“相信邓肯爵士会理解，我有义务效忠王子殿下。”

“你说找骑士的事包在你身上。”雷蒙面如土色。

“我说过？”他从堂弟手中抓过头盔，“我那时无疑是真心的。把坐骑给我牵来。”

“你自己去牵。”雷蒙愤然道，“如果你以为我还会帮你，那你不仅烂到了芯儿里，脸皮还比城墙厚。”

“烂到了芯儿里？”史蒂芬爵士咂嘴。“管住舌头，雷蒙。我们是一棵树上的苹果，而你是我的侍从。你忘记誓言了吗？”

“我从未忘记。但你呢？你发誓作一名好骑士。”

“明天我就不止是骑士啦。佛索威伯爵听来如何？我挺喜欢。”他微笑着套上另一只护手，转身去牵马，无视周遭鄙视的目光。没人出手阻止。

邓克眼睁睁看着史蒂芬爵士牵马穿过场子，情不自禁握手成拳，但干涩的嗓子说不出一句话。说什么也无法挽回佛索威。

“请赐封我为骑士，”雷蒙一只手放在邓克肩上，用力扳他过来，“让我顶替堂哥。邓肯爵士，请赐封我为骑士。”他单膝跪下。

邓克踌躇地握住剑柄，皱起眉头。“雷蒙，我……我不知道。”

“你必须这样做，不然你只有五个骑士。”

“这孩子说得对。”莱昂诺•拜拉席恩爵士插话，“事不宜迟，邓肯爵士，任何骑士都能赐封骑士。”

“你质疑我的勇气吗？”雷蒙问。

“当然不，”邓克说，“当然不，我只是不想……”他还在犹豫。

一阵喇叭声穿透晨雾，伊戈急急忙忙跑来。“爵士，岑佛德大人召唤你。”

狂笑风暴不耐烦地摇头，“你快去，邓肯爵士，我来赐封侍从雷蒙。”他一下子抽出长剑，用肩挤开邓克。“佛索威家族的雷蒙，”莱昂诺爵士庄重地将剑放到侍从右肩，“以战士之名我要求你勇敢。”长剑从右肩移到左肩。“以天父之名我要求你公正。”回到右肩。“以圣母之名我要求你保护弱者和无辜之人。”左肩。“以少女之名我要求你保护所有妇女。”

邓克留下他们继续仪式，自觉心中放下一块石头，却又充满罪恶感。还差一人，他翻身跳上伊戈为他牵住的雷霆，我上哪再找一人？他调转马头，缓缓骑向岑佛德伯爵等候的看台。伊利昂王子从比武场北端骑来会他。“邓肯爵士，”他兴高采烈地说，“你方好像才五人啊。”

“六人，”邓克反驳，“莱昂诺爵士正赐封雷蒙•佛索威。我们将以六敌七。”哪怕众寡更悬殊也不是毫无机会，但岑佛德伯爵摇头，“不行，爵士，若你找不到另一位骑士，即证明你所受指控为实，你将被判有罪。”

有罪，邓克心想，打掉一颗牙齿的罪，为此我将赔上一条命。“大人，请再给我一点时间。”

“可以。”

邓克缓缓地在看台前骑行，台上挤满骑士。“大人们，”他大声疾呼，“你们肯定还有人记得铜分树村的阿兰爵士。我是他的侍从，我们曾为您效劳，曾在您桌旁用餐、在您厅堂休息。”他发现曼佛德·唐德利恩坐在最高一排。“阿兰爵士为您父亲大人效劳时受过伤。”那骑士只顾跟身边贵妇说话，压根不理他。邓克只能转向其他人。“兰尼斯特大人，阿兰爵士曾在比武会中将您打下马。”灰狮检查着手套，打定主意不抬眼。“他是个好人，他教会我骑士之道，不仅是使枪弄剑，更在于荣誉。要保护无辜之人，他这么教诲，我如此遵行。现在，我需要一位骑士和我并肩作战。我只要一位骑士。卡伦大人？史文大人？”卡伦伯爵凑在史文伯爵耳边说了什么，史文伯爵轻笑出声。

邓克在奥瑟·布雷肯爵士面前勒马，压低声音：“奥瑟爵士，众人皆知您是一位伟大的骑士。请您加入我们吧，我恳求您，以新旧诸神之名，我的诉求是正义的。”

“也许吧，”屠夫布雷肯好歹肯当面回答，“但这不关我的事。我不认识你，小子。”

邓克心如刀绞，他调转雷霆，在一排排漠然的冷血动物面前骑来骑去。绝望中，他愤然大吼：“你们中就没有一位真正的骑士吗？”

一片沉默。

伊利昂在场子对面哈哈大笑。“真龙决不会失败，”他大叫。

却有人回应："我来加入邓肯爵士。"

河岸晨雾中缓缓骑出一匹黑色骏马，马上有位黑骑士。邓克看见龙盾和头盔上三个咆哮的珐琅龙头。少王子。诸神在上，真的是他？

岑佛德伯爵同样错认。"瓦拉尔王子？"

"不。"黑骑士掀开面甲。"我没打算来岑树滩参赛，大人，所以没带盔甲。亏得我儿好心出借。"贝勒王子的笑容几乎有些哀伤。

邓克发现，控方骑士陷入了混乱。梅卡王子催马上前。"哥哥，你失去理智了吗？"他用一只套铁甲的指头指向邓克。"此人袭击我儿。"

"此人保护弱者，正如每位真正的骑士该做的那样。"贝勒王子回答，"让天上诸神决定他是否有罪吧。"他一拉缰绳，调转瓦拉尔的大黑马，奔向比武场南端。

邓克骑雷霆跟上，为他而战的其他骑士也围拢过来：罗宾·罗辛林和莱昂诺爵士，两位亨佛利。他们都是好人，但也都是好手吗？"雷蒙呢？"

"拜托，是雷蒙爵士，"他小跑上来，微笑点亮了羽盔下严肃的脸。"请原谅，爵士，我刚才对纹章作了点小改动，我可不想再跟我那不名誉的堂哥同流合污。"他把新涂的盾牌拿给他们看——闪亮的金底依旧，但佛索威的红苹果成了绿苹果。"恐怕我确实没熟……但青苹果总比烂苹果好，呃？"

莱昂诺爵士哈哈大笑，邓克也忍不住咧嘴笑，连贝勒王子都表示赞许。

岑佛德伯爵的修士来到看台前，举起水晶带领大家祈祷。

"现在，各位请靠近，"贝勒静静地说。"控方冲锋时会使沉重的战枪，八尺长的岑树枪，铁条加固以防断裂，锋利的铁尖加上坐骑的冲力足以戳穿全身甲。”

“我们也该同样应对。”亨佛利·毕斯柏里爵士道。修士在他身后呼唤天上七神做证，做出公正裁决，将胜利赐予正义一方。

“不，”贝勒反对，“我们用比武长枪。”

“比武长枪容易断。”雷蒙指出。

“但它们有十二尺长，只要瞄得准，他们的枪根本碰不到我们。瞄准头或胸，比武时在对手盾上撞断长枪很英勇，实战中就可能是送死。打对手下马自己坐得住，胜利十拿九稳。”他瞥了邓克一眼。“若邓肯爵士有个闪失，比武审判将以诸神判他有罪结束；若他的两位指控者被杀，或至少撤回指控，结局与之相反。以上两项均不能满足，则必须打到某方七人全部丧命或投降。”

“戴伦王子不会打。”邓克说。

“反正他也打不好，”莱昂诺爵士大笑，“我们的不利在于要对付三名白骑士。”

贝勒平静以对，“我弟弟不该命御林铁卫为他儿子出战。然而他们的誓言禁止他们伤害流着真龙血脉的王子，幸运的是，我也是个王子。”他朝大家淡淡一笑，“你们替我挡住其他人，我来对付御林铁卫。”

“殿下，这是否有失骑士的体面？”修士完成祷告，莱昂诺·拜拉席恩爵士疑惑地问。

“只有诸神知道。”破矛者贝勒说。

深沉的静默一如预期笼罩了岑树滩草场。

八十码外，伊利昂的灰战马烦躁地嘶鸣，扒拉泥泞地面；雷霆却格外安静，他毕竟是匹身经百战的老马，知道等待自己的是什么。伊戈把盾递给邓克。“愿诸神与您同在。”男孩说。

盾上的榆树和流星振作了他。他左手穿进系带，握紧握把。橡木钢铁，护卫平安，保我周全，不堕地狱。铁人佩特送上长枪，但伊戈执意要亲自呈给邓克。

左右两边，他的战友也纷纷拿起长枪，排成战列。贝勒王子在右，莱昂诺爵士在左，但巨盔的狭长眼缝让他只能关注正前方。看台不见了，篱笆后的群众也不见了，眼前唯有泥泞的场地，丝丝缕缕的白雾，北方的河流、市镇和城堡，以及那个骑在灰马上、盔顶有龙焰装饰、盾牌上有只趾高气扬的龙的王子。邓克目睹伊利昂的侍从送上漆黑如夜的八尺战枪。他大概想刺穿我的心脏。

一只号角奏响。

刹那间，邓克仿如封在琥珀中的苍蝇般僵坐不动，但所有的马同时奔跑起来。突如其来的恐惧刺透了他。我傻了，他狂乱地想，我完全傻了，我会一败涂地、辜负大家。

雷霆拯救了他，棕色大战马什么都记得，无须骑手催促，便开始小跑。邓克下意识地用上训练的成果，马刺朝战马轻轻一扎，放低长枪，举盾护住左边大半身体。他握盾的角度是要挡开可能的刺击。橡木钢铁，护卫平安，保我周全，不堕地狱。

人群的喧哗减弱为遥远的浪涛，雷霆迈步飞奔，邓克在疾速奔驰中咬紧牙关。他放低马刺，用尽全力夹紧大腿，让人马合一。我是雷霆，雷霆是我，我们是同一头野兽，我们融在一起，我们是一体。头盔里变得如此闷热，他几乎无法呼吸。

长枪比武中，对手会从左边攻来，隔着一道栏杆，而他的长枪会横过雷霆的脖子。那种角度下枪很容易折断。但今日乃是死斗，战马正面对冲，之间全无阻碍。贝勒王子的大黑马比雷霆快得多，邓克从眼缝边瞥见王子冲在前头。他没再探视其他人，他们都不重要，只有伊利昂，伊利昂才是他的焦点。

他看见腾飞的巨龙。伊利昂王子的灰马鼻孔大张，蹄下溅起无数泥点。黑色战枪依然高举。骑士若到最后一刻才放枪，有瞄低的危险，老人指导过他。他自己的枪尖对准了王子的胸膛。枪和手是一体，他告诉自己，它是手的延长，是我的木手指。我只需用长长的木手指碰他一下。

他试图忽略伊利昂黑枪上迅速扩大的锐利尖头。龙，看那条龙，他心想。巨大的三头怪兽覆盖了王子的盾牌，红色翅膀，金色火焰。不，看你要刺的地方，他猛然惊觉，但长枪已偏了方向。邓克奋力纠正，可为时已晚，枪尖砸在伊利昂盾上两个龙头之间，刺进一团彩绘火焰。随着一声闷响，雷霆受到阻力，在撞击的力道下颤抖，半个心跳后，有东西凭一股怪力击中他身侧，接着两马剧烈相撞，盔甲丁零当啷，雷霆跌跌撞撞。邓克长枪脱手，越过了对手，死命抓马鞍才没跌倒。雷霆在烂泥地里东倒西歪，邓克觉得马的后腿失去了控制，人和马不住打滑、转圈，然后雷霆一屁股坐倒。“起来！”邓克大吼，猛踢马刺，“起来，雷霆！”老战马在他的命令声中不知为何又站了起来。

肋下剧痛，左臂不听使唤。伊利昂的长枪穿透了橡木、羊毛和钢铁，三尺长的断裂岑木和铁尖插在他身上。邓克伸出右手握住断枪底部，咬紧牙关，挣命一扯将之扯出。鲜血泉涌，渗过锁甲链环，浸透罩袍。他只觉天旋地转，直欲落马，然而朦胧中，隔着雨帘隐隐听到人们在呼唤他的名字。他美丽的盾牌失去了效用，他把它们统统扔开，榆树、流星、断枪，统统扔掉后他抽出长剑。但他伤得太厉害，大概没力气使它。

他驱策雷霆转圈，试图弄清周围战况。亨佛利·哈顿爵士伏在马脖子上，显然受了伤。另一位亨佛利爵士人事不省地倒在一摊鲜血染红的泥巴里，股间插了一截断枪。贝勒王子仍在奔驰，长枪也完好无损，他把一位御林铁卫挑下马。梅卡和另一位白骑士已然落马。第三位御林铁卫在跟罗宾·罗辛林爵士缠斗。

伊利昂，伊利昂呢？身后的隆隆马蹄让邓克猛然回头。雷霆嘶叫人立，四脚乱踢，伊利昂的灰战马全速撞上了他。

这回他再也无法恢复平衡。长剑旋转脱手，地面迎头撞来，他结结实实摔了一跤，摔得骨头打颤、透彻心肺、眼泪横流。他没力气了，嘴里满是血味。呆子邓克，自以为是骑士。他必须起来，否则难逃一死。于是他手脚并用呻吟着起身，无法呼吸，目不视物，头盔眼缝沾满泥巴。他只能盲目地爬起来，用铁甲手指刮眼缝中的泥巴。是了，那是……

透过指缝，他看见飞翔的巨龙和铁链尽头的带刺流星锤。然后脑瓜炸成碎片。

等他再度睁眼，发现又躺在地上，摔得四脚朝天。头盔上的泥巴被统统震落，但一只眼睛为血蒙住，另一只眼睛只见黑灰天空。面庞阵阵抽痛，冰冷湿润的铁贴紧脸颊和额头。他砸破了我的头，我快死了，还要连累大家，雷蒙、贝勒王子和所有人。我终于还是辜负了他们。我不是冠军，甚至没资格当雇佣骑士。我一无是处。他想起戴伦王子吹嘘自己躺泥巴里装死的本领是冠军。他不知邓克更能装，对吧？这份耻辱比疼痛更让他难受。

巨龙笼罩在他面前。

龙有三个头，翅膀亮如火焰，红、黄和橙。龙狞笑着。“死了没有，雇佣骑士？”龙问，“求饶认罪，爷或许只要你一手一脚。噢，外加所有牙齿，牙有何用？反正你这等贱货只配喝粥。”龙仰天长笑。“不投降？尝尝这个。”带刺铁球在空中旋转，势如流星砸向他的头。

邓克突然翻身。

他不知哪来的力气，一下子滚到伊利昂脚边，用铁甲包裹的胳膊抱住对方大腿，将咒骂着的王子拖进泥地，随即翻到上面。他尽管用那该死的流星锤砸好了。王子试图拿盾敲邓克的头，但被砸扁的头盔承受了冲击。伊利昂固然强壮，邓克却更壮、更大、更沉。

他双手抓盾，竭力扳动，直到系带断裂，然后拿它向下砸王子的头盔，一下一下又一下，砸碎了头盔上的珐琅火焰。这面铁皮镶边的坚实橡木盾比邓克的盾更厚。一条火焰碎裂，接着又一条，邓克不几下就砸掉了王子所有的火焰。

伊利昂终于松开无用的流星锤，摸向臀间匕首。他刚把它拔出鞘，邓克就用盾砸去，匕首脱手飞进泥土中。

*王子打败了高个邓肯爵士，却在跳蚤窝的邓克面前败下阵来。*老人将枪剑技巧倾囊相授，但打架是他从小熟悉的，从小在都城贫民窟的暗巷角落间练就的。邓克扔掉破盾，扯开伊利昂的面甲。

面甲是弱点，他还记得铁人佩特的话。王子停止了挣扎，青肿眼睛里写满恐惧。邓克突然有股冲动，想用两根铁甲手指摘葡萄一样捏下王子的眼球，可惜这有违骑士精神。“快投降！”他大吼。

“我投降，”龙低声说，苍白的嘴唇几乎没动。邓克向下眨眼打量他，一时间不相信自己的耳朵。*一切都结束了，是吗？*他缓缓转头，想看清此时战况。头盔左侧挨的那记重击封闭了部分眼缝，他只见梅卡王子挥舞钉头锤冲向儿子，却被破矛者贝勒挡住。

邓克拖着伊利昂王子，摇摇晃晃起身。他胡乱摸索头盔，终于将其扯掉扔开，瞬间被声音和视觉淹没：闷哼、诅咒、人群叫喊、一匹战马的凄鸣、另一匹没了骑手的战马飞驰而过。到处是刀光剑影。雷蒙和他堂哥在看台前徒步厮杀，两面盾牌均被打碎，绿苹果和红苹果双双糜烂。一名御林铁卫的骑士扶着受伤的兄弟退出比武，两人白甲白袍，分不清谁是谁。另一名白骑士业已倒下，狂笑风暴得以协助贝勒王子对抗梅卡王子，一时间钉头锤、战斧和长剑你来我往，铿锵地砸在盔和盾上。梅卡每反击一次，就要承受三倍的攻击，看来败局已定。*我必须做点什么，阻止无谓死伤。*

伊利昂突然扑向流星锤。邓克冲他后背一脚，踩他个狗吃屎，然后拖起他的一条腿，拖过场子。来到看台上的岑佛德伯爵面前，明焰王子浑身已是屎一般的颜色。邓克用力拉他起来，使劲摇晃，也不管溅了老爷和美少女一脸土。“说！”

明焰伊利昂吐出一口青草泥巴，“我撤回指控。”

之后邓克记不清是靠自己还是凭别人帮助才走回场。他遍体鳞伤，有的部位痛得很厉害。我是货真价实的骑士了吗？他记得自己想过，我是冠军了吗？

伊戈、雷蒙和铁人佩特帮他除去护胫护喉，他迷迷糊糊分不清他们，只觉眼前一片手指、拇指，还有声音。抱怨的是佩特，邓克心想。“瞧瞧，俺的盔甲成啥样了，”铁匠发牢骚，“到处是擦刮不说，还凹进去变了形。哈，你们要问，这还关俺啥事？算了，俺得把锁甲割下来。”

“雷蒙。”邓克急切地抓住朋友的双手，“其他人呢，他们好吗？”他必须知道，“有人死吗？”

“毕斯柏里遭遇不幸，”雷蒙回答，“他第一轮冲锋就倒在暮谷城的唐纳尔枪下，亨佛利爵士亦伤得很重。其他人只是皮外伤，流了些血，不碍事。除了你。”

“他们呢？控方呢？”

“御林铁卫威廉•威尔德爵士昏迷不醒，被抬出场治疗。我打断了我堂哥几根肋骨，至少我如此希望。”

“戴伦王子呢？”邓克脱口而出，“他还活着吧？”

“罗宾爵士挑他下马，他就一动不动了。可能断了腿，他的坐骑乱窜踩到他一次。”

邓克虽然眩晕又迷茫，却感到一股巨大的欣慰。“他的梦没成真。没有龙死去。除非伊利昂死了。伊利昂没死，对吧？”

“没有，”伊戈道，“您饶过了他。您不记得了吗？”

“大概吧。”战斗场景已变得混乱模糊，“我像是醉了，但好痛好痛，只怕离死不远。”

他们扶他躺好，一直陪他说话，而他呆看着乌云翻卷的天空。好像还是清晨，不知比武究竟持续了多久。

“诸神在上，链环被枪尖顶了进去。”他听见雷蒙说，“会感染，除非……”

“把他灌醉，朝伤口倒沸油。”有人建议，“我见学士这么干。”

“沸酒。”一个金属般空洞的声音插进来，“不是沸油，那会害死他。用沸酒。等约尔威师傅照料好我弟弟，我就叫他过来。”

一个高大骑士笼罩在前，身上黑甲伤痕累累，处处坑洼。贝勒王子。王子盔上的红龙失去了龙头、双翼和大半尾巴。“殿下，”邓克说，“从今往后，我要为您效劳，我粉身碎骨也难报您的大恩大德，我要为您效劳。”

“为我效劳，”黑骑士一手扶在雷蒙爵士肩上，稳住自己，“我的确需要好人，邓肯爵士，王国……”他的声音古怪地听不真切，似在打斗中咬到舌头。

邓克身心俱疲，保持清醒已属不易。“为您效劳。”他呢喃着重复一遍。

王子缓缓摇头。“雷蒙爵士……我的头盔，帮下忙，面甲……面甲碎了，而我的指头……麻木……”

“让我来，殿下，”雷蒙双手抓住王子的头盔，哼了一声，“好佩特，帮个忙。”

铁人佩特拖来一张板凳。“后面给砸扁了，殿下，左边砸进了护喉里。这头盔真不赖，能承受如此重击。”

“多半拜我弟弟的钉头锤所赐，”贝勒瓮声瓮气地说，“他很强壮，”他身子一缩。“呃……有点怪，我……”

“取下来了，”佩特扔开破头盔，“诸神在上，噢诸神啊噢诸

神啊噢诸神啊诸神啊……”

邓克发现有个红红湿湿的东西随头盔落地，接着有人惊恐万状地尖叫。凄冷灰天之下，高大的黑甲王子只剩半颗头颅，他看到殷红的血和森森白骨，以及果肉一样的蓝灰事物。破矛者贝勒露出奇特的苦笑，宛如那将要被乌龙遮掩的太阳。他抬起一只手，用两根指头摸摸脑后，噢，无比轻柔。

然后他砰然倒下。

邓克一把接住他。“起来！”他们说他像比武时命令雷霆一样大吼，“起来！起来！”后来的事他全不记得，只知王子终究没有起来。

坦格利安家族的贝勒，龙石岛亲王，国王之手，全境守护者，君临维斯特洛七大王国的铁王座的继承人，在舟徙河北岸岑树滩堡的庭院里被火葬了。其他各大家族或将死者埋在黑暗地底，或沉入冰冷汪洋，但坦格利安家是真龙血脉，火是他们的归宿。

他是当时最优秀的骑士，很多人认为他离世时应该全身披挂、手握长剑，但最终他君父的愿望占了上风，戴伦二世天性平和。邓克拖着脚走过贝勒的棺木，只见王子殿下穿着胸前以猩红丝线绣了三头龙的黑天鹅绒外套，喉头挂着沉重金链，入鞘宝剑置于身旁。他只戴着头盔，一顶薄薄的镀金盔，没有面甲，好让众人瞻仰遗容。

少王子瓦拉尔在棺木之尾守灵，迎接吊唁者。他是乃父更矮、更瘦、更帅气的翻版，且没有那根断掉两次、让贝勒像平民不像王族的鼻子。瓦拉尔是棕发，但间杂了一束耀眼的银白，这让邓克想起伊利昂。他知道这不公平，毕竟伊戈的头发也长回来了，跟兄长的一样闪亮，而伊戈毫无疑问是个好孩子。

他停步说出尴尬的祷语，试图表达无尽的谢意，瓦拉尔王子眨眨冰冷的蓝眼睛："家父才三十九岁啊，他本该带给七大王国一个流芳千载的太平盛世，他本该成为自龙王伊耿以降最伟大的国王。凭什么诸神带走他，留下你？"他不住摇头，"走开，邓肯爵士，我不想看见你。"

邓克无言地跛行离开城堡，回到绿池塘旁的营地。对于瓦拉尔的质问，他没有答案，他的困惑太多太多。学士和沸酒治好了他，伤口已无大碍，但左手和左边乳头将从此落下深深的褶皱伤疤。每当看到伤疤，他就会想起贝勒。*他用剑救了我一命，说出的建议又救了我一次，虽然他来我身边时其实已是个死人。*世道着实奇怪，伟大的王子死去，卑微的雇佣骑士活着。邓克坐在榆树下，忧郁地盯着脚。

某天下午，四个王家服色的卫士来到营地，他确信是来结果他的。他虚弱又疲惫，不想提剑反抗，索性靠着榆树等死。

"王子殿下邀你私下面谈。"

"哪个王子？"邓克警惕地问。

"这个王子，"一个粗鲁的声音抢在卫士队长前回答，梅卡·坦格利安走到榆树下。

邓克缓缓起身。*他还要把我怎样？*

梅卡示意，卫士们便跟出现时一样迅速地退下。王子审视他良久，转身踱到池塘边，看着自己在水中的倒影。"我让伊利昂去里斯，"他唐突地宣布，"在自由贸易城邦待几年也许对他有好处。"

邓克没去过自由贸易城邦，不知那边是怎样，但他很高兴伊利昂离开了七国，而且暗暗希望对方永远别回来。

这些话是不能对王子的父亲讲的，他只好保持沉默。

梅卡王子抬头面对他。"有人会说我是蓄意谋害我哥，诸神知道这是彻头彻尾的谎言，但我到死都会被这样的谎言包围。我不怀疑，是我的钉头锤给了他致命一击，除了我，他只跟三名御林铁卫打过，而他们的誓言只准他们自卫。一定是我。说来也怪，我不记得打碎他头颅那一锤了。这算是慈悲还是诅咒？也许两者兼有。”

王子看他的眼神，似在企求答案。“我不知道，殿下。”也许他该恨梅卡，但此刻心中只有奇特的怜悯，“兴许是您挥下那一锤，殿下，但贝勒王子是因我而死。我和您都是凶手。”

“没错，”王子承认，“你也会听到他们的流言。国王年事已高，他驾崩之后，瓦拉尔将替父登上铁王座，之后每遇战败或歉收，傻瓜们便会叽叽咕咕：‘要是贝勒在一切都不一样，都怪那个雇佣骑士害死了他’。”

邓克知道对方所言是实，“如果我不为自己而战，您就会砍掉我一手一脚。最近我坐在树下盯着脚，反复自问这只脚是不是就那么金贵，它和王子的性命孰轻孰重？还有那两位战友，两位亨佛利，也都是好人。”亨佛利•哈顿爵士昨晚终于伤重不治。

“你的树给你什么答案？”

“我没听见任何答案。但我记得老人——我是指阿兰爵士——每天傍晚都会说：‘谁知明日是怎样？’他不知道，我不知道，我们都不知道。好吧，也许有一个明日我会用上这只脚？也许王国会需要这只脚，乃至胜过王子的性命？”

他这番话让梅卡思考了一阵，王子在那让他的脸显得如此方正的银白胡须下咬紧了下巴。“这他妈实在不可能，”最后他粗声道，“王国里的雇佣骑士跟树篱一样多，他们个个都有脚。”

“若殿下有更好的答案，我洗耳恭听。”

梅卡紧锁眉头。“要么诸神喜欢残酷的玩笑，要么根本没有神，再或一切本无意义。我问过总主教，他上次告诉我凡人不能参透神意。也许他该在榆树下好好想想。”王子苦笑，“我的小儿子很欣赏你，爵士。他到了当侍从的年纪，却说除了你不想服侍任何骑士。你一定注意到，他有点不服管教。你要他吗？”

“我，”邓克张开嘴，闭上嘴，又张开嘴。“伊戈……我是说，伊耿，他是个好孩子，可是殿下，我知道您给了我莫大荣誉，可……我只是一介雇佣骑士。”

“小事一桩。”梅卡说，“伊耿将随我回盛夏厅，若你乐意，我的城堡会有你一席之地。你会成为我的亲随骑士。你现在用剑向我发誓效忠，伊耿就作你的侍从。你训练他，我的教头训练你。”王子精明地看了他一眼。“毫无疑问，你的阿兰爵士已倾囊相授，但你该学的还多着呢。”

“我知道，殿下，”邓克抬首四望，看着郁郁葱葱的芳草、厚厚的芦苇、高大的榆树和阳光照耀的水池上荡漾的波纹。又一只蜻蜓掠过水面——也许正是从前那只。何去何从，邓克？他扪心自问，做龙芙莱还是龙？仅仅几天前答案不言而喻。王子的提议实现了他所有梦想，但近在咫尺的目标吓着了他。“就在贝勒王子过世前，我已发誓为他效劳。”

“你个死脑筋。”梅卡说，“他怎么说？”

“他说王国需要好人。”

“这话没错。然后呢？”

“我会带上您儿子做我侍从，殿下，但我不去盛夏厅。至少一两年内不去。依我之见，他在城堡里待够了，肯跟我上路我才会带他。”他指指老栗子。“他可以骑我的马，穿我的斗篷，为我磨剑擦甲。我们会睡旅馆和马厩，时不时也能住进有产骑士或小领主的厅堂，但必要时，我们会再找一棵大树。”

梅卡王子难以置信地看着他：“你这家伙，比武审判让你神经错乱了吗？伊耿身份高贵，真龙血脉的王子怎可在沟里睡觉，吃硬邦邦的咸牛肉。”他注意到邓克欲言又止。“怕什么？有话直说，爵士。”

“我敢打赌，戴伦从未在沟里睡过，”邓克非常平静地说，“而伊利昂吃的都是最新鲜、最厚实、最美味的牛肉。”

梅卡•坦格利安，盛夏厅亲王，瞪了跳蚤窝的邓克许久，银须包裹的下巴无声蠕动。末了他转身离去，一个字也没多说，邓克听见他和手下上马。他们走后，只剩蜻蜓掠过水面，翅膀微弱鼓噪。

次日日出，男孩回来了，一身棕色马裤、棕羊毛外套、老旧的旅行斗篷，套了一双旧靴子。“父亲大人要我来服侍您。”

“服侍您，‘爵士’。”邓克提醒小家伙，“就从给马上鞍开始。栗子是你的了，好好待她，还有未经我允许，不准骑上雷霆。”

伊戈去给马上鞍，“我们去哪儿，爵士？”

邓克思考了一下。“我从未越过赤红山脉，你想不想去看多恩？”

伊戈咧嘴一笑：“听说那里的木偶戏棒极了。”

誓言骑士

十字路口挂着一架铁笼子，笼子里有两具在夏日中腐烂的尸体。

伊戈停在笼下打量，“你觉得他们是什么人，爵士？”男孩的骡子“学士”很乐意休息片刻，低头啃起旁边干黄的恶魔草，虽然背上驮着两个大酒桶。

“盗窃犯。”邓克骑“雷霆”，比伊戈离死尸更近。“强奸犯，杀人犯。”他那身老旧绿外衣两腋下都现出大大的黑汗圈。天空湛蓝，骄阳炙热，自今早启程，他挥汗如雨。

伊戈摘下宽边软草帽，露出闪亮光头。他用草帽赶苍蝇，但死人身上有几百只，还有更多苍蝇懒洋洋地在周遭一动不动的热空气中打旋。“他们肯定做了更坏的事，才被扔进鸦笼等死。”

伊戈有时比学士还聪明，但其余时间不过是个十岁孩子。“啥样的领主都有，”邓克说，“有的老爷杀人毋需太多理由。”

铁笼本容一人，却硬塞进两具躯体。尸体面对面站着，手脚纠缠，背顶灼热的黑铁栏杆。其中一人曾试图吃了另一人，后者肩膀和脖子上有牙印。两具尸体都被乌鸦光临过，邓克和伊戈下山时，鸟儿像乌云一样升起，数量之多，把学士吓到了。

“不管是谁，似乎早饿坏了。”邓克说。瘦骨嶙峋，皮肤发绿腐烂。“可能偷了点面包啥的，或者去哪个老爷的森林里猎鹿。”干旱进入第二年，大部分领主不再容忍偷猎——当然，他们一开始也不怎么容忍。

“说不定是土匪哟。”他们在多克听一名竖琴手唱了《吊死黑罗宾的日子》，打那时起，伊戈就觉得每片树林都藏着土匪豪杰。

邓克给老人做侍从时遇过土匪，可不急于再见他们。他认识的土匪没一个称得上豪杰。记得阿兰爵士协助吊死过一个专抢戒指的土匪，为抢戒指，那人会砍下男人的手指，对女人则用咬。据邓克所知，没人为他写歌。土匪还是偷猎者，都没区别了，人都死了。他驱策雷霆缓缓绕过笼子，那些空眼眶似乎也跟着转。有具尸体低着头张着嘴。没舌头，邓克注意到。可能被乌鸦吃了，听说乌鸦总是先吃眼睛，也许随后便轮到舌头。或者被老爷拔的，因为说了不该说的话。

邓克伸手捋捋沙色蓬发。死人他爱莫能助，当务之急是把酒送回坚定堡。"我们从哪条路来？"他看着几条路问，"转晕了。"

"坚定堡在那头，爵士。"伊戈指点。

"那我们走吧，赶在天黑前回去，别在这儿数苍蝇了。"他一夹雷霆的肚子，指挥大战马向左边岔路前进。伊戈戴好草帽，使劲儿拽拽学士。骡子嚼着恶魔草，转头就走，少见的没使性子。它也热，邓克心想，多半还觉得酒桶太沉。

夏日骄阳把路面烤得硬如砖块，路上龟裂太深，甚至能伤到马腿，邓克不得不小心地让雷霆踏在沟壑间较高的地方。离开多克那天，他贪凉走夜路，结果崴到脚。骑士要学会忍受各种伤痛，老人教诲他。是啊，小子，内伤外伤和舞剑弄枪一样，是骑士生涯的一部分。可若雷霆折了腿，那……好吧，没马怎么当骑士？

伊戈牵着背酒桶的学士跟在五码外。男孩光脚走路，一脚踏沟里，一脚踏沟外，起起落落，入鞘匕首挂在臀边，靴子甩在背包后面，破烂的棕色上衣卷起系于腰际，宽边草帽下的脸脏兮兮的，眼睛又大又黑。他今年十岁，身高不到五尺，其实最近窜得挺猛，但离邓克还差得远。他看起来就是个货真价实的马童，全显不出真实身份。

尸体很快消失于身后，却在邓克脑中挥之不去。王国最近很不太平，不见尽头的干旱让成千上万平民背井离乡，寻找下雨的地方。血鸦公爵严令他们各返原籍，回归各自领主的辖区，听命者寥寥无几。很多人将干旱归咎于血鸦和伊里斯国王，说是诸神的审判，是对弑亲者的诅咒。然而，聪明人不会公开谈论。血鸦大人有几只眼睛？伊戈在旧镇听过谜语，一千零一只。

六年前在君临，邓克亲眼见过他。血鸦公爵骑白马上钢铁街，身后跟着五十名亲兵的“鸦齿卫”。那是伊里斯登上铁王座、任命血鸦为国王之手前的事，但当时的他已令人印象深刻——身穿鲜红和烟色衣服，腰挂“暗黑姐妹”，肤色苍白，配上骨白的头发形同行尸。一块酒红色胎记覆盖了他的脸颊和下颌，有人说像一只血色乌鸦，但邓克觉得不过是块奇形怪状、肤色特异的皮肤罢了。他看得过于专注，甚至引起了血鸦本人的注意，这位国王的巫师扭头看他。他只有一只眼珠，还是红的，另一边的空眼眶是红草原之战中拜“寒铁”所赐。

邓克觉得那两边都把自己看了个透，直至灵魂。

尽管天气炎热，回忆还是让他打了个冷战。“爵士？”伊戈叫他，“你不舒服？”

“没有，”邓克说，“就是又热又渴，快成它们了。”他指指路旁田地，一排排瓜干瘪地挂在藤上。山羊头和恶魔草仍在路边挣扎求生，但作物没这么好命，邓克十分怀念甜瓜的滋味。照阿兰爵士的说法，雇佣骑士永不会口渴。“他至少有头盔盛雨水。没什么比雨水更甘甜，小子。”但老人没经历过这种夏天。邓克把头盔扔在坚定堡了，它又沉又闷，更无雨水可接。雇佣骑士是睡树篱下的，连树篱都晒得半死不活，还怎么当雇佣骑士？

到小溪旁喝个饱吧。想到能跳进小溪，浑身湿透地钻出来，站在水里哈哈大笑，甩掉脸颊和头发上的水珠，任湿漉漉的衣服贴在身上，他便忍不住微笑。伊戈可能也想来个露天浴，虽然看着挺清爽，没什么汗，主要是灰。男孩向来不怎么出汗，也喜欢炎热，在多恩，他光着上身东跑西颠，晒得跟当地人一样。他是真龙血脉，邓克告诫自己，龙怎会流汗？他很想学男孩脱掉上衣，但那不太雅观。流浪的雇佣骑士赤膊骑马没人觉得粗鲁，誓言效忠后就不一样了。接受了领主的肉和酒，就要代他行事，阿兰爵士教诲，宁可严格要求，也不可辜负这份信任。别在任务和困难面前退缩，最重要的是，不要让你效忠的领主丢脸。坚定堡的“肉和酒”只是鸡肉和麦酒，但尤斯塔斯爵士与他同桌进餐，吃的也是这个。

因此邓克裹得严严实实，一任汗流浃背。

“棕盾”本尼斯爵士在老木桥上等他。“总算回来了，”他大喊，“去得够久嘞，我还以为你小子卷了老头的银子跑路咯。”本尼斯骑一匹毛茸茸的矮马，嚼着酸草叶，满嘴血红。

“我们到多克才搞到酒。”邓克告诉他，“海怪洗劫了小多克，抢钱抢女人不说，带不走的还大烧特烧。”

“那个达衮·葛雷乔伊罪该万死。”本尼斯说，“哎，但谁去吊死他？算了，找着‘窄屁股’佩特那老小子没有？”

“他们说他死了，铁民抢他家姑娘时他起来反抗。”

“七层地狱。”本尼斯扭头啐了一口，“我见过他女儿一回，我说真不值。老傻瓜佩特欠我的半块银币就这么没了。”棕骑士和他们离开时完全一样，糟糕的体味毫无变化。他每天都穿同一套衣服：棕色马裤、松垮的粗纺上衣、马皮靴。若是上阵则会套件生锈锁甲，外套松垮的棕色罩袍。他的剑带是一段熟皮革，皱巴巴的脸看来也像皮革。他整个脑袋跟路上那些打蔫儿的瓜一样，连酸草叶红汁浸泡过的牙都是棕色的。他的双眼从这片棕色里脱颖而出——挨得极近的小眼睛泛出淡淡的绿，其中总是充满恶意。“才两桶，”他说，“废物爵士要四桶。”

“两桶都是走运。”邓克说，“青亭岛也没逃过干旱的魔爪，听说那边藤上的葡萄都成了葡萄干，铁民还掠——”

“爵士？”伊戈打断他，“水没了。”

邓克专心跟本尼斯解释，没注意到这点。老旧桥板下确实只剩沙石。怪了。离开时小溪虽浅，但有水啊。

本尼斯笑笑。他的笑分两种：一种像“咯咯”叫的鸡，另一种比伊戈的骡子还吵。这次是鸡一样的笑声。“大概你一走就干啦，天旱呗。”

邓克很郁闷。好吧，没法泡澡，他跳下马，庄稼咋办？河湾地一半的井干了，河流都在低水位，连黑水河和雄浑的曼德河也不能幸免。

“水脏死了。”本尼斯说，“我喝过一回，结果病成狗。酒才好嘞。”

“对燕麦、大麦、胡萝卜、洋葱和卷心菜来说不是这样。连葡萄都需要水。”邓克摇摇头，“怎能干得这么快？我们只去了六天啊。”

“一开始就没啥水，邓克。”本尼斯说，“老子当年撒泡尿都比它浩荡。”

“不是‘邓克’，”邓克说，“我跟你说过。”他也不知为何生气。本尼斯本就嘴贱，喜欢冷嘲热讽。“请叫我‘高个邓肯爵士’。”

“谁这样叫你？你的小秃子宠物吗？”他看看伊戈，又发出鸡一样的笑声，“你是比跟着铜分树村那位时高多啦，但在我眼中你永远是邓克。”

邓克抓抓后颈，盯着脚边石头。“怎么办呢？”

“还能怎样？把酒运回家呗，告诉废物爵士他的小溪干了。反正坚定堡的井还打得出水，渴不死他。”

“别叫他废物。”邓克喜欢老骑士，“你睡在他屋檐下，放尊重点。”

“你替我尊重他就够啦，邓克。”本尼斯说，“我爱咋叫咋叫。”

邓克走上桥，皱眉看着干涸沙石，银灰桥板被他的大身板压得“吱嘎”作响。沙石间有几摊闪烁的棕色水池，还没他巴掌大。“到处都是死鱼，看到没？”它们的味道让他想起十字路口的尸体。

“看到了，爵士。”伊戈说。

邓克跳进河床，蹲下翻开一块石头。表面又干又烫，下头却潮湿泥泞。“水没枯多久。”他站起来，顺手将石头扔上岸。石头划过翘起的地皮，带起一阵棕色沙尘。“两岸干裂了，河中间还很湿软。那些鱼昨天是活的。”

“我记得铜分树村那位叫你呆子邓克。”本尼斯爵士把酸草叶吐在石头上，汁液在阳光下泛着黏腻的红光。“呆子就不该多想，脑瓜太他妈迟钝，不适合这个。”

*呆子邓克，比城墙还笨。*阿兰爵士这话带着慈爱，老人即便训人依然慈祥，而从棕盾本尼斯爵士口中说出却完全变味。“阿兰爵士两年前就去世了，”邓克说，“请叫我高个邓肯爵士。”他真想一拳揍烂棕骑士的脸，砸碎那些血红腐烂的牙。棕盾本尼斯或许够尖酸，但邓克比他高一尺半，重出四石，就算是呆子，也是大个呆子。有时他觉得自己的脑袋撞过半个维斯特洛的门框，外加从多恩到颈泽每家酒馆的每条房梁。在旧镇，伊戈的兄长伊蒙给他量过身高，差一寸七尺，但那是半年前，这段时间他可能又长了些。老人说，长个儿是邓克唯一擅长的事。

他回到雷霆身边，翻上马背。“伊戈，把酒送回坚定堡，我去查查到底出了什么事。”

“每天都有小溪干枯嘞。”本尼斯说。

“我只想查明——”

“你以为这跟翻石头一样简单？石头不能瞎翻，呆子，你永远不晓得会爬出什么。我们在坚定堡有舒服的稻草床睡，大部分日子还有鸡蛋吃，而且除了听废物爵士回忆辉煌往事，也不用做什么。我看这样挺好，小溪枯啦，仅此而已。”

邓克没什么优点，就是固执。“尤斯塔斯爵士等着酒，”他吩咐伊戈，“告诉他我去哪儿了。”

“好，爵士。”伊戈一拽学士的缰绳。骡子抽抽耳朵，但立刻迈步开走。它想赶快卸下背上的酒桶。邓克理解它。

小溪流向东北，因此他驱策雷霆骑向西南。才骑出十几码，本尼斯赶上。“我最好还是看着你，省得你小子被吊死。”他又塞了片酸草叶到嘴里，“过了那丛沙柳，右岸都是蜘蛛的领地。”

“我会走在我们这边。”邓克不想招惹冷壕堡的女士，坚定堡里流传着很多她的恐怖传言。人们叫她“红寡妇”，因为她死过好几任丈夫。驼背老山姆说她是个女巫、毒师，甚至更可怕。两年前，她派骑士横跨小溪，到奥斯格雷的领地抓了个偷羊贼。“我们老爷骑到冷壕堡去要人，人家却要他到壕底下找。”山姆倾诉，“她早把可怜的戴克缝进一袋石头，沉入水啦。尤斯塔斯爵士回来就聘了本尼斯爵士，以保卫领地不受蜘蛛骚扰。”

雷霆在烈日下保持着缓慢平稳的步伐，天空蓝得让人不适，没有一丝云彩。干涸河床蜿蜒过石丘和无人问津的柳林，穿过光秃秃的棕色小山与半死不活的田地。从木桥上溯一小时，他们来到一片称作“渥特林”的小树林。这片树林属于奥斯格雷，远看绿得赏心悦目，让邓克满脑子幻想阴凉树冠和喧嚣小溪，走近才见树木干细，灰头土脸，枝条无精打采地下垂。高大橡树落叶纷纷，半数松树变成跟本尼斯爵士一样的棕色，树下堆了圈圈枯死松针。糟糕透顶，邓克心想，一丁点儿火星准会燃起来。

到目前为止，方格河沿岸纠结的灌木丛还长满刺藤、荨麻、白石南和小柳树，难以通行。他们只好踏过干涸的河床，去被清理干净、用于放牧的冷壕堡一侧。黑鼻羊在几片干黄枯草和凋谢野花中觅食。“没有比羊更蠢的动物，”本尼斯爵士评价，“你是它们的亲戚吗，呆子？”邓克没理他，他又发出鸡一样的笑声。

他们向南多走了半里格，终于发现大坝。

其实说不上是“大”坝，但也颇为壮观。敦实木材扎的两道路障从两岸推下，截断溪流，用的是连树皮都没剥的新木头，树间缝隙填满石块泥土，压得极紧。大坝背后，水漫上河岸，流进一条通往维伯夫人田地的沟渠。邓克踩着马镫站起身，以便观察清楚：阳光的反射说明至少还有二十条小运河，蛛网般延伸出去。他们偷了我们的小溪，这让他愤愤不平，尤其当他意识到那些树也肯定是从渥特林砍来的之后。

“妈的，叫你别来，这下可好？真是个呆子。”本尼斯说，“小溪干枯有啥了不起，管它干吗？这种事因水而起，却要以血终结。很可能是你我的血。”棕骑士抽出长剑，“好啦，说什么都没用啦，都怪你刨根问底。我们去吓吓他们。”他用马刺踢矮马，奔过草地。

邓克只能跟上。阿兰爵士的长剑挂在臀上，那是把锋利的好剑。偷水的有点脑子就该逃命。雷霆的铁蹄掀起片片尘土。

眼看冲来两名骑士，有个人放下铲子，但也仅此而已。总计有二十名工人，高矮老少都有，都给太阳晒成了棕色。本尼斯放缓马速时，他们乱糟糟站成一排，握紧铲子锄头。“这是冷壕堡的地盘。”有人喊。

“那是奥斯格雷的小溪。”本尼斯用长剑比画，“谁建了该死的水坝？”

“克瑞克师傅。”一名年轻工人说。

“才怪，”一名长者纠正，“那灰扑扑的毛头小子只管使唤俺做这做那，可活是俺干的。”

“那你他妈的肯定能拆了它。”

工人们露出鄙夷和愤怒的眼神。有人用手背抹抹眉上的汗。没人回应。

“听不懂人话？”本尼斯说，“是不是要我先砍一两只耳朵？谁先来？”

“这是维伯家的领地。”一名骨瘦如柴、弯腰驼背的老工人顽固地说，“你无权来这儿撒野。敢砍谁耳朵，我家夫人会把你装进麻袋沉到水里。”

本尼斯驱马上前。“我没看到夫人，只有一帮嘴臭的农民。”他用剑尖戳向老人赤裸的棕色胸口，刚好戳出一滴血。

过分了。“收起武器，”邓克警告他，“又不是他的错，他只为学士办事。”

“是为了庄稼啊，爵士。”一名招风耳的工人说，“小麦快死了，学士说梨树也快死了。”

“好吧，要么梨树死，要么你们死。”

“你吓不着俺。”老人接口。

“吓不着？”本尼斯长剑一挥，剑尖在老人脸上从耳边划到下巴。“我说了，要么梨树死，要么你们死。”鲜血染红老工人半张脸。

*他不该这么做。*邓克强忍怒火，本尼斯毕竟是自己人。“快走，”他冲那些工人叫喊，“回你们夫人的城堡去。”

“滚！”本尼斯催促。

有三个人丢下工具，转身飞奔过草地。但一个晒得黝黑的壮汉举起锄头："他们才两个。"

"傻瓜才拿锄头和钢剑打，约尔根，"老人捂着脸，鲜血从指间汩汩涌出，"这事儿没完，别以为就这么算了。"

"再说一个字，我就让你玩儿完。"

"我们没恶意，"邓克告诉血流满面的老人，"只是来要回自己的水。回去告诉你们家夫人吧。"

"噢，我们会告诉她，爵士。"壮汉握紧锄头不放，"我们会告诉她。"

他们回程时再度穿越渥特林。树下一点阴凉虽令人欣慰，却抵不过酷热的天气。按说林里该有鹿，现在却只有苍蝇。它们在骑马的邓克面前飞舞，还趴在雷霆的眼睛上，无休止地骚扰大战马。总之，凝滞的空气令人窒息。多恩至少空气干爽，晚上冷得让人裹紧斗篷都发抖。河湾地的夜晚却不比白天凉快，即便在如此偏北的地区。

邓克低头躲开伸出的树枝，随手摘下一片叶子。手指捻过，树叶像保存千年的羊皮纸般粉碎。"没必要划伤那个人。"他对本尼斯说。

"不过在脸上留道疤，教他管住舌头而已。妈的，我该割他喉咙，那样其他人会像兔子一般逃窜，正好让我们骑马挨个追。"

"你要杀光那二十个工人？"邓克半信半疑。

"二十二个，比你手指脚趾加起来还多两个，呆子。必须杀光，不然他们会跑回去乱讲。"他们绕过一堆落木，"我们跟废物爵士报告，就说他这条芝麻绿豆小溪自己断水了。"

"尤斯塔斯爵士。你不能骗他。"

"哈，为何不能？谁会道出真相？苍蝇吗？"本尼斯露出湿红的笑容，"除了看望黑莓丛下的孩子，废物爵士大门不出二门不迈。”

“誓言骑士有义务告诉主人真相。”

“真相有很多种，呆子，有些不适合说出去。”他啐了一口，“诸神降下干旱，渺小的凡人怎可对抗神意？但红寡妇嘛……若我们告诉废物是母狗断了他的水，他会觉得事关荣誉，必须夺回来。等着瞧吧，他会觉得必须有所表示。”

“他应当如此。我们的百姓指着那水浇灌庄稼。”

“我们的百姓？”这次本尼斯爵士发出骡叫般的大笑，“老废物背着我定你为继承人啦？再说，你以为这边有几个丁？十个有没？多半还要算上斜眼珍妮那个连斧子都不晓得握哪头的痴呆儿子。把他们统统赐封为骑士，才刚够寡妇的一半，别提她还有侍从、弓箭手和士兵了。要想数清，恐怕你得手脚并用，加上你那小秃子的手指脚趾。”

“我数数不用脚趾。”邓克受够了暑气、苍蝇和身边的棕骑士。他或许与阿兰爵士作过一回战友，但那是很多年前的事了，现在的他卑鄙、虚伪又怯懦。他脚夹马腹，小跑上前，把一身体味的本尼斯甩到身后。

坚定堡只能勉强称“堡”。它孤独地伫立在岩石嶙峋的山头，原本不过是一座瞭望塔，用于监视周边数里格地区。塔楼几世纪前发生局部坍塌，经过修缮，北面和西面窗子上方是灰白石头，下方才是古老的黑石建筑。塔顶重建时添了角楼，但只有新修的两个方向有，另两个角落蹲着两只古老的石像鬼，风化严重得几难辨清。塔顶是松木铺就的平顶，但磨损太甚，大有漏水之嫌。

一条蜿蜒小路连接山脚和塔楼，只供单骑通过。邓克走在前面，本尼斯跟在后边，他看到戴软草帽的伊戈站在山顶一块大石头上。

他们来到塔底板条敷泥搭建的小马厩，那马厩半掩在奇形怪状的紫蘚丛后。老人的灰骟马占了一个畜栏，旁边是学士，伊戈和驼背山姆已把酒抬了进去。一群母鸡在院子里闲逛。伊戈小跑过来："小溪到底怎么了？"

"被红寡妇拦了。"邓克跳下马，将雷霆的缰绳扔给伊戈，"别让它一次喝得太多。"

"好的，爵士，我会注意。"

"小子，"本尼斯叫道，"你也该照顾我的马。"

伊戈傲慢地看着他。"我不是你的侍从。"

他的舌头迟早有一天会害了他，邓克想。"把他的马也牵走，不然我给你一耳刮子。"

伊戈脸一沉，但还是照办了。可当他去牵缰绳时，本尼斯爵士清清嗓子，吐出一口痰，亮晶晶的红色黏液落在男孩双脚之间。伊戈冷冷地看着棕骑士："你吐我脚上了，爵士。"

本尼斯跳下马。"是吗？下次我会吐你脸上。我受不了你那该死的舌头。"

邓克看到男孩眼里怒火闪动。"照顾好马，伊戈。"他赶在事态恶化前插嘴，"我们得去和尤斯塔斯爵士谈谈。"

坚定堡的唯一入口是上方二十尺处的包铁橡木门。底层台阶是大块光滑黑石，中央部分磨得凹陷下去，上面变成陡峭的木阶梯，要是天气不好便像吊桥那样摇晃。邓克嘘走台阶上的母鸡，一步两级地登了上去。

坚定堡内部比看起来大。它依山而建，开凿了许多房间和地窖，地上部分共四层，上面两层有窗子和阳台，下面两层只开有箭孔。室内虽凉爽，但太阴暗，邓克的眼睛一时难以适应。驼背山姆的老婆跪在灶台边扫灰。"尤斯塔斯爵士在楼上还是楼下？"邓克问。

“楼上，爵士。”老妇人太佝偻，脑袋比肩膀还低，“他刚去黑莓丛看孩子们回来。”

“孩子”是指尤斯塔斯·奥斯格雷的儿子：艾德温、哈罗德和亚当。艾德温和哈罗德是骑士，亚当是个小侍从，十五年前他们都死于终结黑火叛乱的红草原之战。“他们死得其所，为国王英勇奋战。”尤斯塔斯爵士告诉邓克，“我把他们带回家，埋在黑莓丛下。”他妻子也埋在那里。每当老人新凿开一桶葡萄酒，便要下山去为每个男孩祭奠一杯。“国王万岁！”他会在醉倒前高喊。

尤斯塔斯爵士的卧室占据了塔楼第四层，书房位于其正下方——邓克知道他会在那个堆满箱子木桶的房间里消磨时光。那里厚厚的灰墙上挂满生锈的武器和缴获的旗帜，那是在若干世纪的战争中缴获的战利品，如今除了尤斯塔斯爵士无人还记得。所有的旗帜都严重褪色，积满灰尘，其中一半还发了霉，曾经的鲜亮色彩变成暗淡的灰色和霉绿。

邓克爬上来，尤斯塔斯爵士正用破布擦一面破盾上的灰。本尼斯轻松地跟在邓克后面。看到邓克，老骑士的眼睛似乎亮了一点。“我可爱的巨人，”他郑重地说，“还有勇敢的本尼斯爵士。过来看这个，我从那只箱子底下找到的。这可是件宝贝，可惜照管不周。”

那是面盾，或者说，盾的残骸。它小得可怜，几乎被砍去一半，剩下的也破破烂烂，颜色发灰。盾牌的铁边锈得一塌糊涂，木头上尽是虫眼，少许几片漆还挂着，但已看不出图案。

“大人。”邓克说。其实奥斯格雷家族最近几世纪仅是有产骑士，但这敬称会提振尤斯塔斯爵士的精神，仿佛唤回了他家族的光荣历史。“这是什么？”

“幼狮的盾。”老人擦着盾牌边缘，铁锈簌簌掉下，“威尔伯特·奥斯格雷爵士英勇牺牲的那场仗使的就是它。你们肯定听过那场仗。”

“不，大人，”本尼斯说，“我们正巧没听过。您说‘幼狮’？他是谁，难道是个侏儒？”

“当然不是。”老骑士胡子一抖，“威尔伯特爵士是一位孔武有力的汉子，也是一位伟大的骑士，他得名‘幼狮’是因为在五个兄弟中排行老幺。在他那个年代，七大王国还由七个国王统治，高庭和凯岩城经常开战。那时统治我们的是园丁家族的青手王一脉，血统源自古代的‘青手’加尔斯，王旗是白底上一只绿手。盖尔斯三世陛下率封臣们东征风暴国王，威尔伯特的兄长们都随驾去了，只因当年河湾王上阵，方格狮子旗都会飘扬在青手旗之旁。

“但盖尔斯国王离开后，凯岩王企图趁机蚕食河湾地，于是纠集了一支西境大军，南下攻来。奥斯格雷家是北疆边帅，卫国重任遂落在幼狮身上。统领兰尼斯特军的是蓝赛尔四世国王——我记得是，要不就是五世——威尔伯特爵士拦住他去路，喝令他停下。‘一步也不准再前进，’他宣布，‘这里不欢迎你们，我不会让你们踏入河湾地。’但兰尼斯特置之不理。

“于是他们鏖战半天，金狮与方格狮争雄。兰尼斯特有一把削铁如泥的瓦雷利亚钢剑，幼狮难以抵挡，他的盾被砍成碎片，身负十几处重伤，剑也折了，却只身撞向敌人。歌手们传唱，蓝赛尔国王几乎将他劈成两半，但幼狮临死前找到国王盔甲腋下的缝隙，将匕首扎了进去。西方人因国王之死铩羽而归，河湾地保住了。”老人温柔地抚摸破盾，就像在抚摸孩子。

“这样啊，大人，”本尼斯不耐烦地说，“我们现下说不定用得着这位大英雄。我和邓克去看了您的小溪，干得像骨头，而且不是因为旱灾。”

老人放开盾牌，“说。”他坐下，示意他们也坐下。棕骑士报告所见所闻，老骑士认真倾听，昂起下巴，肩膀端平，笔直得像杆长枪。

尤斯塔斯爵士年轻时肯定是个模范骑士，高大英武，俊朗潇洒。时间和悲痛改变了他，但他不肯屈服，仍然身材魁梧，肩膀宽阔，胸膛厚实，像老去的雄鹰一样强壮敏捷。他修剪整齐的短发变得像牛奶一样白，但掩住嘴巴的厚胡子还是灰的。他眉毛是灰色，眉毛下的眼睛也是，但要浅一些，而且充满悲伤。

本尼斯提及水坝，似乎增加了老人眼里的悲伤。“那条小溪一千多年来一直被称作方格河。”老骑士说，“我小时候在河里捉鱼，我儿子们也捉过。碰上这种炎炎夏日，亚莉珊喜欢在那里戏水。”亚莉珊是他女儿，春天走的。“我的初吻也在方格河岸。她是我堂妹，我叔叔的小女儿，来自叶子湖的奥斯格雷家。他们现在都不在了，她也死了。”他胡子颤抖，“诸位爵士，我不能容忍这种冒犯，那女人不能夺走我的小溪，不能夺走我的方格河。”

“坝修得很牢靠，大人。”本尼斯爵士警告，“我和邓克爵士，就算加上小秃子，一时半会也肯定推不倒。我们需要绳子、斧头和锄头，外加十来个工人——这些还只是拆坝，没算上打架。”

尤斯塔斯爵士盯着幼狮的盾。

邓克清清嗓子。“大人，关于此事，我们遇见对方工人时，呃……”

“邓克，鸡毛蒜皮的事儿就不要拿来说了。”本尼斯说，“我教训了一个白痴，不过如此。”

尤斯塔斯爵士的目光严厉起来。“你怎么教训的？”

“算是用剑吧，让他脸上挂了点小彩，仅此而已，大人。”

老骑士长久地看着他。“你真是……真是太欠考虑了，爵士。那女人可谓蛇蝎心肠，不仅谋害过三任丈夫，她所有兄弟也在襁褓中夭折——五个，还是六个？我记不清——只因他们妨碍她继承城堡。我不怀疑，那帮农民敢惹她会被打得皮开肉绽，但换成你动手……不，她决不会忍气吞声。毫无疑问，她会来抓你，跟当初抓柠檬一样。”

“是戴克，大人。”本尼斯说，“大人请原谅，虽然您认识他我不认识，但我知道他叫戴克。”

“若大人恩允，我这就赶去金树城，向罗宛大人报告水坝的事。”邓克提出。罗宛伯爵是老骑士和红寡妇的封君。

“罗宛？不，他不会插手。罗宛大人的妹妹嫁给了威曼大人的堂亲文德尔，因此他算是红寡妇的亲戚。而且他不喜欢我。邓肯爵士，明天你去我的村庄挨家挨户征兵，所有适龄男子都得参战。我老了，但还没死。那女人很快将见识到，方格狮依然有爪子！”

两只爪子，邓克阴郁地想，我是其中之一。

尤斯塔斯爵士的领地共有三个小村，各村有几间茅屋、几个羊圈和几只猪。最大的村还有座单间茅草圣堂，圣堂墙上以炭笔画了粗糙的七神像。马奇，一个去过旧镇一次的驼背老猪倌，每隔七天组织一次祈祷。真正的修士每年来两回，以圣母之名宽恕罪行。村民们渴望宽恕，但还是讨厌修士造访，因为得供养他。

他们同样不怎么欢迎邓克和伊戈。村民们知道邓克是尤斯塔斯爵士新招的骑士，却连一杯水也不愿端出来招待。男人大多下地去了，剩下的基本是女人、爬出小屋看热闹的孩子以及他们老得不能干活的祖父。伊戈举着奥斯格雷的旗帜——白底上绿金方格狮。“我们带来坚定堡尤斯塔斯爵士的命令，”邓克对村民们宣布，“所有十五到五十岁之间、体格健全的男人明日到塔下集合。”

“又打仗了？”一位瘦弱的女人问，两个孩子缩在她裙子后面，还有个小婴儿在她胸口吃奶，“黑龙又来了？”

“没有龙，黑红都没有。”邓克告诉她，“是方格狮和蜘蛛的事，红寡妇夺走了你们的水源。”

女人点点头，但伊戈摘下帽子扇风时，她还是面露疑惧。“那孩子没头发，有病？”

“剃的。”伊戈说。他将帽子扣回头上，调转学士，缓缓走开。

他今天心情不好。打出发起男孩几乎没说一句话。邓克用马刺戳戳雷霆，追上骡子。“你还在为昨天我没帮你跟本尼斯爵士吵生气吗？”去往下一村的路上，他询问闷闷不乐的侍从，“我和你一样不喜欢他，但他是个骑士，你必须以礼相待。”

“我是你的侍从，不是他的。”男孩说，“他人又脏，嘴又贱，还掐我！”

他若是知道一丁点儿你的身份，准吓得尿裤子。“他也掐过我。”邓克快忘了这码事，伊戈的话才让他想起。有个多恩商人雇群骑士护送自己从兰尼斯港去亲王隘口，本尼斯爵士和阿兰爵士就在其中。邓克那时年纪还没现在的伊戈大，但更高些。他掐我胳膊下面，把我掐青了。他的手指就像铁钳，但我没向阿兰爵士抱怨。走到石堂镇附近，队伍中有个骑士失踪，传闻本尼斯爵士因争吵杀了他。“他再掐你，告诉我，我会阻止。不过，照看他的马也不要你花多少心思。”

“他是不花心思。”伊戈同意，“本尼斯从不刷马，从不清洗畜栏，甚至没给他起名字。”

“有的骑士不给马起名字。”邓克告诉他，“假如马死于骑士胯下，这样不至于太难受。马总可以换，忠诚的朋友就不一样了。”老人是这么说，但自己也不能遵守。他给每匹坐骑都起了名。邓克也依样学样。“不知最后能召集到多少人……但无论五个还是五十个，你都得照看。”

伊戈愤愤不平。“要我伺候平民？”

“不是伺候，是帮助。我们得帮他们变成战士。”前提是寡妇给我们足够的时间。“倘若诸神慈悲，他们中少许人会有些经验，但大部分肯定嫩得像夏天的青草，只用锄头没握过矛。即便如此，说不定哪天咱们的生死就取决于他们。你第一次握剑时多大？”

“很小，爵士，我用的木剑。”

“百姓家的孩子也用木剑打，不过他们的剑通常是棍子或断枝。伊戈，这些人在你眼中或许很愚昧，他们说不出盔甲各部位的正确名称，分不清各大家族纹章，也不晓得究竟是哪个国王废除了初夜权……但你仍要尊重他们。你是个出身高贵的侍从，可同时也是个孩子，而他们大都是成人。男人是有心气儿的，不管出身多低，其实你在他们村里也显得很傻很愣。你要是不信，去试试锄庄稼或剪羊毛，再告诉我渥特林里所有野花野草的名字。”

男孩儿思考了一会儿。“我可以教他们认识各大家族纹章，以及亚莉珊王后怎样说服杰赫里斯国王废除初夜权的；他们可以教我哪些野草适合做毒药，哪些绿浆果能吃。”

“他们会的。”邓克赞同，“但你讲到杰赫里斯国王之前，先帮忙教他们握矛，并且不要吃任何学士不吃的果子。”

第二天，十二个村民来坚定堡参军，在鸡群中集合。却有一个太老，两个太小，还有个瘦男孩原是个瘦女孩。邓克打发他们回家，留下八个：三个渥特、两个威尔、一个柠檬、一个佩特，外加痴呆大罗柏。真惨，他不禁想，没一个是歌谣里能赢得淑女芳心的英俊高大的乡下小伙。他们一个比一个脏。柠檬快五十了，佩特的眼睛爱流泪，但只有他俩受过训，并随尤斯塔斯爵士及其诸子参加过黑火战争。另外六个和邓克担心的一样菜。他们都生满虱子，有两个渥特是亲兄弟。“蠢婆娘大概只知道这名字。”本尼斯发出鸡一样的笑声。

至于武器，他们带来一把镰刀、三把锄头、一柄老匕首、几根结实木槌。柠檬有一根削尖木棍可充长矛，有个威尔说自己擅长丢石头。“好极了，”本尼斯评价，“他妈的投石机嘞。”随后这人就被称作“投石”。

“有人用长弓吗？”邓克问。

母鸡在周围觅食，农民们用脚蹭土，最后爱流眼泪的佩特说：“实在抱歉，爵士，老爷不许俺用弓。奥斯格雷的鹿都是方格狮的，俺老百姓不准打。”

“会发俺长剑、头盔和锁甲吗？”最小的渥特想知道。

“会吗？当然会，”本尼斯说，“等你砍死个寡妇的骑士，扒光他血淋淋的尸体就会了。记得把手捅进马屁眼，银子藏在里头嘞。”他掐住小渥特的胳膊下面，直到男孩吃痛尖叫，随后他赶他们去渥特林砍长矛。

他们带回八把长短差距悬殊的淬火长矛，还有树枝编的简陋盾牌。本尼斯爵士给自己也弄了把矛，示范如何用尖端戳刺，如何用矛杆格挡……如何夺人性命。“肚子和咽喉最好。”他以拳捶胸。“这是心脏，见效虽快，却有很多肋骨挡道。肚子软又没防备，内脏致死慢，但也是要害，没听说哪个肠子流出来还能活。哪个呆子冲你转身，暴露后背，立马用矛尖刺他肩胛骨间，或扎透他的腰。就这儿。扎破肾，肯定活不长。”

三个渥特给本尼斯教学带来不小麻烦。“加上村名，爵士。”伊戈建议，“就像您的旧主，铜分树村的阿兰爵士。”这似乎有效，无奈他们连村子也没名。“好吧。”伊戈说，“就用庄稼区分，爵士。”一个村位于豆子地里，一个以种大麦为主，第三个出产卷心菜、胡萝卜、洋葱、芜菁和甜瓜。没人愿当卷心菜或芜菁，于是最后一村的都叫甜瓜，总计得到四个大麦、两个甜瓜和两个豆子。渥特兄弟都是大麦，需要更详细地划分，弟弟提到曾掉进村里水井，本尼斯便称他“湿渥特”。大伙儿喜气洋洋，自觉被赐予了尊贵的家名，除了记不住自己到底是豆子还是大麦的大罗柏。

名字和长矛齐备后，尤斯塔斯爵士从坚定堡中出来致辞。老骑士站在塔门外，全身锁甲板甲，外罩旧得发黄的白羊毛长罩袍，罩袍前后都有细小的金线绿线格子拼的方格狮。“孩子们，”他说，“你们都记得戴克，他被红寡妇装入袋子沉进壕沟。她当初夺去他的性命，现在又想夺走我们的水，夺走浇灌我们庄稼的方格河……我不会让她得逞！”他把长剑高举过顶，“奥斯格雷万岁！”他洪亮地大喊，“坚定堡万岁！”

“奥斯格雷万岁！”邓克应声。伊戈和新兵们也高喊。“奥斯格雷万岁！奥斯格雷万岁！坚定堡万岁！”

在阳台上的尤斯塔斯爵士监督下，邓克和本尼斯于猪只和鸡群中操练这支小部队。驼背山姆拿几个旧麻袋塞满脏稻草充当敌人，本尼斯咆哮着指挥新兵们练矛。“扎，拧，拔。扎，拧，拔，把那死杆子拔出来！你马上要用它对付下一个敌人。太慢了，投石，太他妈慢了。再这么慢，就给我扔石头去。柠檬，用上全身劲儿。这才像话。进，出，进，出。用矛操他们，就是这样，进，出，拔出来，拔出来，拔出来！”

等麻袋被扎成碎片、稻草散落一地，邓克披上锁甲板甲，拿起松木剑，准备试试这帮农民面对真正的敌人会如何。

结果不太妙。只有投石够快，曾有一次突破邓克的防御，但也仅有一次。邓克荡开他们笨拙的刺击，将长矛扫到一旁，欺身上前。若他用的真家伙，他们每个都死上十几回了。“让我越过矛尖，就死定了。”他一边警告，一边敲打他们的胳膊和腿，以加深印象。投石、柠檬和湿渥特至少很快学会了退让。大罗柏丢下长矛就跑，本尼斯不得不把哭哭啼啼的他追回来。一下午过去，这帮农民遍体鳞伤，生满老茧的双手由于握矛磨起了新水泡。邓克一点彩也没挂，但伊戈帮他脱盔甲时，发现他被汗水淹得半死。

太阳落山后，邓克带这支小部队下地窖，强迫每个人洗澡，包括自称上个冬天刚洗过的人。随后驼背山姆的老婆端上一碗碗浓汤，里面放了胡萝卜、洋葱和大麦。他们全都筋疲力尽，但言语间吹嘘得比御林铁卫还厉害，迫不及待要上战场证明自己的勇气。本尼斯爵士从旁鼓动，讲了当兵的诸多好处，主要是抢钱抢女人，那两个老手得意地附和。柠檬宣称在黑火叛乱中带回一把匕首和一双好靴子，但靴子太小穿不了，给挂墙上了。佩特津津乐道的是尾随真龙的营妓们。

驼背山姆在地下室为他们备下八张小稻草床，他们填饱肚皮马上酣然入睡。本尼斯顶着困意跟邓克抱怨了一阵。“废物爵士该趁他那对老蛋还有种子时多上几个乡下妞，”他说，“广种多收，遇事也多几个野种差遣。”

“他们看来不比别地儿民兵差。”邓克做阿兰爵士的侍从时跟一些民兵打过交道。

“是啊。”本尼斯爵士说，“练半月或许能对付其他农民。但对上骑士，嗯？”他摇头啐了一口。

坚定堡的水井位于地下一个石泥墙围起来的潮湿隔间。驼背山姆的老婆会在那儿搓洗捶干衣服，再拿到塔顶晾晒，石制大洗衣盆也用作浴盆。泡澡需从井里一桶桶打水，装进大铁壶，放到灶台上烧滚，再倒进盆里。如此往复，四桶水才能装满铁壶，三壶水才能装满浴盆。待第三壶烧滚，第一壶已成温水。本尼斯爵士抱怨这流程太他妈麻烦，大概因此他才任由身上爬满跳蚤虱子，闻起来像馊奶酪。

邓克急需洗澡时——比如今晚——至少有伊戈帮忙。男孩拉长了脸，一声不吭地汲水，烧水时也不怎么说话。“伊戈？”最后一壶水烧沸时，邓克问，“丢魂儿了吗？”见伊戈不答，他又说，

“帮我抬水壶。”

他们一起把壶从灶台抬到浴盆旁，小心不让水溅到身上。“爵士，”男孩说，“你觉得尤斯塔斯爵士有什么打算？”

“拆坝，若寡妇阻止，不惜一战。”他大声说，以盖过水倒进盆的“哗啦”声。热水腾起的蒸汽有如一道白帘，将他的脸蒸得通红。

“他们的盾是木头编的，爵士，一戳就穿，连十字弓都防不住。”

“等他们练好了，我们给找些真家伙。”也许能弄到些盔甲零件。

“他们会死，爵士。湿渥特还是半大孩子，大麦威尔正等着下次修士过来好结婚，大罗柏甚至分不清左右脚。”

邓克将空壶扔在夯实的土地上。“铜分树村的罗杰死在红草原时，比湿渥特还小。你父亲军中有的是刚结婚的人，还有人甚至连女孩都没吻过。当兵的分不清左右脚也不稀奇，指不定几百几千号人都分不清。”

“那不一样，”伊戈坚持，“那是战争。”

“这也是啊。一样的，只是规模小些。”

“不仅规模小，而且更愚蠢，爵士。”

“这不该由你我来评说。”邓克告诉他，“农民有义务响应尤斯塔斯爵士的召集奔赴战场……乃至牺牲，如有必要。”

“那就不该给他们起名字，爵士，若有个万一，那会更悲伤。”他皱起脸，“要是用我的靴子——”

“不行。”邓克单脚站立脱靴子。

“好吧，但我父亲——”

“不行。”第二只靴子被踢向第一只的方向。

“我们——”

“不行。”邓克从头拽下汗津津的上衣，扔给伊戈。“叫驼背山姆的老婆帮我洗洗。”

“好的，爵士，但是——”

“我说了，不行，要我给你一耳刮子才听得清？”他解开马裤。天太热，他没穿内衣。“你能关心渥特、渥特、渥特和其他人是好事，但靴子只能在万不得已的情况下用。”血鸦大人有几只眼睛？一千零一只。“你父亲派你来当我的侍从时，交代过什么？”

“要么剃发要么染发，不准把真名告诉任何人。”男孩不情愿地复诵。

伊戈侍奉邓克一年半了，但有时感觉过了二十年。他们一道爬上亲王隘口，穿越多恩领无边无际的白沙红沙，他们坐一条撑篙船顺绿血河下到板条镇，又在那儿乘划桨船“白夫人”号抵达旧镇。他们在马厩、旅馆和沟里睡过，同修士、妓女及戏子一起用餐，他们追逐过上百场木偶戏。伊戈照看邓克的马，为邓克磨剑擦甲，他们是好搭档，雇佣骑士几乎把男孩看成自己的小弟弟。

但他不是。他并非鸡蛋，而是龙种。伊戈可以做骑士的侍从，但坦格利安家族的伊耿却是盛夏厅梅卡亲王的四子——亦为其幼子。梅卡本人也是已故贤王戴伦二世的四子，戴伦在位长达二十五年，刚刚在春季大瘟疫中驾崩。

“世人皆知岑树滩比武会后，伊耿•坦格利安和哥哥戴伦一起回了盛夏厅。”邓克提醒男孩，“你父亲不想让人知道你跟一个雇佣骑士流浪七国，所以，不准再提靴子。”

男孩定定地望着他。伊戈眼睛很大，不知何故光头让它们显得更大。在地窖昏暗的灯光下，它们是黑的，但光线充足的地方能看清本色——深邃幽暗的紫。瓦雷利亚人的眼睛，邓克心想。在维斯特洛，除了真龙血脉很少有人是这个瞳色，也很少有人有那种熔金和白银交织的头发。

他们撑船航行在绿血河时，那些孤女喜欢抚摸伊戈的光头以求好运，这让伊戈的脸比石榴还红。“蠢女孩，”他声明，“谁再碰我我就把谁丢进河里。”邓克只得打圆场，“那我来做下一个。我给你一耳刮子，让你一个月都听到铃铛响。”这让男孩更羞恼。“铃铛也比蠢女孩强。”他反驳，但并没把任何人丢进河里。

邓克踏进浴盆，放松全身，直至水浸到下巴。上层水滚烫，越往下温度越低。他咬紧牙关没喊出声，因为伊戈听到会笑话他。男孩特别喜欢烫人的洗澡水。

“还要热水么，爵士？”

“够了。”邓克揉搓胳膊，搓出长条的灰色污垢。“拿肥皂，噢，还有长柄刷。”思考伊戈的头发，让他想起自己的头发已经很脏了。他深吸一口气，沉入水中浸泡头发。等他甩着头从水里冒出，伊戈已拿好肥皂和长柄马毛刷等在盆边。“你长胡子了。”邓克从伊戈手中接过肥皂时发现，“有两根，这里，就在耳朵下面。下次剃头记得剃掉。”

“好的，爵士。”这发现似乎让男孩很兴奋。

当然了，他觉得有胡子才是男人。邓克头一回发现上唇长了绒毛时也这么想。我试着用匕首刮，却差点割掉鼻子。“去睡吧，”他嘱咐伊戈，“明早之前我用不着你了。”

洗去一身尘土汗水花了不少时间。完事后，他把肥皂放到一旁，尽可能伸展身体，闭上双眼。水凉了，经过一整天酷热折磨，这样的放松实在舒畅。他直泡到手脚起皱，冷水变成灰色，才不情不愿地爬出浴盆。

老爵士给他和伊戈分配了地窖里最厚实的稻草床，他还是宁愿睡屋顶。那里空气更清新，偶有微风拂过，而且不用担心下雨。他来坚定堡后还一次雨都没下过呢。

邓克爬上塔顶，伊戈已睡着了。他双手垫头，躺下凝望星空。

满天星辰将他包围，让他想起岑树滩比武大会前夜。那晚他看到一颗流星，据说流星会带来好运，因此他要坦茜莉把它画在盾上，可岑树滩发生的事怎么都算不上好运。他差点丢掉一手一脚，还连累三个好人送命。但我得到一个侍从。伊戈和我结伴离开岑树滩，这也是唯一的好事。

他希望今晚没有流星。

周围是白沙，远方是赤红山脉。

邓克在挖坟，铁锹插入干热的大地，细沙扬过肩膀。坟，他心想，一个埋葬希望的坟。三个多恩骑士袖手旁观，低声嘲弄他，商人们在更远处守着骡子、货车和沙橇。他们想立刻动身，但邓克非埋了栗子不可，他不能把老朋友留给毒蛇、蝎子和沙狗。

小马死在从亲王隘口到万斯城的漫长旅途中。他一路驮着伊戈，没什么水喝，终于前腿一软，跪倒在地，翻身就死了。他僵硬的尸体现下摊在坟边，很快就会散发臭气。

邓克边挖边流泪，多恩骑士觉得很可笑。“沙漠里水最珍贵，”一名骑士说，“你不该浪费，爵士。”另一名骑士吃吃笑道：“有啥好哭的？不过是匹马，还是匹劣马。”

栗子，邓克边挖边想，他叫栗子，他任劳任怨驮我多年。多恩人的沙地良驹油光水滑，有优雅的头颅、修长的脖颈和飘逸的鬃毛，栗子的确相形见绌，但他为主人献出了所有。

“为一匹凹背小马哭泣？”阿兰爵士苍老的声音响起，“为什么，孩子，你可没为我哭过，是我把你放到他背上的啊。”他轻笑一声，以示没有责备之意。“呆子邓克，比城墙还笨。”

“他也没为我流泪。”破矛者贝勒的声音从坟墓中传来，“我可是他的王子，是维斯特洛的希望。诸神不曾要我如此早夭。”

“家父才三十九岁啊。”瓦拉尔王子说，“他本该带给七大王国一个流芳千载的太平盛世，他本该成为自龙王伊耿以降最伟大的国王。”他眨眨冰冷的蓝眼睛，“凭什么诸神带走他，留下你？”少王子有父亲遗传的浅棕头发，但间杂了一束耀眼的银白。

你们死了，邓克想尖叫，你们三个都死了，为何不放过我？阿兰爵士死于风寒，贝勒王子在邓克的七子审判中死于弟弟锤下，他儿子瓦拉尔死于春季大瘟疫。这些都不能怪我。瘟疫发生时我们在多恩，甚至都不知道出了事。

“你疯了，”老人对他说，“等你被这桩愚行害死，我们可不会为你挖坟。在大沙漠，人必须懂得保存水分。”

“走开，邓肯爵士，”瓦拉尔说，“我不想看见你。”

伊戈在帮忙挖坟。但男孩没有铁锹，只能用手，一边挖，沙子一边回流，就像在海里挖掘。可我必须挖，尽管双肩和后背酸痛得厉害，邓克还是反复告诉自己，我必须把他埋得够深，不让沙狗找到。我必须……

“……死？”痴呆大罗柏在坟墓底下说。他就躺在那，一动不动，浑身冰冷，肚皮上狰狞的血红伤口让他看起来没那么大个儿了。

邓克停下瞪着他。“你没死啊。你在地下室睡觉呢。”他向阿兰爵士求助，“告诉他，爵士，”他请求，“告诉他离开坟墓。”

但他身边站的根本不是铜分树村的阿兰爵士，而是棕盾本尼斯爵士。棕骑士发出鸡一样的笑声。“呆子邓克，”他说，“内脏致死慢，但也是要害，没听说哪个肠子流出来还能活。”他唇边泛起红沫，扭头啐了一口，唾沫很快被白沙吸收。投石站在他身后，眼里插了支箭，红色泪水缓缓流出。湿渥特的脑袋几乎被劈成两半。还有老柠檬和爱流眼泪的佩特，所有人都在。邓克起先以为他们和本尼斯一样嚼着酸草叶，随后发现他们嘴里是血。死了，他心想，全死了。棕骑士发出骡叫般的大笑：“哎呀，你最好加油干，还有好多坟要挖嘞，呆子。八个给他们，一个给我，一个给老废物爵士，最后一个留给你的小秃子。”

铁锹从邓克手中滑落。“伊戈！”他大喊，“快跑！我们快跑！”但沙子已漫到脚下。伊戈想从坑里爬出，坑壁却纷纷崩塌。邓克眼睁睁看着流沙将张嘴呼救的伊戈淹没。他拼命冲向男孩，沙子却从四面升起，将他拽入坟墓，涌进口中、鼻中、眼中……

第二天一大早，本尼斯爵士教新兵搭盾墙。他让八人并肩站好，盾牌并拢，矛尖从缝隙伸出，有如锋利的木獠牙。然后邓克和伊戈披挂上场，骑马冲锋。

学士不肯走进矛尖十尺以内，倔强地停在那里；但雷霆久经沙场，全力猛冲，吓得母鸡们忙不迭地从他腿边闪开，尖叫着逃窜。它们的恐慌感染了农民，大罗柏最先丢下长矛落荒而逃，盾墙中央露出缺口，坚定堡的其他战士不是设法弥补，而是一哄而散。在邓克来得及勒马前，雷霆的铁蹄已把大家丢弃的编枝盾牌踩得一塌糊涂。民兵和母鸡抱头鼠窜，本尼斯爵士爆出一连串尖酸的下流话。伊戈强忍笑，最终还是没忍住。

“够了！”邓克勒住雷霆，解开头盔扔掉，“如果上阵还这样，早死光了。”*你我也难以幸免。*早晨已经很热，他浑身又脏又黏，跟没洗澡似的。他的头“嗡嗡”作响，昨晚的梦徘徊不去。*那些事决不会发生，*他试图说服自己，*决不会发生。*栗子的确死于去万斯城的长途旅行，伊戈的哥哥赠送学士之前，他俩只能同骑。但其他部分……

*我从不流泪。或许想过流泪，但没流过。*他也想过埋葬栗子，但多恩人不肯等他。“沙狗也得吃、也得喂崽。”一位多恩骑士帮邓克卸下死马的鞍具缰绳时说，“不管喂沙狗还是喂沙，反正一年内，他连骨头都不剩。这是多恩，朋友。”忆起往事，邓克不禁思

考渥特的肉会喂谁，还有第二个渥特，第三个渥特。方格河下应该有方格鱼吧。

他调转雷霆，在塔前下马。“伊戈，帮本尼斯爵士把他们找回来集合。”他将头盔塞给伊戈，大步踏上台阶。

尤斯塔斯爵士在昏暗的书房中接见他。“进展不顺啊。”

“的确，大人，”邓克直说，“他们不行。”誓言骑士有义务服从主人的命令，但此事的确是发疯。

“这是他们的初阵，他们的父兄刚开始也一样糟。出征勤王前，我儿子们负责训练，练了整整两周，才把他们变成战士。”

“那打仗时见效吗，大人？”邓克问，“他们表现如何？又有多少人随你平安返乡？”

老骑士久久看着他。“柠檬，”他最后说，“佩特，还有戴克。戴克是我们的征粮官，是我见过最好的征粮官，一路我们就没饿着。他们三个回来了，爵士，他们三个和我。”他胡子颤抖，“或许这次要多练几周。”

“大人，”邓克说，“那女人可能明天就倾巢出动。”他们都是好伙计，他心想，但对上冷壕堡的骑士，只有死路一条。“肯定有其他办法。”

“其他办法。”尤斯塔斯爵士轻拂幼狮的盾，“罗宛大人不会秉公处理，这个国王也……”他抓住邓克前臂，“你知道么？过去青手王统治的日子，若你杀了别家牲畜或农民，得付血钱。”

“血钱？”邓克狐疑地问。

“你说有其他办法。我确实有些积蓄，本尼斯爵士说他只让那农民脸上挂了点小彩，我可以给当事人一枚银鹿，再为这侮辱给那女人三枚。我给得起，也愿意给……前提是她肯拆坝。”老人皱眉，“但不能是我去找她，我不去冷壕堡。”一只大黑苍蝇绕着老骑士的头转，最后落在他胳膊上，“邓肯爵士，你可知那城堡曾属于我们？”

“知道，大人。”驼背山姆给他讲过。

“在征服者登陆前的一千年中，我们家是世袭的北疆边帅，麾下有二十家小领主和一百名有产骑士。我们当时有四座城堡，还在山上修建瞭望塔作预警。冷壕堡是我们最大的城堡，由派温•奥斯格雷大人所建，人称他‘骄傲的’派温。

“怒火燎原之役后，高庭从王族落入总管手中，奥斯格雷家族逐渐式微。伊耿之子梅葛王把冷壕堡从我们手中夺去，因为奥蒙德•奥斯格雷大人反对他镇压星辰武士团和圣剑骑士团——穷人集会与战士之子。”他声音变得嘶哑，“至今冷壕堡门楣上还刻着方格狮，我父亲第一次带我拜访老雷纳德•维伯时，指给我看过，我也曾把它指给我所有的儿子看。亚当……亚当在冷壕堡当过侍酒和侍从，而他……又和……又和威曼大人的女儿互生情愫。因此某个冬日，我穿上最体面的衣服，造访威曼大人，为儿子提亲。他彬彬有礼地回绝了，但我离开时，听到他和卢卡斯•英奇菲爵士一起发笑。我与冷壕堡再无来往，除了那女人来我领地抓人那次。他们要我去壕底找可怜的柠檬——”

“戴克，”邓克说，“本尼斯说他叫戴克。”

“戴克？”那苍蝇趴在他袖子上，像所有苍蝇一样搓着脚。尤斯塔斯爵士赶开它，擦了擦胡子下的嘴唇。“戴克。我说的就是他。我多想念他啊，忠诚的伙伴，战争时是我们的征粮官，一路就没饿着。当卢卡斯爵士告知我可怜的戴克的下场，我指天发誓除非将城堡收归己有，否则永不踏入那里。所以你看，我不能去，邓肯爵士。不管是去付血钱，还是其他理由，我都不能去。”

邓克明白了。“我去，大人，我没发誓。”

“你是个好人，邓肯爵士，勇敢又正直。”尤斯塔斯爵士捏捏邓克的胳膊，“若诸神没带走我的亚莉珊该多好，我就希望她嫁给这种男人。你是真正的骑士，邓肯爵士，真正的骑士。”

邓克面红耳赤。“我会把您的话转告维伯夫人，关于血钱那些，但……”

“我相信，你会拯救本尼斯爵士不重蹈戴克的覆辙。我看人不会错，你是真钢，你会让他们刮目相看，爵士。只要你出马，那女人看到咱坚定堡有如此好汉，定然自动拆坝。”

邓克不知该说什么。他跪下：“大人，我明日就去，尽我所能。”

“明日。”那苍蝇兜了一圈，又落在尤斯塔斯爵士左手上，他抬起右手拍个正着。“好的，明日。”

“又洗澡？”伊戈不情愿地说，“你昨天刚洗过啊。”

“我今天顶盔贯甲一整天，快被汗水淹死了。闭嘴，给壶装水。”

“尤斯塔斯爵士接纳我们那日你洗了澡，”伊戈说，“然后是昨晚，现在又要。这是第三次了，爵士。”

“我要去见一位好出身的女士，你觉得我散发出本尼斯爵士的味道出现在她面前妥当吗？”

“想散发出他的味道，恐怕你得在学士的粪里洗个澡，爵士。”伊戈装满水壶，“驼背山姆说冷壕堡代理城主和你一样高大，他叫卢卡斯·英奇菲，因为身材外号‘长人’。你觉得他会跟你一般高吗，爵士？”

“不会。”邓克几年没见着跟他一般高的人了。他接过壶放在火上。

“你会和他打吗？”

“不会。”邓克倒有点希望打一架。他不算王国最好的战士，但身材和力量可弥补很多不足。但弥补不了比城墙还笨的脑瓜。他不善言辞，更不擅长和女人打交道。对他来说，高大的“长人”卢卡斯不及红寡妇一半可怕。“我去和红寡妇谈判，仅此而已。”

“谈什么呢，爵士？”

“让她拆坝。”您必须拆坝，夫人，否则……“我是说，请求她拆坝。”请将方格河还给我们。“如果她愿意的话。”请您行个方便，夫人，只是一点溪水。“但尤斯塔斯爵士不希望我卑躬屈膝。”那我该怎么说，呃？

壶里的水很快开始喷气冒泡。“帮我倒进盆。”邓克吩咐男孩。他们合力从灶台上抬起壶，穿过地窖走到浴盆旁边。“我不懂怎么和好出身的女士说话。”他边倒边坦承，“我在多恩跟万斯伯爵夫人说的那些，差点害死咱俩。”

“万斯伯爵夫人疯了。”伊戈提醒他，“但你本该表现得更英勇些，女人就喜欢那样的。要是你能像从伊利昂手中救下木偶女孩那样救下红寡妇……”

“伊利昂去了里斯，寡妇也不需要人救。”他不想提及坦茜莉。高过头的坦茜莉，但对我来说不算高。

“好吧，”男孩说，“有的骑士会向女士歌唱自己的光辉事迹，或者用竖琴弹奏。”

“我没琴。”邓克很郁闷，“而且板条镇那晚我喝得太多，你说我唱歌就像在泥坑里打滚的公牛。”

“我都忘了，爵士。”

“你怎么能忘呢？”

“你要我忘的啊，爵士。”伊戈无辜地说，“你说我敢再提就给我一耳刮子。”

“我不会唱歌。”就算邓克有那嗓子，他能从头唱到尾的也只有《狗熊与美少女》，他不觉得这歌能赢得维伯夫人芳心。铁壶又开始喷气，他俩把它抬到盆边，倒水进去。

伊戈第三次汲水装满壶，坐上井沿。“到冷壕堡最好不吃不喝，爵士，红寡妇毒死了所有丈夫。”

“我又没打算娶她。她是个好出身的女士，而我是跳蚤窝的邓克，记住了？”他皱眉，“你知道她有几任丈夫？”

“四任，”伊戈说，“但没孩子。她一生产，夜里就有魔鬼来夺走婴儿。驼背山姆的老婆说她把未出生的孩子卖给七层地狱的主宰，以换取黑暗伎俩。”

“好出身的女士不会涉足什么黑暗伎俩，只会唱歌跳舞刺绣。”

“或许她与魔鬼跳舞，绣出邪恶咒语呢。”伊戈意味深长地说，“况且你怎么知道好出身的女士做什么，爵士？你只认识万斯伯爵夫人一位好女士。”

这算是奚落，但也是事实。“或许我不了解贵妇人，但我很清楚欠揍的男孩是啥样。”邓克揉揉后颈。一整天穿锁甲总让那儿硬得像木头，“王后公主你都认识，她们会和魔鬼跳舞，会修习黑暗伎俩吗？”

“西蕊小姐会，她是血鸦大人的情妇，她用鲜血沐浴以保持美貌。还有次雷迩妹妹在我喝的水里放春情药，好让我娶她不娶丹妮菈妹妹。”

伊戈说得就好像跟妹妹结婚是世上再平常不过的事。对他来说的确是。坦格利安家几百年来都是兄妹通婚，以保持血统纯正。尽管最后的巨龙死在邓克出生以前，但没有龙的龙王家族还在延续。或许诸神不介意他们乱伦。“药起效了吗？”邓克问。

“本来会起效，”伊戈说，“但我吐了出来。我不想娶妻，我要当御林铁卫的骑士，一生侍奉和保护国王。御林铁卫宣誓终身不娶。”

“想得倒美，等你长大点儿，就会发现女孩比白袍靠谱了。”

邓克又想起高过头的坦茜莉在岑树滩对他微笑。“尤斯塔斯爵士说希望把女儿嫁给我这种人。他女儿叫亚莉珊。”

“她死了，爵士。”

“我知道她死了。”邓克恼道，“他是说如果她活着。如果她活着，他想把她嫁给我，或者我这种人。还没有哪位领主肯把女儿许配给我呢。”

“是死掉的女儿。况且奥斯格雷家就算以前是领主，现在不过是有产骑士。”

“我知道他是什么。你又想挨一耳刮子？”

“好吧，”伊戈说，“我宁愿挨一耳刮子也不娶老婆，尤其是个死老婆。爵士，水开了。”

他们把水倒进盆里，邓克从头顶拽下上衣。“我穿那件多恩外衣去冷壕堡。”那是他最好的衣服，沙丝做的，画有榆树流星。

“你穿它骑马会汗湿的，爵士。”伊戈说，“就穿今天这件，我带着那件，到城堡后再换。”

“到城堡前。在吊桥上换衣服成啥样，而且谁说你要跟我去？”

“有侍从的骑士说话有分量。”

有道理，男孩在这方面总有好建议。也难怪，他在君临作过两年侍酒。饶是如此，邓克仍不愿带男孩涉险。他不确定在冷壕堡会得到何等待遇。若红寡妇跟传言中一样危险，他很可能被装进鸦笼，跟路上看到的那两人一样。“你留下来帮本尼斯爵士训练农民，”他吩咐伊戈，“别黑着个脸。”他踢开马裤，爬进热气腾腾的浴盆。“上去睡吧，我自己好好洗。你不能跟我去，就这么定了。”

邓克被照在脸上的晨光弄醒时，伊戈已起床离开。诸神慈悲，怎能热得这么快？他坐起身，打着哈欠伸个懒腰，睡眼惺忪地下楼到井边点了根牛油粗烛，往脸上泼了点冷水，穿好衣服。

他走出塔，发现雷霆已鞍配妥当，等在马厩。伊戈和骡子学士也在。男孩套上了靴子，上身穿潇洒的绿金格子紧身上衣，下身着白羊毛紧身马裤，头一回像个体面侍从。“裤子屁股有洞，但驼背山姆的老婆帮我补好了。”他报告。

“是亚当的衣服。”尤斯塔斯爵士把灰骟马牵出畜栏，方格狮装饰的丝披风在老人身后飞扬，披风很有些磨损。“衣服放久了有点发霉，但还能穿。有侍从的骑士说话有分量，因此我决定让伊戈跟你一道去冷壕堡。”

被个十岁孩子摆了一道。邓克盯着伊戈，无声地说出：“给你一耳刮子”。男孩咧嘴一笑。

“我还有东西给你，邓肯爵士。来。”尤斯塔斯爵士抽出另一条披风，优雅地抖开。

那是条白羊毛披风，用绿锦和金线方块镶边，这样热的天根本穿不了。但尤斯塔斯爵士把它披到他肩头时，他发现爵士一脸自豪，让他无法拒绝。“谢谢您，大人。”

“很般配。要是能多给你些就好了。”老人胡子颤抖，“我让驼背山姆去地窖翻找儿子们的遗物，可惜艾德温和哈罗德个头小，胸膛不宽，腿也不长。他们的东西不适合你，真遗憾。”

“披风就够了，大人，我不会令它蒙羞。”

“我相信你。”他拍拍马，“如果你不反对，我想与你同行一程。”

“当然不，大人。”

伊戈骑学士走在前面，一行人下山。“他非要戴那顶软塌塌的草帽吗？”尤斯塔斯爵士问邓克，“你不觉得看起来有点蠢吗？”

“比光头好，大人。”太阳刚露出地平线，气温却已很高。到得下午，马鞍能把屁股烫起泡。穿死人衣服的伊戈现在仪表堂堂，但太阳落山前会变成熟透的鸡蛋。邓克至少能换衣服：那件体面外衣装在鞍袋里，现下穿的是老旧绿外衣。

“我们往西走，”尤斯塔斯爵士宣布，“这些年没人走这条路，但它仍是坚定堡到冷壕堡的近路。”路从小山背后绕过，经过老骑士安葬妻儿的茂盛黑莓丛。“我家小子喜欢来这儿采黑莓。他们小时候会脸上黏乎乎、胳膊满是划痕地跑到我面前，我一看便知他们来过这儿。”他怜爱地微笑，“你的伊戈让我想起了亚当。在那个年龄，他算得上勇敢。激战中，亚当拼命保护受伤的哥哥哈罗德，一个盾牌画着六颗橡果的河间人一斧砍下了他胳膊。”他哀伤的灰眼睛对上邓克的眼睛，“你的旧主，铜分树村的骑士，他……他可曾参加黑火战争？”

“他参加过，大人，在收留我之前。”邓克那时不过三四岁，还在跳蚤窝的巷弄里半裸着乱窜，与其说是孩子，不如说是头小怪物。

“他支持红龙还是黑龙？”

*红还是黑？*即便到现在，这个问题仍会捅娄子。自征服者伊耿的时代起，坦格利安的纹章就是黑底上的红色三头龙。按私生子的惯例，自立为王的戴蒙将颜色反转，作为纹章。*尤斯塔斯爵士是我誓言效忠的主人，邓克提醒自己，他有权查问真相。*“他在哈佛伯爵麾下，大人。”

“金底上绿色斜栅格，中间一道淡绿色大波浪？”

“应该是，大人，伊戈知道。”男孩能认出维斯特洛一半骑士的纹章。

“哈佛大人是有名的忠诚派，戴伦王在那场战役前任命他为国王之手。此前巴特威极不称职，其忠诚饱受质疑，但哈佛大人从始至终清清白白。”

“他倒下时阿兰爵士就在他身边，一位盾牌上有三座城堡的老爷杀了他。”

“许多好人在那天倒下，双方都有。草地在那场战役前并不是红的，阿兰爵士跟你说过吗？”

“阿兰爵士不喜欢谈那场仗。他的侍从死在那里，那是阿兰爵士妹妹的儿子，铜分树村的罗杰。”哪怕只是提起名字邓克也隐有负罪感。我偷了他的位置，一般只有王子或大贵族会多带几个侍从。如果庸王伊耿把族剑传给继承人戴伦而非私生子戴蒙，黑火叛乱便不会发生，铜分树村的罗杰便不会死。他会当上骑士，比我更名正言顺的骑士，而我会在绞架上终结此生，或送去当守夜人，在长城上巡逻，至死方休。

“战争是很可怕，”老骑士说，“但别样的美也诞生在鲜血与屠杀中，令人心碎。我永远忘不了那天红草原的落日……上万人死去，原野上回荡着无数呻吟与哀号，但头顶天空却交融了金、红和橙色，美得令我落泪。我知道儿子们看不到这番景象了。”他叹息。“成王败寇，胜负一念。若非血鸦……”

“我听说是破矛者贝勒赢得了那场仗。”邓克说，“他和梅卡王子。”

“铁锤和铁砧？”老人胡子一抖，“歌手们省却了太多。戴蒙那日一马当先，仿如战士下凡，所向披靡。他粉碎了艾林公爵的前锋部队，手刃九星城的骑士和‘狂人’维尔•韦伍德，又对上御林铁卫加尔温•科布瑞爵士。两人骑马绕圈冲杀近一小时，你来我往，周旋劈砍，而四周不断有人死去。据说每当‘黑火’和‘空寂女士’相交，一里格外都能听到半是歌咏、半是尖叫的声音。最终空寂女士支撑不住，黑火劈进加尔温的头盔，刺瞎了他的双眼。戴蒙立刻下马，保护倒下的对手不被踩踏，并命“红牙”将其送往后方找学士医治。这成了胜负手，鸦齿卫趁机登上哭泣山脊，血鸦发现同父异母哥哥的王旗就在三百码外，而戴蒙及其两子站在旗下。他先射杀双胞胎中较大的伊耿，他知道只要那孩子尚有一丝暖意，戴蒙就不会离开，哪怕白箭如雨。戴蒙果真没离开，结果身中七箭，箭是血鸦射的，上头还有魔法。族剑从垂死的父亲手中滑脱，双胞胎中较小的伊蒙拿起了黑火，于是血鸦也杀了他，好把黑龙连根拔掉。

“我知道后来还发生了很多事，我亲眼见证了一些……叛军溃逃，‘寒铁’扭转败局，领导那场疯狂的反击……他和血鸦那一战仅次于戴蒙大战加尔温·科布瑞……最后贝勒王子的战锤打在叛军后方，多恩人齐声呐喊掷出漫天长矛……但那天结束时，这些都无关紧要，战争已随戴蒙之死而结束。

“阴差阳错啊……如果戴蒙忽略加尔温·科布瑞，直捣敌阵，就可在血鸦登上山脊前粉碎梅卡指挥的左翼，如此便是黑龙胜。由于国王之手被杀，君临门户洞开，戴蒙能赶在贝勒王子召集风暴地领主和他的多恩人之前坐上铁王座。

“歌手们会继续传唱铁锤和铁砧，爵士，但真正扭转局势的，是弑亲者的白箭和黑魔法。别弄错，现在统治我们的也是他，伊里斯王不过是傀儡。血鸦极可能迷惑了陛下，使其言听计从。难怪诸神降下诅咒。”尤斯塔斯爵士摇摇头，若有所思地收了声。邓克不知伊戈听到多少，但没法询问。*血鸦大人有几只眼睛？*他暗想。

天更热了。*苍蝇都跑了*，邓克发现，*苍蝇比骑士聪明，都躲到没太阳的地儿去了*。不晓得他和伊戈在冷壕堡会得到怎样的款待，最好先来一大杯凉凉的棕色麦酒。邓克想得美滋滋的，突然记起伊戈说红寡妇毒死过几任丈夫，口渴感立刻烟消云散。有的事比喉咙干更糟。

“奥斯格雷家族曾统治周边所有土地，从东边的南尼到西边的卵石丘。”尤斯塔斯爵士说，“冷壕堡是我们的，还有马掌山，奋勇丘上诸多洞穴，多克、小多克和白兰底的所有村庄，叶子湖两岸……奥斯格雷家曾与佛罗伦家、史文家、塔贝克家，甚至海塔尔家和布莱伍德家联姻。”

渥特林遥遥可见。邓克手搭凉棚，打量那片青葱之色。他难得地羡慕伊戈的软草帽。*至少能遮遮阴。*

“渥特林也曾一度延伸到冷壕堡。”尤斯塔斯爵士续道，“我想不起谁是渥特了，但征服战争之前，林里有野牛、二十多掌高的大麋鹿及一辈子都抓不完的红鹿，当时只允许国王和方格狮在此狩猎。即便我父亲的时代，小溪两岸也长满树木，但蜘蛛把它们砍光，用来放牧牛、羊和马。”

一股手指粗细的汗从邓克胸口蜿蜒流下。他真希望他的主人能安静一会儿。*天热得让人不想说话，不想骑马。太他妈热了。*

在林子里，他们发现一只棕色大树猫的尸体，爬满了蛆。“呕，”伊戈驱策学士远远绕开，“比本尼斯爵士还臭。”

尤斯塔斯爵士勒住缰绳。“树猫。林子里竟还有山猫。不知它怎么死的。”没人搭话，他又道，“我就此别过。你们继续向西，直达冷壕堡。你带钱了吗？”邓克点头。“很好。带着我的水回来，爵士。”老骑士策马沿来路小跑离开。

他走后，伊戈说：“我想好你怎么跟维伯夫人说了，爵士，你可以靠恭维赢得谈判。”穿方格上衣的男孩看来和披披风的尤斯塔斯爵士一样清凉干爽。

我是唯一流汗的？“恭维。”邓克问，“怎样恭维？”

“你知道的，爵士，恭维她多美丽动人。”

邓克半信半疑。“她有过四任丈夫，肯定老得像万斯伯爵夫人。要我恭维一个又老又丑的女人美丽动人，她会把我当骗子。”

“那你就找些真话来夸。我哥戴伦就这么做。他说哪怕丑陋的老妓女也可能有一头秀发或精致的耳朵。”

“精致的耳朵？”邓克更不信了。

“或是漂亮的眼睛。就说她的裙子很衬她的眼睛。”男孩想了一会儿，“除非她的眼睛像血鸦大人。”

夫人，您的裙子很衬您的眼睛。邓克听别的骑士和少爷如此恭维过女士，但他们说得更委婉动听。好夫人，您的裙子真漂亮，刚好衬出您那双可爱的眼睛。有的女士衰老瘦削，有的肥胖红润，有的一脸痘坑、长相平凡，但她们都穿了裙子，长了眼睛，在邓克记忆中，她们都很享受那些恭维。多可爱的裙子啊，我的好夫人，它完美地衬出了您那双明媚动人的眼睛。“做雇佣骑士简单多了。”邓克郁闷地说，“现在我要是说错话，她就会把我缝进一袋石头，沉进护城壕。”

“我觉得她不一定有那么大的袋子，爵士。”伊戈说，“可以用我的靴子。”

“不行。”邓克吼道，“不能用。”

出得渥特林，已至水坝上游。水位很高，足以实现邓克盘算已久的露天浴。深到能淹死人，他心想。河对岸挖了道小沟，向西引水。小沟沿路伸展，分出若干小水渠深入田地。过了小溪，就到寡妇的地盘。邓克犹豫要不要过去，毕竟他孤身一人，只有个十岁男孩做后援。

伊戈在他面前晃手。“爵士？怎么停下了？”

“没有。”邓克一踢坐骑，水花四溅地踩进小溪，伊戈骑骡跟上。水直漫到雷霆的马腹才又退下，他们湿淋淋地爬上寡妇领地的岸边。前方水沟像笔直的长矛，在太阳下闪着绿色和金色的光。

他们又走了几小时，才看到冷壕堡塔楼。邓克停下换上他最好的多恩外衣，并松了松长剑剑鞘，他不希望需要拔剑时被卡住。伊戈也摇了摇匕首柄，草帽下表情严肃。他们并辔前行，邓克骑高大战马，男孩骑骡子，奥斯格雷的旗帜无精打采地挂在杆子上。

尤斯塔斯爵士说得天花乱坠，冷壕堡的实际形象却多少有些令人失望。与风息堡、高庭或邓克见过的其他一些大家族的家堡相比，这座城堡太普通了……但它毕竟是座城堡，不只是加固的瞭望塔。筑有城堞的外墙有三十尺高，角落都有塔楼保护，每座塔楼都相当于坚定堡一倍半尺寸。角楼和塔楼尖上飘扬着维伯家族凝重的黑旗，旗上有一只趴在银色蛛网中的斑点蜘蛛。

“爵士？”伊戈提示，“水，看它们都流向哪儿了。”

水沟终点是城堡东墙，注入冷壕堡因之得名的护城壕中，汩汩的流水声让邓克咬紧牙关。*她不能夺走我的方格河。*“走。”他告诉伊戈。

正门拱顶上方，一排蜘蛛旗垂在凝滞的空气中，旗下的石头凿刻着古老的纹章。无数世纪的风吹雨打将它侵蚀，但形状依然可辨，那是方格拼成的狂暴雄狮。下方城门敞开，过吊桥时，邓克注意到城壕有多深。*至少六尺*，他暗想。

铁闸前，两名矛兵拦住去路，其中一人蓄了大黑胡子，另一人嘴旁很干净。大胡子要他们说出来意。“我的主人奥斯格雷大人派我面见维伯夫人。”邓克告诉他，“我是高个邓肯爵士。”

“嗯，我知道你不是本尼斯，”没胡子的守卫说，“我们闻得出。”他缺了颗牙，心脏位置绣了斑点蜘蛛纹章。

大胡子眯起眼睛狐疑地打量邓克。“要见夫人得长人许可。你跟我来，马童和马留下。”

“我是侍从，不是马童。”伊戈辩驳，“你瞎了还是太蠢？”

没胡子的守卫大笑，大胡子用矛尖指着伊戈喉头。“再说一遍。”

邓克给了伊戈一耳刮子。“还说？闭嘴，去看马。”他跳下马，“我去见卢卡斯爵士。”

大胡子放下矛。“他在院子里。”

他们从闸门的铁尖下走过，又经过一个杀人洞，来到外庭。猎犬在兽舍里吠叫，歌声从七边形木圣堂的镶铅玻璃窗中传出。铁匠铺前，铁匠在学徒帮助下给战马上蹄铁。左近一名侍从对着箭靶射箭，旁边有个雀斑脸的长辫女孩在与他比试。枪靶也转个不停，六名穿加垫外衣的骑士轮流发起攻击。

长人卢卡斯爵士就在枪靶旁的观众中，正与一名汗流得比邓克还多、极度肥胖的修士交谈。那修士活像个圆滚滚的白布丁，身上袍子湿得好似泡过澡。他旁边的英奇菲站得像杆枪，笔直挺拔，而且很高……但没邓克高。六尺七寸，邓克判定，每一寸都骄傲得紧。尽管卢卡斯爵士身着黑丝和银线衣服，却像在长城上一样凉爽。

“大人。”守卫向他敬礼，“此人来自小鸡塔，求见夫人。”

修士先转身，声音里的兴奋劲儿让邓克以为他喝多了。“来者是谁？雇佣骑士？咱河湾地的树篱多着呢。”他画个祈祷的手势，“愿战士永远保佑你。我是赛夫顿修士，卑微的名，但就是如此。你呢？”

“高个邓肯爵士。”

“这是个谦虚的伙计。”修士对卢卡斯说，“要我有他那么大个儿，我会自称无敌的赛夫顿爵士，高塔赛夫顿爵士，恨天高赛夫顿爵士。”他圆脸通红，袍子沾着酒渍。

卢卡斯爵士打量邓克。卢卡斯算是位长者，至少四十岁，可能有五十。他筋强骨健，面容却丑得惊人：双唇很厚，一口黄板牙歪歪扭扭，大鼻子扁平，眼睛外突。他很恼火，邓克没等他开口就感觉到。“雇佣骑士充其量是带剑的乞丐，里头土匪居多。回去，我们不欢迎你这种人。”

邓克脸一沉。“尤斯塔斯·奥斯格雷爵士派我从坚定堡来面见这座城堡的夫人。”

“奥斯格雷？”修士扫了长人一眼，“方格狮奥斯格雷？我还以为奥斯格雷家族消失了。”

“差不多了。那老头是他家最后的传人，我们让他待在东边数里格外的破塔楼里。”卢卡斯爵士皱眉回看邓克，“尤斯塔斯爵士想见夫人，叫他亲自来。”他眼睛一眯，“你是和本尼斯一起上坝的那个。不用否认，我该吊死你。”

“七神在上。”修士用袖管揩揩眉上的汗水，“他真是个土匪？还是个大个土匪。爵士，迷途知返，圣母会宽恕你啊。”修士放个屁，打断了虔诚的祈祷，“哦，亲爱的，请原谅我的失礼。爵士啊，这就是吃多了豆子和大麦面包遭的罪。”

“我不是土匪。”邓克对两人说道，尽力不卑不亢。

长人不为所动。“别挑战我的耐心，爵士——若你真是个爵士——滚回你的小鸡塔，告诉尤斯塔斯爵士交出屎臭本尼斯爵士。若他让我们省了去坚定堡抓人的麻烦，夫人会考虑宽大处理。”

“我就是来同夫人交涉本尼斯爵士在大坝的意外，以及你们偷窃我们溪水的事。”

“偷窃？”卢卡斯爵士说，“你敢跟我家夫人这么说，日落前就得在麻袋里游泳。你确定要见她？”

邓克唯一确定的是想打碎卢卡斯•英奇菲歪歪扭扭的黄板牙。“我已经说了。”

“噢，就让他去嘛。”修士劝道，“能有什么坏处？邓肯爵士顶着烈日长途跋涉，就让他得偿所愿吧。”

卢卡斯爵士又打量邓克一番。“我们的修士是个虔诚之人，那就来吧，希望你长话短说。”他大步穿过院子，迫得邓克匆忙跟上。

城堡圣堂的几扇门开了，礼拜者潮水般涌出：骑士、侍从，十几个孩子，许多老人，三名白袍白帽的修女……以及一位丰满的贵族女士，她的深蓝色绸缎裙服有密尔蕾丝镶边，长得拖到泥土。邓克估计她有四十岁，枣红头发用银丝发网高高盘起，但红不过她的脸。

“夫人。”他们来到她和她的修女面前，卢卡斯爵士禀报，“这名雇佣骑士说他带来尤斯塔斯•奥斯格雷爵士的口信。您想不想听？”

“你乐意的话，卢卡斯爵士。”她狠瞪邓克一眼，邓克不由想到伊戈的巫术言论。我觉得这位没用鲜血沐浴以保持美貌。寡妇矮壮敦实，有一颗头发无法掩饰的尖头颅。她鼻子太大，嘴又太小，邓克欣慰的是，她双眼还健全，但他已没心思说什么恭维话了。“尤斯塔斯爵士委派我和您交涉您的水坝最近引发的纠纷。”

她眨眨眼。“水……坝，你说？”

人群围拢来，邓克感觉到不友善的目光。“小溪，”他解释，“方格河，夫人您建的水坝拦住了它……”

“噢，我敢肯定我没建过。”她回答，“怎么可能？我一上午都在祈祷，爵士。”

邓克听见卢卡斯爵士窃笑。“我当然不是说夫人您亲手建了大坝，只是……没有那条溪，我们的庄稼都会死……地里是农民种的豆子、大麦，还有甜瓜……”

“真的？我很喜欢甜瓜。”她小嘴开心地一翘，“都是哪种甜瓜？”

邓克不安地扫过周遭脸庞，自觉双颊滚烫。事情不该这样，长人把我当傻子耍。“夫人，我们能否……借一步说话？”

“一枚银币赌那大呆子要睡她！”有人嘲弄，周围一片哄笑。夫人惊恐地向后躲闪，抬起双手遮脸。修女迅速走到她身边，保护性地环住她肩膀。

“你们笑什么？”一个冷静镇定的声音穿透笑声，“没人解释？爵士先生，何故冒犯我的好姐姐？”

是之前在箭靶旁见到的女孩。她臀部挂着一袋箭，手持一把对邓克来说不算高、但和她本人差不多高的长弓。邓克差一寸七尺，这位女箭手大概是差一寸五尺，他两只手就能拢住她的腰。她的红发绑成一根长及大腿的辫子，下颌有个酒窝，鼻子高翘，双颊有星星点点的淡雀斑。

“请原谅我们，罗翰妮夫人。”说话者是一位上衣绣有卡斯威家半人马纹章的俊俏少爷，“这傻大个把梅森特夫人当成了您。”

邓克看看那中年女人，又看看这女孩。“您是红寡妇？”他听到自己脱口而出，“但您太——”

“年轻了？”她把弓扔给之前比箭的瘦长小子，“我今年二十五岁。或者你想说，我太矮了？”

“——漂亮。太漂亮了。”邓克不知这话打哪儿来的，但很庆幸自己说出了口。他喜欢她的鼻子，她的红金头发，她皮夹克下小而坚挺的胸脯。“我本以为您……我是指……他们说您做过四次寡妇，所以……”

“我第一任丈夫过世时我才十岁，他十二岁，是我父亲的侍从，在红草原上被人踩死。不得不承认，我的丈夫没有活得久的。最后一个是春天走的。”

人们会这样形容春季大瘟疫中过世的人。*春天走的*。数以万计的人在那个春天病逝，包括一位睿智的老国王和两个前途无量的王子。“我……我很遗憾您的不幸，夫人。”*要恭维，你个呆子，说点恭维话*，“我想说……您的裙子……”

“裙子？”她低头看看靴子、马裤，松垮的麻布上衣和皮夹克，“我没穿裙子。”

“您的头发，我想说您的头发……柔软又……”

“你怎么知道呢，爵士？我不记得你碰过我的头发。”

“不是柔软，”邓克改口，“红的，对，我想说是红的。您的头发很红。”

“很红，爵士？噢，希望没有你脸红。”她笑了，围观者也哄堂大笑。

除了长人卢卡斯爵士。“夫人，”他插话，“此人是坚定堡的佣兵，曾随棕盾本尼斯一起来袭击您的工人，划破沃尔姆的脸时他在场。老奥斯格雷派他来和您交涉。”

“确实如此，夫人，我是高个邓肯爵士。”

“不如叫呆子邓肯爵士。”一个衣服画着雷古德家三道雷霆标志的胡子骑士说。哄笑声更大了，这次连回过神的梅森特夫人也加入进来。

“冷壕堡的礼貌都和我父亲大人一起入土了吗？”女孩质问。*不，不是女孩，是成年女人。*“我想知道邓肯爵士为何会认错人？”

邓克嫌恶地看了英奇菲一眼。“是我自己的错。”

“是吗？”红寡妇从头到脚仔细打量了邓克一番，视线在他胸口徘徊良久。“树和流星，没见过这纹章。”她用两根手指描勒邓克外衣上的榆树枝条，“而且是画的，不是绣的。我听说多恩人会在丝绸上作画，但你个头大得不像多恩人。”

“不是所有多恩人都瘦小，夫人。”邓克透过丝绸感觉到她的手指。她手上也有雀斑。*我敢打赌，她全身都有雀斑。*他嘴里莫名干燥。“我在多恩待过一年。”

“那里的橡树都这么高吗？”她边问边描他心脏前的树枝。

“这是棵榆树，夫人。”

“原来如此。”她严肃地抽回手，“院子里又热灰尘又大，没法说话。修士，带邓肯爵士去我的会客厅。”

“非常荣幸，好妹妹。”

“我们的客人肯定渴了。你再给他送壶葡萄酒。”

“行吗？”胖修士精神焕发，“好吧，如果您希望如此。”

“我换好衣服就去。”她摘下皮带和箭袋，递给同伴，“还有克瑞克学士。卢卡斯爵士，吩咐师傅过来。”

“我马上带他来，夫人。”长人卢卡斯说。

她冷冷地看了代理城主一眼。“不必。我知道你掌管城堡，日理万机，你让克瑞克师傅自己来会客厅就可以。”

“夫人，”邓克叫住她，“我的侍从还等在门口，能让他也加入吗？”

“你的侍从？”她笑起来，又像个十五岁女孩，而非二十五岁的女人了。一个爱笑爱恶作剧的漂亮女孩。“如你所愿，当然可以。”

“千万别喝酒，爵士。”在会客厅等待时，伊戈小声提醒。厅内石地板铺着芬芳的草席，墙上挂着绘有比武会和战争场景的织锦。

邓克嗤之以鼻。“她没必要下毒。”他小声应道，“她以为我是满脑袋豌豆粥的大呆子。”

“巧了，我这位妹妹喜欢豌豆粥，”赛夫顿修士抱着一壶葡萄酒、一壶水和三个杯子回来。“没错，没错，我都听到了。我胖归胖，却不聋咧。”他给两个杯子斟酒，一个杯子倒水，水杯递给伊戈。伊戈狐疑地打量良久，最后还是放到一旁。修士不以为忤。“青亭岛的佳酿，”他告诉邓克，“妙不可言，毒药让它格外甘甜。”他冲伊戈挤挤眼，“我没怎么见过葡萄，听说如此。”他递给邓克一杯。

这酒的确饱满香醇，但邓克先看修士响亮地三大口喝掉半杯，才小心抿了一口。伊戈双手抱胸，仍然没动水杯。

“她喜欢豌豆粥，”修士说，“也喜欢你，爵士。我了解我这位妹妹。在院子我第一眼看到你，真希望你是从君临远道而来求婚的。”

邓克眉头紧皱。“你怎么知道我来自君临，修士？”

“君临人说话有特点。”修士又响亮地喝了口酒，在口中品味，吞下去发出满足的叹息。“我在贝勒大圣堂总主教驾前效过几年力。”他叹口气，“你肯定没见过春天之后的君临，大火让它变了样，四分之一的房屋没了，另外四分之一人去楼空。连老鼠都销声匿迹，这是最奇特的，我还没见过没老鼠的城市。”

邓克听说过这些。“春季大瘟疫时你在君临？”

“噢，是的，好一段可怕岁月，爵士，很可怕。一个人可能早上起来还健健康康、身强力壮，到日落就呜呼哀哉了。人死得太多太快，无法掩埋，只能扔进龙穴，等尸体堆到十尺高，河文大人命火术士去处理。闪耀的火光透过窗户，好像巨龙仍在那里生息，整晚整晚，深绿色的野火辉光映照全城，让我终生难忘。他们说，瘟疫也在兰尼斯港肆虐，而旧镇更甚，但在君临，它夺去了十分之四的人口，无论长幼、贫富、贵贱。我们慈爱的总主教被带走了，他可是诸神在世间的代言人，走的还有三分之一的大主教以及几乎所有静默姐妹。戴伦国王陛下，可爱的马塔瑞斯和无畏的瓦拉尔，国王之手……哦，好一段可怕岁月。到最后，半个都城向陌客祈祷。”他又喝了一杯，“你当时在哪儿，爵士？”

“在多恩。”邓克说。

“你一定要感谢圣母慈悲。”春季大瘟疫没波及多恩，也许是因为多恩人及时关闭了边界和港口，艾林谷采取类似措施，同样幸免于难。“谈论死亡扫人酒兴，但我们的时代又有多少事值得庆祝？赤地千里，祈祷无用。御林成了个大柴堆，日日夜夜都在烧。寒铁和戴蒙·黑火的后代在泰洛西伺机待发，达衮·葛雷乔伊的海怪如狼群巡游在落日之海，甚至一路南下掠袭青亭岛。据说他们刚刮走仙女岛一半财富，外加一百个女人，法曼大人积极地重整防御，但在我看来，那跟作父亲的给肚子大得像我一样的怀孕女儿锁贞操带没啥两样。三叉戟河的布雷肯大人奄奄一息，长子春天走了，意味着将由奥瑟爵士继承。布莱伍德家绝不会与屠夫布雷肯比邻，肯定要打仗。”

邓克了解布莱伍德和布雷肯的宿怨。“他们的封君不干涉吗？”

“哎，”赛夫顿修士说，“徒利大人是个被女人包围的八岁小孩，奔流城不会有动作，伊里斯国王更不会管——除非哪位学士就此战写本书，尊贵的陛下可能都不知情，而河文大人不会让布雷肯的人觐见国王。仔细想想，咱们的首相大人有一半布莱伍德血统呢，就算他插手，也只会帮亲戚镇压屠夫。圣母在河文大人出生那日为他做了标记，寒铁在红草原给他打上第二个烙印。”

邓克知道“河文大人”是指血鸦。国王之手真名布林登·河文，母亲出自布莱伍德家，父亲是国王伊耿四世。

胖修士喝了口酒，继续絮叨。“至于伊里斯——我们尊贵的陛下——他更在乎古老的卷轴和尘封的预言，而非现世的领主与律法。他甚至不肯开枝散叶，给自己生出继承人。艾林诺王后日日去大圣堂祈祷，恳求天上圣母赐她一个孩子，却始终是处女之身。伊里斯独睡一屋，据说比起女人，他更愿意抱书本上床。”他又满上一杯，“别弄错，是河文大人统治着我们，靠的是巫术和探子。没人与他作对。梅卡亲王在盛夏厅置气，并依旧沉浸在误杀高贵长兄的悲哀中。雷格王子懦弱又疯癫，他的孩子……好吧，只是孩子。河文大人权倾朝野，御前会议唯其马首是瞻，新任大学士甚至跟他一起施行巫术。红堡由鸦齿卫守护，未经河文大人允许，无人能见国王。”

邓克在椅子上不安地扭动。血鸦大人有几只眼睛？一千零一只。他希望国王之手没有一千零一只耳朵。赛夫顿修士的某些话形同谋反。他看了伊戈一眼，想知道男孩作何反应，发现对方正拼命管住舌头。

修士站起来。“我这位妹妹可能还要等会儿。对所有高贵的女士，头十件裙子总不合意。再来点酒吗？”没等邓克回答，他又斟满两个酒杯。

“我错认的女士，”邓克紧张地试图转移话题，“是你姐姐？”

“我们皆是七神的孩子，爵士，但除此之外……哎呀，亲爱的，梅森特夫人是罗翰妮夫人春天走的第四任丈夫罗兰·乌法林爵士的妹妹。我哥哥是第三任，西蒙·斯汤顿爵士，他倒霉到被鸡骨头卡死。人们肯定会说，冷壕堡里处处幽灵，丈夫都死了，亲戚全留下，吃夫人的，喝夫人的，活像一群穿着绫罗绸缎、养得肥嘟嘟的蝗虫。”他抹抹嘴，“她必须马上再婚。”

“必须？”邓克说。

“这是她父亲大人的遗愿。威曼大人想要孙儿来延续家业，病重时把她许配给长人，说有个强壮男人保护女儿，才能安心阖眼，但罗翰妮拒绝了。于是她父亲在遗嘱中报复：若在他第二个周年祭日时她还没婚嫁，冷壕堡及其领地就转给堂亲文德尔。你在院子里该见着文德尔了，就那脖子有瘤、肚皮像气球的矮个。当然，我这么说有点刻薄，活该我老放屁呗，不管怎样，文德尔爵士的确贪婪又愚蠢，可他老婆是罗宛大人的妹妹……而且真他妈丰饶多产哪，文德尔爵士放个屁，她就能生个崽儿。他们的儿子跟文德尔一样糟糕，女儿更甚，都在算日子咧。罗宛大人已明确支持遗嘱，因此下个新月前，夫人必须结婚。”

“她为何等这么久？”邓克不自觉地大声问。

修士耸耸肩。“老实说，求婚者不多。你也注意到啦，我这位妹妹并不难看，还有一座坚固的城堡和广大领地做嫁妆，但你若以为那些贵族次子和无地骑士会像苍蝇一样涌来，那就错啦。死过四任丈夫这事儿让他们三思，还有些说法称她不孕……当然，不会当她面说，除非想参观鸦笼。她生过两个孩子，一男一女，都没活到头一个命名日。没被毒药和巫术吓跑的少数人，又过不了长人那关。威曼大人临终前命长人保护女儿不被低劣的求婚者骚扰，长人将之扩大到‘所有’求婚者。想牵她手，需问他的长剑允许。”他喝完酒，推开杯子。“也不是说没人。克雷顿·卡斯威和西蒙·雷古德坚持得最久，但他们对她的领地比对她的人更感兴趣。要我下注，我会压杰洛•兰尼斯特。他不曾露面，但据说一头金发，人又聪明，高过六尺……”

“……而且维伯夫人已被他的情书打动。”修士谈论的夫人正站在门口，旁边有一位鹰钩大鼻、相貌平凡的年轻学士。“恐怕你赌输了，好哥哥，杰洛不愿为小头衔放弃兰尼斯港的舒适生活和凯岩城的显赫荣光，身为泰伯特大人的弟弟和顾问比做我丈夫有前途得多。至于其他人？西蒙爵士欠下一屁股债，需要卖掉我一半的领地，克雷顿爵士被长人屈尊瞪几眼就抖得像树叶，况且他比我还漂亮。至于你，修士，你有全维斯特洛最大的嘴巴。”

“大肚腩需要大嘴巴。”赛夫顿修士毫不害臊地回答，“否则就缩没啦。”

“你是红寡妇？”伊戈吃惊地问，“我都快赶上你高了！”

“半年前有个男孩说过同样的话，我把他扔上刑架，好让他拉得更高。”罗翰妮夫人坐进高台上的高椅，长辫越过左肩拉到身前，盘在膝盖上像只酣睡的猫。“邓肯爵士，在院子里你竭力表现得体，我不该戏弄你。只是你的脸实在红透了……在你长到这么高的村里，就没有女孩打趣吗？”

“那村是君临。”他没提跳蚤窝，“那里有女孩，但……”跳蚤窝里的打趣包括砍掉一根脚趾。

“我猜她们是不敢取笑你，”罗翰妮夫人摸摸辫子，“多半被你的身材吓着了。好啦，请不要怪罪梅森特夫人，我这位好姐姐头脑虽简单，心肠却不坏。她虔诚得要命，没修女帮忙连衣服都不会穿。”

“跟她没关系，弄错的是我。”

“善意的谎言，我知道是卢卡斯爵士搞鬼。他爱开恶毒玩笑，何况你们一见面就结了仇。”

“结了仇？”邓克迷惑地问，“我没做什么啊。”

她神秘地一笑，仿佛在责怪他不通人情。“我看到你跟他站在一起，高出差不多一手。卢卡斯爵士很久没遇到不能俯视的人了。你多大，爵士？”

“快二十了，夫人。”邓克对外总是声称二十，尽管还差一年，或许两年。年龄这东西他自己都没法确定。他肯定和其他人一样有爹有娘，但彼此素昧平生，连名字都不晓得。跳蚤窝里没人在意他是什么时候谁生的。

“你有看上去那么强壮吗？”

“我看上去有多强壮，夫人？”

“噢，壮到足以让卢卡斯爵士恼火喽。他是我的代理城主，但不是我挑的。他和冷壕堡一样，是我父亲的遗产。你是因为作战英勇被赐封骑士的吗？恕我直言，你的言谈不像贵族出身。”

我出身贫民窟。“我很小的时候，被名为铜分树村的阿兰爵士的雇佣骑士收留做侍从，他教会我骑士之道和战斗技巧。”

“同一位阿兰爵士赐封了你？”

邓克挪挪双脚，发现一边靴带快松了。“除了他，没人会这么做。”

“阿兰爵士现在何处？”

“他去世了。”邓克抬起眼睛，靴带可以待会儿系，“我把他葬在山坡上。”

“他是英勇战死的吗？”

“是雨水。他受了风寒。”

“我明白，老年人身子虚。我第二任丈夫也是这样。结婚时我十三岁，他到下个命名日就五十五了，可惜没能活到那天。他入土半年后，我生下他儿子，但陌客把那孩子也带走了。修士说父亲想要儿子做伴。你觉得呢，爵士？”

“呃，”邓克迟疑道，“可能吧，夫人。”

“才怪。”她说，“那孩子出生就太柔弱，太瘦小，连吃奶的力气都没有。等于是死产。诸神给了他爹五十五年寿命，却怎能吝啬到只给孩子三天？”

“是啊。”邓克对诸神知之甚少。他偶尔会去圣堂，祈求战士赐予他双臂力量，但其他时候没怎么想过七神。

“我为阿兰爵士遗憾，”她说，“更遗憾你效忠尤斯塔斯爵士。不是所有老人都一样，邓肯爵士，你最好回你的铜分树村故乡去。”

“我誓言效忠处，便是故乡。”邓克没去过铜分树村，甚至不确定它在不在河湾地。

“那就在此宣誓。时局动荡，我需要骑士。你似乎胃口不错，邓肯爵士，你在那边能吃几只鸡？在冷壕堡，热腾腾的鲜肉和香甜的水果派管饱。你的侍从看来也很需要营养。他那么瘦，头发都掉光了。我们可以安排他和同龄男孩住在一起，他会喜欢的。我的教头可以教他战斗技巧。”

“我自己教他。”邓克戒备地说。

“还能有谁？本尼斯爵士？老奥斯格雷？那些鸡？”

邓克还真让伊戈追过几天鸡。速度训练，他心想，但说实话肯定让对方捧腹大笑。她高翘的鼻子和脸上的雀斑让他没法不分心，他不得不反复提醒自己尤斯塔斯爵士派他来的目的。“我誓言效忠奥斯格雷大人，夫人，”他说，“不容更改。”

“好吧，爵士，下面来谈不那么愉快的话题。”罗翰妮夫人拽了下辫子。“我们决不容忍对冷壕堡及其辖下子民的攻击，所以，给我一个不把你装进麻袋的理由。”

“我是来谈判的，”他提醒她，“我喝过你的酒。”香醇甜美的味道仍萦绕口中，目前也没有中毒迹象。或许正是酒壮了胆。“而你也没有能装下我的麻袋。”

伊戈的玩笑让她微微一笑，他松了口气。“但有很多能装下本尼斯。克瑞克师傅说沃尔姆的脸几乎伤到骨头。”

“本尼斯爵士迁怒于人，夫人，尤斯塔斯爵士派我来付血钱。”

“血钱？”她大笑，“我知道他年龄大，但真没想到大到这个地步。他以为咱们还活在英雄纪元，还以为人命不过值一袋银币？”

“工人又没死，夫人。”邓克提醒她，“我没看到有人送命，只是脸划破而已。”

她的手指漫无目的地在辫子上游移。“那请问，尤斯塔斯爵士觉得沃尔姆的脸值多少钱呢？”

“一枚银鹿，还有三枚给您，夫人。”

“尤斯塔斯爵士觉得我的尊严就值这么点儿？虽然得承认，三枚银鹿总好过三只鸡。他要把本尼斯爵士送来受罚，那才叫血钱。”

“受罚包括您提的麻袋？”

“可能。”她手缠辫子，“让奥斯格雷留着银币，血债必须血偿。”

“好吧，”邓克说，“也许您说得对，夫人，但何妨把本尼斯伤的那人叫来，问他愿要一枚银鹿还是把本尼斯装进麻袋呢？”

“噢，如果两者不能兼得，他会选银币，这我不怀疑，爵士。但这不是他能做主的，此事不仅涉及农夫的脸面，更在于狮子和蜘蛛之间。我要本尼斯，非要不可。没人能闯进我的领地，伤害我的子民，再不了了之。”

“夫人您也曾闯进坚定堡的领地，伤害尤斯塔斯爵士的子民。”邓克不假思索地脱口而出。

“我有吗？”她又拽辫子，“如果你指那偷羊贼，他是个惯犯，我跟奥斯格雷抱怨过两回，他无动于衷。事不过三，国王的律法赋予我使用城壕与绞架的权利。”

伊戈开口回答。“只在您自己的领地上，”男孩纠正，“国王的律法赋予领主在自己领地上使用城壕与绞架的权利。”

“聪明的孩子。”她说，“你既知这些，肯定也知道有产骑士若无封君许可，无权处刑。尤斯塔斯爵士占有罗宛大人的坚定堡，而本尼斯在伤人那一刻便破坏了王国的和平，他必须为此负责。”她看向邓克，“若尤斯塔斯爵士肯交出本尼斯，我会割掉他鼻子，就此了结；倘若闹到我亲自抓人，结果就很难说了。”

邓克胃里一阵翻腾。“我会转达，但他不会交出本尼斯爵士。”他犹豫了一下，“水坝是一切的起因，夫人若能答应拆——”

“不可能。”罗翰妮夫人身旁的年轻学士断然否决，“冷壕堡供养的百姓是坚定堡的二十倍。夫人田里种着小麦、玉米和大麦，全都快干死了。她有六座果园，园里有苹果树、杏树和三种梨树。她还有会产小牛的奶牛、五百只黑鼻羊与河湾地最好的马，其中十二匹母马即将产崽。”

“尤斯塔斯爵士也有羊。”邓克说，“他地里也种甜瓜、豆子、大麦，还有……”

“你们把水引进了护城壕！”伊戈大声说。

我也要被扔进护城壕了，邓克心想。

“护城壕是冷壕堡防御之本。”学士坚持，“难道你要罗翰妮夫人在这种动荡时局中门户洞开？”

“可是，”邓克缓缓地说，“干涸的护城壕仍是护城壕。况且夫人您城墙坚固，人手充足。”

“邓肯爵士，”罗翰妮夫人说，“黑龙起兵时我才十岁。我乞求父亲莫以身犯险，或至少留下我丈夫，如果两个男人都走了，谁来保护我？他带我登上冷壕堡城墙，指出要津所在。‘保证它们完好，’他说，‘它们会保护你。照顾好自己，就没人能伤害你。’他指的第一处就是护城壕。”她用辫子末梢扫打脸颊，“我第一任丈夫死在红草原，父亲又给我找过几个，但陌客一个也没放过。我不再相信男人了，无论有多少。我相信石头、钢铁和流水。我相信护城壕，爵士，我的城壕不能干涸。”

“你父亲说得十分正确。”邓克说，“但你还是无权霸占奥斯格雷的河。”

她拽拽辫子：“尤斯塔斯爵士说小溪是他的？”

“千年来一直如此，”邓克说，“那河叫方格河，事情很显然。”

“原来如此。”她又开始拽辫子，一下，两下，三下。“咱河湾地的大河叫曼德河，虽然曼德勒家一千年前就被赶走；高庭还是高庭，但最后的园丁王死于怒火燎原之役；统治凯岩城的是兰尼斯特，真正的凯德利家族早被历史长河湮没。世界在变，爵士，方格河源于马掌山，我上次巡视时这山全属于我，所以那河也是我的。克瑞克学士，给他看文件。”

学士走下高台。他跟邓克差不多大，但灰袍和颈链显出超越年龄的睿智气质。他手拿一张旧卷轴。“自己看，爵士。”他展开卷轴，递给邓克。

呆子邓克，比城墙还笨，他感到自己又脸红了。他小心地从学士手中接过卷轴，皱眉阅读。他大字不识，但能认出华丽签名下的蜡印：坦格利安的三头龙。国王的印章。这是王家谕令。邓克摇头晃脑，装腔作势。“这儿有个词看不清，”过了一会儿，他嘟囔道，“伊戈，过来瞧瞧，你眼睛比我好。”

男孩冲到他身边。“哪个词，爵士？”邓克指出，“那个？哦。”伊戈很快读了出来，抬眼迎上邓克，微微点头。

是她的小溪。她有文件。邓克感觉肚子挨了一拳。国王的印章。“这……这肯定弄错了。老人的儿子们为国捐躯，陛下怎能夺走他的小溪？”

“如果戴伦国王气量狭小，早让他脑袋搬家了。”

邓克愣了半晌。“什么意思？”

“她意思是，”克瑞克学士说，“尤斯塔斯•奥斯格雷爵士是个叛徒。”

“尤斯塔斯爵士选择支持黑龙，希望黑火国王能恢复他在坦格利安王朝失去的封地和城堡。”罗翰妮夫人说，“简而言之，他要冷壕堡，结果让儿子们付出了生命的代价。他把他们的尸骨带回家、把女儿交给国王做人质时，他老婆跳下了坚定堡。尤斯塔斯爵士给你讲过这些吗？”她哀伤地笑笑，“肯定没有。”

“黑龙。”你向叛徒誓言效忠，呆子。你吃了叛徒的面包，睡在叛徒的屋檐下。“夫人，”他结结巴巴地说，“黑龙……都是十五年前的事了。眼前救灾刻不容缓，就算他曾是叛徒，他也需要水啊。”

红寡妇起身，抚平裙子。“他只能祈祷下雨。”

邓克想起奥斯格雷的话。“若您不愿分他本人一些水，能不能给他儿子留一些？”

“他儿子？”

“亚当。他在这里做过您父亲的侍酒和侍从。”

罗翰妮夫人脸一僵。“你过来。”

他只能遵从。高台让她高了一尺多，但仍不及邓克。“跪下。”她吩咐，邓克照办。

她用尽全力给了他一巴掌。她比看上去有劲儿得多。邓克被打得脸颊红肿，尝到破嘴唇流出的血。她并没真正伤到他，有那么一瞬，邓克想揪住她长长的红辫，把她横在膝上，像对付惯坏的小孩那样揍她屁股。*我那么做，她会尖叫，然后会有二十名骑士冲进来杀我。*

“你竟敢用亚当要挟我？”她气得鼻孔大张，“滚出冷壕堡，爵士，马上滚。”

“我不是想——”

“滚，否则我会找个够大的麻袋，哪怕亲手缝一个。告诉尤斯塔斯爵士明日交出棕盾本尼斯，不然我会带着火与剑前去捉拿。明白吗？火与剑！”

赛夫顿修士捉住邓克的胳膊，迅速拖他出去，伊戈紧跟在后。“好糊涂啊，爵士。”胖修士小声说，一边领他下台阶，“糊涂透顶。提及亚当·奥斯格雷……”

“尤斯塔斯爵士说她喜欢过那男孩。”

“喜欢？”修士急了，“她爱那男孩，那男孩也爱她。两人才接过一两次吻，但……红草原之战后，她哭的是亚当，而非不怎么认识的丈夫。她把他的死归咎于尤斯塔斯爵士，事实如此，那男孩才十二岁。”

邓克知道心底的伤口是怎样的。凡有人提起岑树滩草场，他就会想到那三个为救他的脚而死去的好人，每次都伤心不已。“转告夫人，我不想伤害她，请她原谅。”

“我尽力而为，爵士。”赛夫顿修士说，“但你最好让尤斯塔斯爵士尽快交出本尼斯爵士，否则形势会对他不利，非常不利。”

直到冷壕堡的城墙和塔楼消失在西边，邓克才问伊戈：“那张纸究竟写了什么？”

“那是张授权状，爵士，由国王授予威曼•维伯大人。为奖励在平叛战争中忠勤王事，威曼子爵及其后代被授予对方格河的所有权利，从马掌山的源头直至叶子湖岸。上面还说威曼子爵及其后代有权在渥特林中随意猎取红鹿、野猪和兔，每年还可砍伐二十棵树。”男孩清清嗓子，“不过授予是暂时的，文件写明，若尤斯塔斯爵士在没有直系男性继承人的情况下去世，坚定堡收归王室，维伯大人也将失去那些权利。”

他们曾任北疆边帅上千年。“他们只给老人留下一座等死的塔。”

“还有脑袋，”伊戈说，“陛下留下他的脑袋，爵士，尽管他是个叛徒。”

邓克看了男孩一眼。“你会砍他脑袋吗？”

伊戈考虑了一会儿。“在宫里，我有时会侍奉御前会议，这种问题经常引发争吵。贝勒大伯认为要宽容值得尊重的对手，让失败者相信会被饶恕，促使他们屈膝服从，而非血战到底，徒增死伤。但血鸦大人说原谅叛徒就是为下一场叛乱播种。”他的声音充满疑惑。“尤斯塔斯爵士为何反抗戴伦国王？众人皆知他是贤王，他把多恩并入王土，让多恩人成了朋友。”

“这得问尤斯塔斯爵士了，伊戈。”邓克自觉知晓答案，但不是男孩想听的。他想要一座城门刻着狮子的城堡，却得到黑莓丛中的坟墓。当你向领主誓言效忠，你有义务服从主人的命令，必要时为他而战，不刺探他的事务，不质疑他的决定……但尤斯塔斯爵士愚弄了他。他说儿子们是为国王战死，还说小溪是他的。

他们走到渥特林，夜幕降临。

都怪邓克。他本该沿来路直接返回，却坚持要去北边看水坝。他有点想徒手拆坝，但七神和长人卢卡斯爵士不给他机会。他们来到水坝，发现两个身穿蜘蛛纹章夹克的十字弓手守在那里，其中一个坐在岸边，在偷来的水中泡脚。单凭这点，邓克就想掐死他，但那人听到他们靠近，迅速抓起十字弓。他同伴动作更快，箭矢已上弦待发。邓克只能恐吓式地瞪了他们两眼。

看完大坝，被迫原路折回。邓克不像本尼斯爵士那样熟悉这片土地，在渥特林这种小林子里迷路也够丢人的。等渡过小溪，太阳已垂至地平线，第一批晚星伴着一堆堆蠓虫出来了。走在高大的黑树丛中，伊戈终于开口。“爵士？胖修士说我父亲在盛夏厅置气。”

“言语就像风。”

“我父亲没有置气。”

“嗯。”邓克说，“他可能没有。但你有。”

“我没有，爵士。”他皱眉，“我有吗？”

“偶尔，但不常有。否则我给你的耳刮子肯定不止这些。”

“在大门口你扇我了。”

“顶多用了一半力气。哪次我真给你一耳刮子，你会知道的。”

“红寡妇那下算真扇吧。”

邓克摸摸肿胀的嘴唇。“你不用幸灾乐祸。”没人给过你爹耳刮子，或许正因如此，梅卡王子才养成这副脾性。“国王任命血鸦大人为国王之手后，你父亲大人拒绝列席御前会议，径自离开君临返回封地。”他提醒伊戈，“他在盛夏厅一待就是一年半，这不叫置气叫什么？”

“这叫愤怒。”伊戈高傲地宣称，“陛下应该任命我父亲为国王之手，他可是陛下的亲弟弟，贝勒大伯死后还是王国最优秀的将军。血鸦大人甚至不是真正的领主，不过顶着个愚蠢的空头衔。他是个巫师，出身又低。”

“他是个私生子，但出身不低。”血鸦或许没领地，但双亲都出身高贵。他母亲是庸王伊耿众多情妇之一，伊耿的私生子们在老王死后成了七国的祸害。伊耿临终前将私生子统统划归正统，不止血鸦、寒铁、戴蒙•黑火这种贵族女士生的高贵私生子，也包括和妓女、酒馆侍女、商人的女儿、戏子的女儿，甚至偶尔看上的乡下女孩生的孩子。血火同源是坦格利安家的箴言，但邓克听阿兰爵士说，伊耿的箴言该是“洗干净，送上床”。

“伊耿国王抹去了血鸦的私生身份。”他提醒伊戈，“包括其他所有私生子。”

“老总主教曾对我父亲说，国王的律法是一回事，诸神的律法是另一回事。”男孩固执地说，“血统纯正的孩子是婚姻的产物，受到天父和圣母的祝福，私生子则出自欲望与欺骗。伊耿国王将所有私生子划归正统，但他无法改变他们的本质。总主教说私生子天生便是反复无常，背信弃义……无论戴蒙•黑火、寒铁，乃至血鸦。他说河文大人比另两个更狡猾，但最终肯定要谋反。他建议我父亲永不信任他们，包括所有私生子，无论贵贱。”

天生便是反复无常，背信弃义，邓克心想，*出自欲望与欺骗，永不信任，无论贵贱*。“伊戈，”他说，“你不觉得我也可能是个私生子吗？”

“你，爵士？”男孩大惊失色，“你不是。”

“我可能是。我不知我娘是谁，更不知她下落何方。也许我生下来块头太大，害死了她。她也许是个妓女或酒馆侍女，跳蚤窝可找不到好出身的女士。如果她嫁给了我爹……那我爹又怎样了呢？”邓克不愿回想被阿兰爵士带走前的日子，“君临有家食堂，我会把抓到的老鼠、猫和鸽子送去换褐汤。厨子说我爹不是飞贼就是扒手。‘多半我亲眼见过他上绞架，’他常对我说，‘或被送去长城。’当上阿兰爵士的侍从后，我问他能不能北上，去临冬城或其他北方城堡。我总有个念头，一到长城就会遇见一位长得像我的很高很高的老人。但我们没去过，阿兰爵士说北境没有树篱，林子里全是狼。”他摇摇头，“怎么看，你都像在给私生子做侍从。”

头一次，伊戈无话可说。夜色渐深，萤火虫在林中缓慢穿梭，小小的亮光像许多漂浮的星星。天上也是星罗棋布，即便活到杰赫里斯国王那么久，也不可能数清。邓克抬眼就能找到老朋友：骏马座与母猪座， 王冠座和老妪之灯座，还有战舰座、幽灵座跟月女座。可惜北方有云，看不见标志正北的冰龙的蓝眼睛。

回到坚定堡时，月亮升起，镂刻出山顶黑漆漆的塔楼，只有上层窗子透出一点荧黄的光。尤斯塔斯爵士基本是用过晚餐就上床，但今天没有。他在等我们，邓克知道。

棕盾本尼斯也在等。他坐在塔楼台阶上嚼酸草叶，借着月光打磨长剑。剑刃缓缓刮过油石，回音悠长。本尼斯爵士不在乎衣着和清洁，对武器却始终爱护有加。

“呆子回来了，”本尼斯说，“我正磨刀霍霍，要去红寡妇那儿救你嘞。”

“他们人呢？”

“投石和湿渥特在塔顶站岗，以防寡妇突然袭击。剩下的叫唤着上了床，个个腰酸腿痛，我练得狠嘞。大痴呆流了点血，就跟疯了似的。他发起疯倒打得不错。”他笑笑，露出棕红牙齿，“你唇上也沾了血，叫你甭翻石头呗。那女人说什么？”

“她不肯放水，还要拿你，因为你在坝前砍伤那个工人。”

“我猜就是这样，”本尼斯吐口唾沫，“都是农民惹的祸。其实那老小子该感谢我，女人喜欢有伤疤的男人。”

“那你也不介意她要削你鼻子了。”

“去她的，削鼻子老子自己动手。”他拇指一竖，“废物爵士在上头回忆当年之勇。”

伊戈忍不住开口。“他为黑龙而战。”

邓克想给男孩狠狠一耳刮子，棕骑士却大笑。“当然了，不然能混成这德行？他像选对边的人吗？”

“和你差不多，你也跟我们一起。”邓克转向伊戈，“安顿好雷霆和学士，然后上来找我们。”

邓克发现老骑士穿着睡袍坐在灶台旁，但火已经熄了。他手拿祖传的沉重银杯，大概是征服战争前某位奥斯格雷大人留下的，杯身用翡翠和黄金拼出方格狮，不过有些翡翠片脱落。听到脚步声，老骑士抬起头，像刚从梦中惊醒般眨眨眼：“邓肯爵士，你回来了。你有没有让卢卡斯·英奇菲吓一跳啊，爵士先生？”

“我没看出来，大人，似乎倒让他恼火了。”邓克尽可能讲清始末，但略过梅森特夫人的部分，那事蠢透了。他还略过了那一巴掌，但破嘴唇肿起两倍大，尤斯塔斯爵士没法不注意。

看到邓克的嘴唇，老人眉头一皱。“你的嘴唇……”

邓克轻轻碰了碰。“夫人给了我一巴掌。”

“她打你？”他的嘴张开又合上，“她打我的使者？在方格狮子旗下拜访她的使者！她竟敢对你动手？”

“只用了一只手，爵士，而且离开城堡前就不流血了。”他握手成拳，“她不要您的银子，只要本尼斯爵士，并拒绝拆坝。她出示了一张写着字的卷轴，上面盖有国王的印章。卷轴声明那条溪属于她，而且……”他犹豫了一下，“她说您……您曾经……”

“……追随黑龙？”尤斯塔斯爵士脸色颓然，“恐怕她说得对。若你不愿再为我效力，我不会阻拦。”老骑士盯着杯子，邓克不知道他在看什么。

“您跟我说您儿子们是为国王战死的。”

“他们的确是。他们是为真正的国王，戴蒙·黑火。继承族剑的国王。”老人胡子颤抖，“追随红龙的自称忠诚派，但选择黑龙的我们也同样忠诚，只是现在……随我一同征战、拥戴戴蒙王子的战友们如露水般消散了。或许这是一场梦，不过更可能是他们畏惧血鸦大人及其鸦齿卫，于是改头换面，谨言慎行。他们应该不会全死了。”

邓克无法否认，直到此刻前他都还不曾见过一个为篡夺者而战的人。但我肯定见过。他们成千上万。半个王国支持红龙，半个王国支持黑龙。“阿兰爵士常说，两边都有勇士。”老骑士可能想听这个。

尤斯塔斯爵士双手捧杯。“如果戴蒙不理会加尔温·科布瑞……如果火球没死在战前……如果海塔尔、塔贝克、奥克赫特与巴特威全力以赴，不要脚踏两条船……如果曼佛德·罗斯坦忠贞可靠而非反复无常……如果布雷肯大人的密尔弓箭手没被风暴拖延行程……如果‘快指’没卷入龙蛋风波……这么多如果，爵士……任何一个都会让结局截然不同，届时支持红龙的将被后世斥为支持野心家戴伦窃取铁王座，并最终被正义一方击败。”

“的确有可能，大人。”邓克说，“但事已至此，覆水难收，你们多年前就得到宽恕。”

“是啊，我们得到宽恕。乖乖屈膝，再交出一个人质确保忠诚，戴伦就原谅我们这帮叛徒逆贼。”他声音苦涩，“我用女儿的性命换回脑袋。亚莉珊被带到君临时才七岁，以静默姐妹的身份死去时二十岁。我去君临看过她一次，她甚至不能跟父亲说上一句话。国王的宽恕是有毒的礼物，戴伦·坦格利安饶了我一命，却夺走了我的骄傲、梦想和荣誉。”他的手在抖，葡萄酒染红膝盖，但老人浑不在意，“我该跟寒铁一起流亡，或战死在儿子们和亲爱的国王身边，那才对得起方格狮，对得起光辉英勇的列祖列宗。戴伦的宽恕玷污了我。”

在他心中，黑龙从未死去，邓克明白了。

“大人？”

是伊戈。男孩刚好在尤斯塔斯爵士说到战死时进来。老骑士冲他眨眼，好像刚认识他。“嗯，孩子？怎么了？”

“不知能否……红寡妇说您是为了要回城堡才参加叛军。那不是真的，对吧？”

“城堡？”他一脸迷惑，“冷壕堡……戴蒙的确承诺把冷壕堡还给我，但……我不是为了那点好处，不……”

“那为什么？”伊戈问。

“为什么？”尤斯塔斯爵士皱起眉头。

“您为什么谋反？既然不为城堡。”

尤斯塔斯爵士盯着伊戈看了许久，方才答道：“你是个小孩，你不明白。”

“这个嘛，”伊戈说，“说不定我会明白。”

“谋反……不过是后世下的简单定义。当两个王子为只有一人能坐的椅子开战，领主和平民都必须选择，并为此付出代价。胜者为王，败者为寇，这就是命。”

伊戈想了一会儿。“是的，大人，只是……戴伦国王是个好人，您何苦选择戴蒙？”

“戴伦……”尤斯塔斯爵士的声音几乎听不清，邓克意识到老人有些醉了，“戴伦长得两头细中间粗，肩膀圆圆的，走起路来小肚子晃晃悠悠；戴蒙总是站得笔直骄傲，平坦的小腹有如坚实的橡木盾。他武艺高强。无论战斧、长枪还是流星锤，样样拿手，剑法更如战士下凡，天下无双。黑火在手的戴蒙王子没人能望其项背……握有‘黎明’剑的乌瑞克·戴恩都不在话下，不，甚至手持暗黑姐妹的龙骑士本人也不行。

“透过一个人的朋友就能了解这个人，伊戈。戴伦身边全是学士、修士和歌手之流，总有女人在他耳旁轻声软语，而朝堂上多恩人人满为患。为什么不呢？他不仅和一个多恩女人结婚，还把最可爱的妹妹卖给了多恩亲王，尽管明知她爱的是戴蒙。戴伦继承了少龙主的名字，却把多恩老婆为他生的儿子起名贝勒——那是铁王座上坐过的最懦弱的王。

“而戴蒙……戴蒙像所有好国王那样尽职尽责，王国最伟大的骑士们为之倾心。血鸦大人希望他们的名字被人遗忘，禁止传唱他们的歌谣，但我统统记得：罗柏·雷耶、‘灰人’加雷斯、奥布里·安布罗斯爵士、葛蒙·培克大人、黑拜兰·佛花、‘红牙’、‘火球’……寒铁！我问你，可曾见过如此高朋满座、英雄齐聚的盛况？

“为何选择戴蒙，孩子，你问我？因为戴蒙更优秀。老王认识到这点，才传他族剑。黑火剑乃征服者伊耿的佩剑，自征服战争后，由坦格利安国王代代相传……伊耿赐封戴蒙为骑士那日亲手传剑给他，那时戴蒙才十二岁。”

“我父亲说是因为戴蒙剑法好，而戴伦没有使剑天赋。”伊戈道，“为什么要把宝马给不骑马的人呢？我父亲说，长剑不等于王国。”

老骑士双手抖得厉害，葡萄酒从银杯中不住洒出。“你父亲是个蠢货。”

“他不是。”男孩说。

奥斯格雷气得面容扭曲。“你问问题，我回答了，但我不能容忍你如此傲慢无礼！邓肯爵士，你应当时常修理这孩子，他太不懂礼貌。非得我亲自动手的话，我要——”

“不，”邓克打断老人，“您不能动手，爵士。”他下定决心，“现在天黑了，我们明日破晓就离开。”

尤斯塔斯爵士沮丧地盯着他，像是被话语击中了。“离开？”

“离开坚定堡。不再效忠您。”你对我们撒谎。无论如何，此事毫无荣誉可言。他解下披风，卷起放在老人膝上。

奥斯格雷眯起双眼。“那女人收买你？你打算抛弃我，去投奔那婊子的床？”

“我不知她是婊子，”邓克说，“是女巫，是毒师，或是别的。她是什么都与我无关。我们不去冷壕堡，我们继续当雇佣骑士。”

“你是要当强盗骑士吧。你要抛弃我，像狼一样去树林里游荡，伏击路过的老实人。”他握不住杯子，杯子滚落在地，洒出酒水。“好，走，你走。我不想再见到你们。我不该收留你们。走！”

“如您所愿，爵士。”邓克示意伊戈随他出去。

最后一晚，邓克想尽可能远离尤斯塔斯•奥斯格雷，所以睡在地下室，睡在坚定堡可怜的几个兵丁中间。这是个不眠之夜，柠檬和爱流眼泪的佩特都打鼾，一个声音大，一个连绵不绝。室内溢满从下层地窖升上来的潮气。邓克在稻草床上辗转反侧，迷迷糊糊，不时在黑暗中惊醒。过林子时被虫子叮咬的地方痒得要命，稻草中还有跳蚤。庆幸的是，我快把这个破地方、这个老顽固、本尼斯爵士连同其他所有人一起抛诸脑后了。或许是时候带伊戈回盛夏厅见父亲了，他决定早上走远了再问男孩。

但离早上似乎还有好久。邓克满脑子都是龙，红龙黑龙……还有方格狮，破盾牌，旧靴子……以及小溪、城壕和水坝，外加他读不懂的加盖国王大印的文件。

她也在，红寡妇，冷壕堡的罗翰妮。他仿佛看到她的雀斑脸、苗条双臂和长长红辫。这让他有些愧疚。我该梦到坦茜莉。他们称她高过头的坦茜莉，但对我来说不算高。她为他的盾牌绘纹章，他则从明焰王子手中救了她。但她在七子审判前就消失了。她不忍心看我死，邓克时常告诉自己，但真的如此吗？他比城墙还笨，在红寡妇那儿已证明了这点。坦茜莉冲我微笑，但我们没拉过手，没接过吻，哪怕碰碰脸颊。罗翰妮至少碰过他，肿胀的嘴唇就是证据。别傻了，她不适合你。她太矮、太聪明、太危险。

睡意终于袭来，邓克坠入梦乡。他在梦中跑过渥特林深处的空地，奔向罗翰妮，而她朝他射箭。她的箭例不虚发地穿透他的胸膛，但疼痛伴着奇特的甜蜜。他应该转身逃走，却继续奔向她，步子跟梦中一贯的那样缓慢，仿佛空气成了蜜糖。又一箭，又一箭，她箭袋里的箭无穷无尽，她灰绿色双眸里满是恶作剧的调皮。您的裙子很衬您的眼睛，他想对她说，但她没穿裙子，连衣服都没有。她的小胸脯遍布浅雀斑，乳头像殷红硬挺的小浆果。等他跌跌撞撞扑到她脚边，身上已被箭插得跟豪猪一般，但不知为何他鼓足力气抓住她的辫子，一下子拽倒她，骑到她身上亲吻。

他被喊声惊醒。

漆黑一片的地下室，大家不明所以。咒骂和抱怨此起彼伏，人们磕磕绊绊摸索长矛和裤子。没人知道出了什么乱子。伊戈点着牛油蜡烛，让屋里有了点亮光。邓克第一个冲上台阶，差点撞倒冲下来的驼背山姆。山姆喘得像风箱，语无伦次。邓克抓住双肩稳住他。“山姆，怎么了？”

“天上。”老人呜咽着，“天上！”他说不出其他话，大家只能爬上塔顶去看个究竟。尤斯塔斯爵士先他们一步，穿着睡袍，站在胸墙边眺望远方。

太阳从西边升起。

邓克过了好一阵才反应过来。“渥特林起火了，”他喃喃道。本尼斯的咒骂从塔下传来，那一连串污言秽语可能让庸王伊耿都脸红。驼背山姆开始祈祷。

他们离得太远，看不清火势，但见红光吞噬了西方半边地平线，天上星辰也失去了光辉，大半个王冠座被升起的烟幕遮住。

她说，火与剑。

大火直烧到上午，坚定堡再无人入眠。他们没多久就闻到烟味，远方的火仿佛无数跳舞的红衣女孩。他们不知火势会不会蔓延至此。邓克站在胸墙后，双眼也在燃烧，他等待着黑暗中冲出的骑手。“本尼斯，”棕骑士嚼着酸草叶上来时，他说，“她要的是你。或许你该早点走。”

“什么，逃跑？”他发出骡叫般的大笑，“骑我那匹马？倒不如骑那些该死的鸡飞走嘞！”

“不然去自首吧。她只会割掉你的鼻子。”

“我挺喜欢我的鼻子，呆子，让她来试试，谁割谁还不一定呢。”他背靠城堞盘腿坐下，从口袋里掏出油石继续磨剑。尤斯塔斯爵士站到他身旁，两人低声讨论策略。“长人多半以为我们会去水坝，”邓克听到老骑士说，“所以我们先烧她的庄稼。以火对火。”本尼斯爵士完全同意，而且要连她的磨坊一起烧。“磨坊在城堡另一头，六里格外，长人决料不到这招。烧了磨坊，杀死磨坊主，让她付出代价。”

伊戈也在听。他咳了两声，瞪大眼睛看着邓克：“爵士，你得阻止他们。”

“怎么阻止？”邓克反问。红寡妇会阻止他们。她，还有长人卢卡斯。“他们不过说说罢了，伊戈，过过嘴瘾，否则就得尿裤子。而且这些与我们无关了。”

黎明随着朦胧的灰色天空到来，空气刺眼。邓克想早点离开，但一夜没睡，不知有精力走出多远。他和伊戈以煮鸡蛋做早餐，本尼斯忙着将农民赶出去训练。他们是奥斯格雷的人，我们不是，他告诉自己。他吃下四个鸡蛋，照他看尤斯塔斯爵士欠这么多。伊戈吃了两个。两人都灌了一肚子麦酒。

“去仙女岛吧，爵士。”收拾东西时，男孩提议，“铁民掠袭过那里，法曼大人一定需要人手。”

好主意。“你去过仙女岛吗？”

“没有，爵士，”伊戈说，“但据说那里很漂亮。法曼大人的家堡更漂亮，叫仙女城呢。”

邓克笑了，“那就去仙女城。”他如释重负，“我去牵马。”他用麻绳将盔甲扎成一捆，“你去塔顶收拾铺盖卷，侍从。”今天他最不愿再见到方格狮。“别跟尤斯塔斯爵士纠缠。”

“明白，爵士。”

门外，本尼斯让民兵们握着长矛盾牌列队，想教他们如何并排前进。邓克穿过庭院时，棕骑士根本不管他。他要带他们一起去送死，红寡妇随时会来。伊戈冲出塔门，抱着铺盖卷“哒哒”跑下木阶梯。在他上面，尤斯塔斯爵士呆呆地站在阳台上，手扶胸墙。他目光落在邓克身上时，胡子颤抖，然后迅速转头。空中烟雾弥漫。

本尼斯把盾牌挂在背后，那是面很高的风筝木盾，四周用铁边箍紧，数不清的陈年清漆染黑了盾面。盾上没纹章，只中间有一线突起，看起来像极了瞎掉的大眼睛。跟他一样瞎。“你打算怎么对付她？”邓克问。

本尼斯爵士看着他的士兵，血红的嘴嚼着酸草叶。“这点儿矛兵防不住山头，只能缩塔里死守。”他冲门点点头，“进路就一条，拆掉木阶梯，他们够不着。”

“搭起新的木阶梯之前够不着。他们还会带来绳子抓钩，直上塔顶。甚至只用十字弓不断射击守门的人。”

甜瓜、豆子和大麦们一直在听。尽管连点风吹草动都没有，但他们的豪言壮语早被抛诸九霄云外。他们握紧削尖木棍，看看邓克又看看本尼斯，最后面面相觑。

“他们根本不行。”邓克冲衣衫褴褛的奥斯格雷小部队点点头，“若在开阔地，红寡妇的骑士会把他们砍成碎片，放进楼里，长矛又毫无用处。”

“他们可以从塔顶扔东西，”本尼斯说，“投石擅长扔石头。”

“他或许能扔出一两块石头，”邓克说，“然后被红寡妇的十字弓射死。”

“爵士？”伊戈站到他身边，“爵士，事不宜迟，红寡妇随时可能杀到。”

男孩说得对。拖延只会自蹈险境。但邓克还在犹豫。“放他们走吧，本尼斯。”

“啥，解散咱英勇的伙计？”本尼斯看着农民们，发出骡叫般的大笑，“你们想都别想，”他警告他们，“谁敢跑我把他肠子拽出来。”

“你敢拦我把你肠子拽出来，”邓克拔出长剑，“你们都回家，”他吩咐农民们，“回村里看看房子和庄稼有没有被烧光。”

没人动弹。棕骑士瞪着他，嘴里蠕动不停。邓克忽略他。“走，”他又吩咐农民们，仿佛是某位神灵借他的嘴在下令。肯定不是战士。哪位神是保佑蠢货的呢？“走啊！”他开始咆哮。“拿着矛和盾，赶紧走，否则活不到明天。你们还想亲吻老婆？还想抱孩子吗？快回家！聋了吗？”

他们没聋。鸡群里爆发出一阵疯狂的混乱，大罗柏逃跑时踩到一只母鸡，佩特慌慌张张放低的矛差半尺就捅了豆子威尔一个透心凉。他们跑了，全跑了。甜瓜们跑向一个方向，豆子们跑向另一头，大麦们又是一个方向。尤斯塔斯爵士在阳台上大喊大叫，但没人理会。对老人的命令他们至少是聋了，邓克心想。

等老骑士连滚带爬跑下塔楼阶梯，鸡群中只剩邓克、伊戈和本尼斯。“回来，”尤斯塔斯爵士冲那些跑得飞快的民兵叫喊，“我不许你们走，不许你们走！”

“没用的，大人。”本尼斯说，“他们都走了。”

尤斯塔斯爵士转身冲向邓克，胡子在暴怒中颤抖。“你无权让他们回家。你无权这么做！我不许他们走，不许他们走，我不许你让他们回家。”

“我们没听见，大人。”伊戈摘下帽子扇烟，“鸡太吵。”

老人一屁股坐倒在坚定堡的石阶上。“那女人给你什么好处让你出卖我？”他凄凉地质问，“她给你多少金币，让你背叛我，让你赶走我的人，让我变成孤家寡人？”

“您不是孤家寡人，大人。”邓克收回长剑，“我曾睡在您屋檐下，今早还吃了您六个鸡蛋。我责无旁贷，不会夹着尾巴溜走。我的剑仍属于这里。”他碰碰剑柄。

“一把剑。”老骑士缓缓起身，“一把剑能干什么？”

“首先，不让她闯进您的领地。”邓克希望自己听起来够坚定。

老骑士的胡子随着呼吸不断颤抖。“也好。”他最后说，“英勇出击好过缩在石墙后面，雄狮般战死好过狡兔般躲藏。我族曾任北疆边帅上千年。我得穿盔甲。”他拾级而上。

伊戈抬头看着邓克。“我不知道你有尾巴咧，爵士。”男孩说。

“又想挨一耳刮子？”

“不，爵士，要我为你准备盔甲吗？”

“当然。”邓克说，“还有件东西。”

接下来他们讨论要不要带上本尼斯爵士，最终尤斯塔斯爵士决定让他留守塔楼。以敌人的实力，本尼斯爵士实在无关紧要，说不定他的出现还会惹恼寡妇。

劝说棕骑士并不费力。邓克帮他敲松固定上层阶梯的螺丝，本尼斯爬到上面，解开旧灰麻绳，用力地拽，木阶梯伴着“吱呀”声被抬了起来，石台阶和塔楼的唯一入口间留下十尺空隙。驼背山姆和他老婆都在塔里，鸡群只能自生自灭。尤斯塔斯爵士骑着灰骟马向上喊：“若我们天黑前没回来……”

“……我就赶去高庭，大人，向提利尔大人汇报那女人怎样烧您的林子，谋害您。”

邓克随骑学士的伊戈下山，老人跟在后面，盔甲摩擦轻响。这时头一次起了风，披风猎猎翻飞。

渥特林已成冒烟废墟。他们到达林子时，大火基本烧尽，偶有零星火势，像灰烬海洋中的燃烧岛屿。烧焦的树干如漆黑长矛直刺天空，还有些树横倒在向西的路上，枝丫焦黑折断，烧空的中心还有隐隐闷燃的红光。树林地上有些地方还很烫，有些地方烟雾缭绕，像炙热的阴霾。尤斯塔斯爵士被呛得不断咳嗽，邓克一度担心老人只能原路返回，但最终他坚持了下来。

他们越过一头红鹿的尸体，后来又有一只獾。除了苍蝇，别无活物。苍蝇似乎能在任何环境下生存。

“怒火燎原恐怕就是如此场景。”尤斯塔斯爵士说，“两百年前的怒火燎原，是我们厄运的开始。最后的青手王死在那里，河湾地的骑士之花也纷纷凋谢。我父亲说，龙焰如此炽热，乃至将他们的长剑和手融在了一起，那些武器后来又收集用于打造铁王座。高庭从王族落入总管手中，奥斯格雷家日渐式微，昔日的北疆边帅终于沦为罗宛旗下的有产骑士。”

邓克无话可说，两人沉默地骑了一段，最后尤斯塔斯爵士咳嗽几声：“邓肯爵士，还记得我告诉过你的故事吗？”

“应该记得，爵士。”邓克说，“哪个故事？”

“幼狮的故事。”

“我记得，他是五个孩子中的老幺。”

“很好。”他又咳嗽，“他杀了蓝赛尔•兰尼斯特，西境人便铩羽而归。擒贼先擒王，你明白我的意思吗？”

“嗯。”邓克不情愿地回答。我下得了手杀女人吗？头一次，邓克希望自己比城墙还笨。不，我不能让事情演变至此。

道路与方格河相交处，几棵绿树映入眼帘，它们只有一侧树干发黑，树后的溪水幽幽地泛着光。蓝和绿，邓克发现，但没有金色，因为烟尘遮蔽了太阳。

尤斯塔斯爵士在河边停住。“我曾指天发誓，只要对岸还属于她，就永不涉过这条小溪。”老骑士泛黄罩袍下穿着锁甲板甲，长剑挂在腰间。

“她要是一直不来怎么办，爵士？”伊戈问。

火与剑，邓克想，“她会来。”

的确，她不到一小时就来了。他们先听到马蹄声，然后是盔甲碰撞的微弱金属声，并且越来越清晰。飘动的烟尘模糊了距离，直到她的掌旗官冲出杂乱的灰幕。旗杆顶上有一只涂成红白两色的铁蜘蛛，下面冷漠地垂着维伯家族的黑旗。看到河对岸的他们，掌旗官停在岸边，片刻后，全副武装的卢卡斯•英奇菲爵士现身。

然后是罗翰妮夫人本人。她骑一匹墨黑母马，马身饰以银丝缎带，好像蛛网。红寡妇的披风也是同样材料，在双肩和手腕上波浪翻卷，轻盈如风。她也穿盔甲，那是犹如手套般紧身、雕金琢银的绿釉鳞甲，令她看来好似被夏叶包裹。她长长的红辫子垂在脑后，边跑边甩。脸色红润的赛夫顿修士骑一匹灰色大阉马在她一旁，另一边是年轻学士克瑞克，骑的是骡子。

后面是更多骑士，一共六名，外加等数的侍从。后卫是一队骑马的十字弓手，他们呈扇形排开在通往方格河的道路两旁，直对河对岸的邓克。除开修士、学士和红寡妇本人，对方共有三十三名战士。一名骑士引起了邓克的注意：他像酒桶一样又矮又胖，秃顶，身穿锁甲皮甲，满脸怒气，脖子上有个难看的肉瘤。

红寡妇驱马来到水边。“尤斯塔斯爵士，邓肯爵士。”她在溪对面喊道，“我们看到你们那边昨晚起火了。”

“看到？”尤斯塔斯爵士吼回去，“是啊，你看到……还要贼喊捉贼。”

“这是可耻的污蔑。”

“这是可耻的行径。”

“我昨晚一直睡在床上，由女伴们陪伴。城上的喊叫吵醒了我和几乎所有人。老人们爬上陡峭的塔楼阶梯，吃奶的婴儿被红光吓得大哭。这是我所知的全部，爵士。”

“是你放的火，女人，”尤斯塔斯爵士坚持，“我的林子完了。全完了！”

赛夫顿修士清清嗓子。“尤斯塔斯爵士。”他声音低沉有力，“御林也会起火，连雨林都会起火。干旱让林子易燃。”

罗翰妮夫人抬手一指。“看看我的田地，奥斯格雷，那么干，白痴才放火。一旦风向有变，火会越过小溪，我半数庄稼都将化为乌有。”

“一旦？”尤斯塔斯爵士叫嚷，“烧的是我的林子，不是你还有谁？你大概掌握了什么操控风向的巫术，你就是凭这些黑暗伎俩杀了丈夫和兄弟！”

罗翰妮夫人脸一僵。邓克在冷壕堡见过这种表情，在她扇他之前。

“胡言乱语，”她对老人说，“我不跟你一般见识，爵士。交出棕盾本尼斯，否则休怪我们自己去拿人。”

“你不会如愿。”尤斯塔斯爵士朗声宣布，“你永远不会如愿。”他胡子一抖，“不准再前进。小溪这边是我的领地，这里不欢迎你。我拒绝你进入，拒绝给你面包和盐，连树荫和水都不给你。你是个入侵者，我禁止你踏足奥斯格雷的领地。”

罗翰妮夫人将辫子拽过肩膀。“卢卡斯爵士。”她吩咐了一句，只见长人比了个手势，十字弓手们便跳下马，用马镫帮助绞上弓弦，从箭袋取出箭矢。“现在，爵士，”等每张十字弓都搭好箭，瞄准对手，夫人喊道，“你怎么阻止我？”

邓克听够了。“若您未经允许跨过这条小溪，便是破坏了王国的和平。”

赛夫顿修士催马上前一步。“但国王不知道，也不在意。”他声称，“大家都是圣母的孩子，爵士，看在圣母分上，让步吧。”

邓克皱眉。“我不怎么了解诸神，修士……但大家也都是战士的孩子，不是吗？”他摸摸后颈，“你们敢过来，我会阻拦。”

长人卢卡斯爵士大笑。“雇佣骑士想变成雇佣刺猬，夫人。”他对红寡妇说，“下令吧，把他乱箭射死，这个距离盔甲不顶用。”

“不，先等等，爵士。”罗翰妮夫人在河对岸审视邓克，“你们只有两个人和一个孩子，我们有三十三个人。你打算怎么阻拦？”

“这个么，”邓克说，“我会告诉你。但只告诉你一个人。”

“行。”她一夹马腹，骑进小溪。当水浸到母马肚皮，她停下来等待。“我来了。走近点，爵士，我保证不把你缝进麻袋。”

尤斯塔斯爵士抢在邓克回答前抓住他胳膊。“快去，”老骑士催促，“记得幼狮的故事。”

“我知道，大人。”邓克驱策雷霆下水，直骑到红寡妇身旁，“夫人。”

“邓肯爵士，”她伸出手，两根手指放在邓克肿胀的嘴唇上，“是我弄的，爵士？”

“最近没人再扇过我耳光，夫人。”

“是我的错。我打破了宾客权利。好修士斥责过我了。”她盯着河对岸的尤斯塔斯爵士，“我都快忘记亚当了，毕竟那是前半生的事。但我还记得自己爱过他。我再没爱过别人。”

“他父亲把他和哥哥们一起埋在黑莓丛下。”邓克说，“他喜欢黑莓。”

“我记得。他总是采黑莓给我，我俩会就着奶油品尝。”

“国王宽恕了老人支持戴蒙的事，”邓克说，“轮到您原谅他害死亚当了。”

“交出本尼斯，我可以考虑。”

“我无权交出他。”

她叹口气。“我不想杀你。”

“我也不想死。”

“那就交出本尼斯。我们会割掉他鼻子，再送他回来，就此了结。”

“了结不了，”邓克说，“还有水坝和火灾的事。您能交出放火的人吗？”

“树林里有许多萤火虫，”她说，“或许罪魁祸首是它们。”

“别开玩笑了，夫人，”邓克警告她，“不是开玩笑的时候。拆掉水坝，用来补偿尤斯塔斯爵士的树林，这不是很公平吗？”

“若是我放的火，的确公平，但我没有。我当时在冷壕堡，在床上。”她低头看看河水，“你拿什么来阻拦我们跨过小溪？石头间洒满铁蒺藜？灰烬里藏着弓箭手？告诉我，你打算如何阻拦。”

“这个嘛。”他摘掉一只铁甲护手，“我在跳蚤窝当过小霸王，最高最壮，总揍得他们屁滚尿流，要什么有什么。老人教导我这不是为人之道，这是错的，而且难保有的小男孩没有厉害的大哥哥。来，看看这个。”邓克褪下指上戒指，递给她。她松开辫子接过。

“金的？”感受到戒指的重量，她问，“这是什么，爵士？”她在手中翻来翻去，“有个印章。黄金和玛瑙。”她又看了一会儿，眯起绿眼睛。“你从哪儿搞到的，爵士？”

“从靴子里，破布包着，塞在脚尖。”

罗翰妮夫人握住戒指，扫了伊戈和老尤斯塔斯爵士一眼。“这可是一着险棋，爵士，但有什么用呢？我只需命令人马前进……”

“也就是说，”邓克道，“我不得不战斗。”

“然后死去。”

“很可能。”他说，“但伊戈会回他来的地方，报告一切。”

“如果他没死。”

“您不会杀十岁孩子，”他希望这是真的，“尤其是这个十岁孩子。如您所说，您带来三十三人，纸包不住火，那胖子更是个大嘴巴。无论您把坟墓挖多深，也无法掩盖真相。届时，好吧……斑点蜘蛛或许能咬死狮子，但龙是完全不同的。”

“我宁愿作龙的朋友。”她试图戴上那枚戒指，可惜连拇指都太细。“管他龙不龙，我必须得到棕盾本尼斯。”

“不行。”

“你真是生了七尺的固执。”

“差一寸。”

她归还戒指。“我不能空手回冷壕堡。他们会说红寡妇不战而退，无力惩治恶人，不能保护子民。你不懂，爵士。”

“我懂。”比你以为的更懂。“记得有一回，某位风暴地的小领主收留阿兰爵士，要去攻打另一位小领主。我问老人他们为什么打仗，他回答：‘没什么，孩子，不过是比赛谁撒尿尿得远。’”

罗翰妮夫人不可思议地看着他，随即咧嘴大笑，“我一生听过多少无聊恭维，你是头一个在我面前提撒尿的骑士。”她的雀斑脸严肃起来，“领主们正是通过撒尿比赛来区分高下，任何示弱都可能带来灾难，而一个女人想要统治，必须撒出双倍远。若那个女人被人看低……斯塔克豪斯大人觊觎我的马掌山、克利福德•科肯英爵士对叶子湖有古老的声明，那帮乏味的德雷尔以偷盗牲畜过活……何况自家屋檐下还有长人，每天醒来，我都不晓得他会不会强行逼婚。”她的手缠紧辫子，好像那是根绳，而她靠它挂在悬崖边，“我知道他想动手，只因为怕我才踌躇，好比科肯英、斯塔克豪斯和德雷尔都不敢轻易招惹红寡妇。若让他们有片刻认为我软弱可欺……”

邓克戴好戒指，抽出匕首。

寡妇瞪大眼看着出鞘的武器。“你要干什么？”她说，“你疯了？那边有十几把十字弓指着你。”

“您要血债血偿。”匕首横过他的脸，“他们报告有误，砍伤工人的并非本尼斯，是我。”他把刀尖压进脸，向下狠狠一划。甩掉匕首上的血时，有几滴洒在红寡妇脸上。多了几颗雀斑，他心想，“现在，红寡妇夙愿已偿，以脸还脸。”

“你真的疯了。”烟尘让她的眼中涌出泪水，“若你出身好些，我会嫁给你。”

“是啊，夫人，如果猪长翅膀、生鳞片、能吐火，就和龙一样。”邓克收回匕首。脸开始抽痛，鲜血如注，滴落护颈。血腥气让雷霆打个响鼻，在水里刨了两下。“把放火的人交给我。”

“没人放火。”她说，“即便是我的人做的，也是为了取悦我，我怎能交给你？”她回头瞥了一眼，“尤斯塔斯爵士最好撤回指控。”

“猪也会吐火，夫人。”

“那样的话，我会在诸神和世人面前证明我的清白。告诉尤斯塔斯爵士，我要求道歉……或者比武审判。选择在他。”她拨转马头，回到自己人当中。

小溪将成为战场。

赛夫顿修士摇晃着出来祈祷，恳求天父在上，做出公正裁决；恳求战士将力量赐予正义与真诚之人；恳求圣母赐予说谎者慈悲，宽恕其罪孽。祈祷结束后，他最后一次转向尤斯塔斯•奥斯格雷爵士。“爵士，”他呼吁，“我再次恳请您撤回指控。”

“不。”老人胡子颤抖。

胖修士转向罗翰妮夫人。“好妹妹，若是你做的，只需坦白罪孽，并为好爵士尤斯塔斯的树林提供补偿，就不用流下无辜的鲜血。”

“我的斗士会在诸神和世人面前证明我的清白。”

“比武审判不是唯一办法。”修士站在齐腰深的水中说，“让我们去金树城，我恳请二位让罗宛大人仲裁。”

“不。”尤斯塔斯爵士说。红寡妇也摇头。

卢卡斯•英奇菲爵士愠怒地瞪着罗翰妮夫人。“闹剧结束后，你得嫁给我，达成你父亲的遗愿。”

“父亲大人远没我了解你。”她回应。

邓克单膝跪在伊戈身旁，把印章戒指塞回男孩手中：四条三头龙，两两相对，盛夏厅梅卡亲王的纹章。“放回靴里。”他说，

"如果我死了，去找你父亲最近的朋友，让他带你回盛夏厅，千万别独自穿越河湾地。别忘了，否则我的鬼魂会缠着你，扇你耳刮子。"

"好的，爵士，"伊戈说，"但我希望你不要死。"

"大热天不适合死。"邓克戴好头盔，伊戈帮他扣紧护喉。血黏在脸上，尽管尤斯塔斯爵士撕下自己的披风来为他包扎。他起身走向雷霆，翻身上马时发现烟尘几乎全散了，但天空依旧黑暗。云，他心想，乌云。好难得啊。也许是个恶兆。针对他，还是针对我？邓克无法解读。

小溪对岸，卢卡斯爵士也已整装待发。他骑一匹栗色骏马，那马俊美、敏捷而强壮，但体格不及雷霆。然而战马体格的不足可用盔甲弥补，那马有颈甲、面甲和一身轻锁甲。长人本人穿上釉的黑板甲和银色锁甲，一只玛瑙蜘蛛凶神恶煞地蹲踞盔顶，他盾上是自己的纹章：浅灰底色上黑白格子拼成的对角斜纹。邓克眼看卢卡斯爵士将盾牌还给侍从。他不打算用它。另一个侍从递上长柄战斧，邓克明白了。战斧更长、更致命，把柄加固，斧头沉重，外加锐利铁尖，只不过要双手来使。长人觉得盔甲足以自保。我要让他为此后悔。

他左手握盾，上面有坦茜莉画的榆树流星。他耳边响起儿歌：橡木钢铁，护卫平安，保我周全，不堕地狱。他抽出长剑，它很称他的手。

他一夹雷霆侧腹，驱策大战马入水。小溪对面，卢卡斯爵士也是一样。邓克向右推进，好用盾牌保护的左边冲着长人。卢卡斯爵士显然不肯相让，他快速拨转马头。灰铁相交，绿水飞溅，卢卡斯爵士用战斧攻击，迫得邓克在马鞍上扭身以盾格挡。战斧的力量让他胳膊发麻，牙齿乱撞，他挺剑还以颜色，一记侧劈直奔对方抬起的手臂。金铁鸣响，回音悠远。

长人策马兜圈，试图绕到邓克没防护的那边，但雷霆自动转身，还咬向敌人坐骑。卢卡斯爵士踩着马镫站起，靠体重和全身力量一斧一斧地猛劈。邓克举盾相迎，半缩在橡木后，照英奇菲的胳膊、身侧和双腿反击，却被板甲统统化解。他们绕了一圈又一圈，一任河水在腿边泼溅。长人主攻，邓克主守，双方都在寻找弱点。

最后他找到了。每当卢卡斯爵士抬斧攻击，腋下都会露出一道缝隙，那里只有锁甲和皮革，以及下头的加垫外衣，但没有板甲保护。于是邓克提前举盾迎击。快了。快了。战斧砍下，撤走，抬起。*就是现在！*他狠踢雷霆，冲击对方，挺剑刺向那道缝隙。

但缝隙转瞬即逝。剑尖刮在腋甲上，邓克手伸得太长，差点失去平衡。另一方面，战斧猛然砍下，划过盾牌铁边，擦在头盔侧面，带到了雷霆的脖子。

战马大叫一声，抬脚人立，疼得双眼翻白，空中弥漫着刺鼻的鲜血铜腥味。雷霆用铁蹄愤怒地踹向靠近的长人，一蹄正中卢卡斯爵士的脸，一蹄打在肩膀，然后沉重的战马撞上了长人的坐骑。

一切发生在眨眼之间。两马滚做一团，互相踢打撕咬，搅起河水污泥。邓克想从马鞍里抽身，但一只脚缠在了马镫上。他脸朝下跌落，在溪水从眼缝涌入头盔前绝望地吸了一大口气。他的脚还挂在马镫上，雷霆不断挣扎，几乎把他拉脱臼。随后他忽地自由了，翻转着沉没。他在水中无助地扑打，世界变成蓝、绿和棕色。

沉重的盔甲拽着他一路下沉，直至肩膀碰到河床。*这是下，另一个方向是上。*邓克铁甲包裹的双手在石沙中乱摸，双腿终于恢复知觉。他头晕目眩，滴着泥巴，水从凹陷头盔的气孔中哗哗流出，但他毕竟站起来了，大口呼吸着空气。

伤痕累累的盾牌仍挂在左臂，但剑鞘是空的，长剑不知所踪。头盔里涌出的除了水还有血。他试图移动，却有一股尖锐的刺痛从脚踝直传到大腿。两匹马都挣扎着起来了。他扭头眯起一只眼，透过鲜血搜索对手。没了，他心想，要么淹死，要么被雷霆踢破了脑袋。

卢卡斯爵士忽地从正前方破水而出，手里还握着剑。他疯狂地砍向邓克的脖子，若非护喉保护，邓克铁定脑袋搬家。他没剑反击，只有盾牌，于是被迫后退。长人挥舞长剑大叫着踏水追赶。邓克举起的左手被一剑砍得手肘全然酥麻，接下来一剑砍在屁股上，痛得他大叫。他后退时踩到石头，身不由己地单膝滑倒，水深及胸。他勉强举盾，但卢卡斯爵士力道之猛，厚厚的橡木竟被从中劈开，木屑插入邓克的脸。邓克耳朵嗡嗡作响，满嘴鲜血，只听见远处伊戈大叫："抓他，爵士，抓他，抓他，就那儿！"

邓克猛扑向前。卢卡斯爵士刚举起长剑，准备给予致命一击，却被邓克撞到腰上，摔得人仰马翻。溪水又将两人吞没，但这回邓克早有准备。他用一条胳膊抱住长人，将其按在水底。气泡从英奇菲破损扭曲的面甲后不断涌出，他还在挣扎，他从水底捡起块石头，砸向邓克的头和手。邓克在剑带上摸索。*匕首也丢了？*他怀疑。*不，还在。*他摸到刀柄，拔出匕首，穿过翻搅的水流慢慢推去，穿透了长人卢卡斯胳膊下的锁甲和熟皮革，边刺边转。卢卡斯爵士猛地一拧，抽搐须臾后没了力气。邓克推开他，自行上浮，只觉胸膛火辣辣的。一条细长的白鱼从面前游过。*那是啥？*他心想，*那是啥？那是啥？*

他在错误的城堡醒来。

他睁开双眼，浑不知身处何方。这儿凉爽怡人，但他嘴里泛着血味，双眼盖了块布，一块散发着草药味的厚布。闻起来像丁香。

邓克摸索着从脸上拽下布，只见高高的天花板映着火炬光，乌鸦在头顶房梁上行走，用小小的黑眼睛俯视他，朝他尖叫。*至少我没瞎。*他在一座学士塔里，周围墙边排满一架架瓦罐和绿玻璃瓶，里头装了草药跟药剂，附近一张长搁板桌上摆满卷轴、书籍与古怪的青铜仪器，全都沾着乌鸦从上面拉的屎。邓克甚至听到鸟儿们窃窃私语。

他想坐起来，结果证明这是个大错。他头晕目眩，左腿稍一用力就痛得不行。他发现脚踝被亚麻布缠了起来，胸口和肩膀也是如此。

“别动。”一张年轻的窄脸出现在上方，暗棕色眼睛生在鹰钩鼻两边。邓克认识这张脸。这张脸的主人身穿灰袍，脖子上松垮地挂着一条金属链，那是许多金属环节组成的学士颈链。邓克抓住他手腕，“这里是……？”

“冷壕堡。”学士回答，“你伤得太重，没法回坚定堡，罗翰妮夫人命我们把你运回来。喝了这个。”他端起一杯……什么东西……送到邓克嘴边。有点苦，像醋，但至少冲淡了嘴里的血味。

邓克强迫自己喝光药，伸了伸右手手指，又试试左手。*至少手还好使，但胳膊*……“我……我伤到哪儿？”

“伤到哪儿？”学士哼了一声，“脚踝断了，膝盖扭了，锁骨骨折，外加瘀伤……你上身又青又黄，右臂是紫黑色。我原以为你头骨也裂了，幸好没有。你脸上的伤很深，爵士，恐怕会留疤。哦，还有，你淹个半死。”

“淹个半死？”邓克说。

“我没想到有人能喝这么多水，即便是你这等体格，爵士。你该庆幸我是铁民，淹神的牧师懂得如何淹人再把人救活，而我恰好研究过他们的信仰与习俗。”

我差点淹死，邓克再次试图坐起来，但浑身无力，*我差点在还没我脖子深的水里淹死*。他哈哈大笑，然后痛得呻吟。“卢卡斯爵士呢？”

“死了啊，还用问？”

不。邓克想问很多事，但这件不用。他一下子回忆起长人的肢体怎样没了力气。“伊戈。”他脱口而出，“我要伊戈。”

“知道饿是不错的。”学士说，“但你现在需要的是睡觉，不是鸡蛋。”

邓克摇摇头——他立刻后悔做这个动作。“伊戈是我的侍从……”

“你说他啊？他是个勇敢的孩子，而且比看起来强壮，就是他把你从小溪拖出来的。他还帮我们脱掉你的盔甲，我们用马车运你回来时，他随身照料。他不肯睡，捧着你的剑坐在你身边，生怕别人害你。他甚至连我都信不过，我喂你的东西他都要先尝。奇怪的孩子，但很忠诚。”

“他人呢？”

“尤斯塔斯爵士要男孩出席婚宴，新郎这边没人，他拒绝会很失礼。”

“婚宴？”邓克不明白。

“哦，你当然不明白。你那一仗后，冷壕堡和坚定堡和解了。罗翰妮夫人想征得老尤斯塔斯爵士许可，踏上他的领地，探访亚当的坟墓，尤斯塔斯爵士同意了。她跪在黑莓丛前哭个不停，尤斯塔斯爵士很感动，亲自安慰她，他们谈了一晚年轻的亚当和夫人高贵的父亲。威曼大人和尤斯塔斯爵士曾是密友，后来黑火叛乱打破了他们的友谊。爵士先生和我的夫人今晨在善良的赛夫顿修士主持下举行了婚礼。尤斯塔斯•奥斯格雷成了冷壕堡的主人，所有塔楼和城墙上，他的方格狮子旗都跟维伯蜘蛛旗一起飘扬。”

邓克觉得周遭世界在缓缓旋转。*是那杯药。他要让我重新睡去。*他闭上眼，任所有疼痛从体内抽离。他听到乌鸦们互相尖叫，还有自己的呼吸，以及别的……更轻柔、坚实、沉着，也更让他安心。“是什么？”他含混地问，“什么声音？……”

“声音？”学士听了听，“下雨了。”

直至离开那天，他都没见到她。

“真蠢，爵士，”赛夫顿修士抱怨。邓克拄着拐杖，拖着上夹板的腿，一瘸一拐穿过院子。“克瑞克师傅说你还没好上一半，现在又下着雨……就算你不会再被淹死，也会得风寒。至少等雨停了吧。”

“那可能要等几年。”邓克很感激胖修士，他几乎每天都来看望……名为祈祷，实际上是来嚼舌根。他会想念修士活灵活现的故事和一起度过的快乐时光，但这改变不了什么。“我必须走。”

雨滴连绵，像一千条冰冷灰鞭抽在他背上。他的披风已湿透了，那是尤斯塔斯爵士送的白羊毛披风，绿金方格镶边。老骑士二度赠予，作为分别礼物。“为你的勇气与忠诚，爵士。”他说。扣在肩膀的披风扣针也是礼物——一只银腿象牙蜘蛛，上面点缀了碎石榴石做斑点。

“希望你没疯到去抓本尼斯。”赛夫顿修士说，“你伤得这么重，我担心他不会惧怕你。”

本尼斯，邓克苦涩地想，*该死的本尼斯*。邓克在溪边奋战时，本尼斯绑了驼背山姆和他老婆，将坚定堡洗劫一空，带走了每样值钱家什，从烛台、衣服、武器、奥斯格雷的旧银杯乃至老人藏在书房一幅发霉织锦后面的最后一点积蓄。邓克希望有朝一日能向棕盾本尼斯讨还，到时候……“本尼斯先等等。”

“那你去哪儿？”修士气喘吁吁。即便邓克拄着拐杖，他也胖得难以跟上。

“仙女岛。赫伦堡。三叉戟河。处处树篱。”他耸耸肩，“我一直想去看长城。”

“长城？”修士惊得一顿，“我真对你绝望了，邓肯爵士！”

他张开双手，站在泥地里高喊，雨水在周围不断落下。“祈祷吧，爵士，祈祷老妪为你照亮前路！”邓克没停步。

她在马厩里等他，站在大捆黄色干草旁，穿着绿如夏叶的裙子。“邓肯爵士。”邓克推门而入时，她唤道。她长长的红辫垂在身前，辫梢扫到大腿，“很高兴看到你站起来。”

我躺着你就不来看，他心想。“夫人，您怎么来马厩了？这天不适合骑马。”

“我也想对你这么说。”

“伊戈告诉你的？”我要再给他一耳刮子。

“你该庆幸他这么做，不然我会派人拖你回来。连道别都不说就偷偷走掉，不是很无礼吗？”

克瑞克学士照料他的这段时间，她没来看他，一次都没有。“绿色很衬您，夫人。”他说，“很衬您的眼睛。”他笨拙地倚着拐杖，“我来牵马。”

“你不需要走。等你好了，这里有位子，就做我的守卫队长吧。伊戈也可以和其他侍从待在一起，没人会知道他的身份。”

“谢了，夫人，不行。”雷霆在第十三个畜栏，邓克蹒跚走去。

“请你重新考虑，爵士。现在时局动荡，哪怕对真龙和他的朋友也很危险。至少留到痊愈吧。”她走到他身侧，“尤斯塔斯大人也会高兴的，他非常喜欢你。”

“非常喜欢我。”邓克同意，“如果他女儿没死，他希望她嫁给我，那样您就是我的岳母大人。我没有母亲，别提岳母大人了。”

罗翰妮夫人看他的眼神让他以为她又要扇他。或者踢开我的拐杖。

“你生我气了，爵士。”她改口说，“你得给我机会补偿。”

“好吧，”他说，“你可以帮我给雷霆上鞍。”

“我另有想法。”她抓住他的手。她的手布满雀斑，手指纤长有力。我敢打赌，她全身都有雀斑。“你有多了解马？”

“我骑着一匹。”

“一匹为作战驯养的老战马，脚程慢，脾气坏，并非千里良驹。”

“千里之行始于足下。”邓克指指双脚。

“你脚大，”她评论，“手也大，我猜，你全身哪儿都大。大多数驯马对你不合适，他们驮着你就像小马驹。不过，你还是用得着脚程快的坐骑。一匹高大战马，混合了多恩沙地马的血统，因此也有耐力。”她指向雷霆对面的马厩，“就像她。”

她是匹血色宝马，眼睛清亮，长长的鬃毛犹如火焰。罗翰妮夫人从袖里抽出一棵胡萝卜喂她，顺势拍拍她的头。“吃萝卜，别吃手指。”她告诉马儿，然后转向邓克。“我叫她‘火焰’，但你可以另起名字。如果喜欢，就叫她‘补偿’吧。”

有那么一阵，邓克无话可说。他倚着拐杖，用全新的眼光审视这匹骏马。她真漂亮，她比老人拥有过的任何一匹坐骑都好得多。只消看看修长干净的四肢，就知她跑得有多快。

“我为她的美感和速度骄傲。”

他转回雷霆。“我不能接受她。”

“为什么？”

“她对我来说太优秀，只能远观罢了。”

罗翰妮脸红了。她抓住辫子，在双指间绕来绕去。“我必须结婚，你知道的，我父亲的遗嘱……哦，别这么傻。”

“我还能怎样？我和城墙一样笨，还是个野种。”

“收下这匹马吧。我要给你一点纪念，让你记得我。”

“我会记得您，夫人，不用担心。”

“收下她！”

邓克抓住辫子，把她的脸拽到近前。拐杖和身高差距让这动作并不容易，俩人嘴唇碰到之前，他差点摔倒。他狠狠地吻她，她一只手环过他脖子，另一只手抱住他的背。他见过无数拥吻，但都远不如亲身经历让人体会深刻。两人最终分开时，他抽出匕首。“我知道用什么来纪念您，夫人。”

伊戈在城门楼等他，骑一匹漂亮的栗色驯马，手牵学士的缰绳。眼见邓克骑雷霆小跑而来，男孩面露惊讶：“她说想送匹新马给你，爵士。”

“即便好出身的女士，也未必事事如愿。”过吊桥时，邓克说，“我不要马。”城壕里水涨得老高，快要溢出两岸。“我拿到别的纪念。一束红发。”他手伸进披风，取出辫子，咧嘴而笑。

两具尸体仍在十字路口的铁笼中抱在一起，孤独又绝望，连苍蝇和乌鸦都弃他们而去，死人骨头上只剩几丝皮肤和毛发。

邓克停马皱眉。骑马让脚踝疼得厉害，但他不在乎。内伤外伤和舞剑弄枪一样，是骑士生涯的一部分。“哪条路向南？”他问伊戈。太难分辨了，世界被雨幕、泥水和花岗岩墙一样的灰色天空笼罩。

“那边是南，爵士，”伊戈指出，“这边是北。”

“盛夏厅在南，你父亲的地盘。”

“长城在北。”

邓克看着他。“那有很长的路要走。”

“我有了新马，爵士。”

“可不是，”邓克笑了，“你为什么想看长城？”

“这个嘛，”伊戈回答，“听说它很高。”

神秘骑士

邓克与伊戈离开石堂镇时，夏雨淅淅。

邓克骑老战马“雷霆”，一旁的伊戈骑精神抖擞的小驯马“雨水”，骡子“学士”跟在后。学士驮着邓克的盔甲和伊戈的书，他们的铺盖卷、帐篷、衣服，许多硬邦邦的咸牛肉条，半壶蜜酒和两皮袋水。伊戈松垮的宽边旧草帽盖在骡子头上，为它遮雨，男孩还贴心地替骡子剪出耳洞。伊戈自个儿戴新草帽——若非耳洞，邓克简直没法分辨两顶草帽。

行到镇门前，伊戈忽然勒马。门上铁矛插了一颗叛徒的人头示众，看样子刚插上不久，血肉中粉色多于绿色，但已吸引了大队食腐乌鸦。死者的嘴唇和脸颊都被撕烂咬穿，眼睛成了两个棕色的洞，缓缓流出红色泪珠，流过干涸的血痂。死者的嘴耷拉着大张开，似乎在向门下的旅人说教。

邓克见过这光景。“我小时候从君临城头的铁矛上偷过一颗人头。”他告诉伊戈。事实上，慌慌张张跳上去偷人头的是“白鼬”，因为拉夫和布丁说他不敢，但守卫们冲来制止时，白鼬吓得赶紧把人头往下丢，教邓克抢到了。“某个叛徒领主或强盗骑士的头，也或许只是个普通杀人犯。反正脑袋在枪上插几天都一样。”他和他那三个伙伴用这颗头去吓唬跳蚤窝的女孩，他们在小巷里穷追不舍，非要女生亲一下那颗头才放走。那颗头由此享受了无数亲吻，因为君临城没哪个女孩有白鼬跑得快。这部分故事还是别告诉伊戈的好。*白鼬、拉夫、布丁，一群小怪物，而我是其中最坏的一个。*他和伙伴们一直留着那颗头，直到血肉变黑、脱落——这样子没法提着它追女孩，所以某天晚上，他们冲进一家食堂，将剩下的半颗头丢进了锅里。“乌鸦先挑眼睛吃，”他告诉伊戈，“那颗头的脸颊会陷下去，血肉变绿……”他眯眼端详。“且慢，我认得这张脸。”

“你当然认得，爵士。”伊戈说，“这就是三天前，那个布道抨击血鸦大人的驼背修士。”

他想起来了。就算散布叛国言论，他仍是服侍七神的神职人员。“他双手沾满哥哥和侄子们的鲜血。”驼背修士向聚集在市镇广场上的群众宣讲，“他召唤影子，在子宫中扼杀了无畏的瓦拉尔王子的骨血。我们的少王子现在何处？他弟弟、可爱的马塔瑞斯呢？贤王戴伦和英勇的破矛者贝勒呢？都死了，都进了坟墓，这个人却活着，这只血口白羽的恶鸟栖息在伊里斯国王肩上，朝他耳中灌输谗言。地狱的印记烙在他脸庞和空洞的眼眶里，是他带来干旱、瘟疫和谋杀。觉醒吧！我呼吁大家，记得狭海对岸我们真正的王。天上有七位天神，地下有七大王国，黑龙有七个儿子！觉醒吧，老爷夫人们。觉醒吧，英勇的骑士和坚强的农夫。让我们推翻邪恶的巫师血鸦，把自己和子孙后代从无尽的诅咒中解放出来。”

每个字都是叛逆。即便如此，看到修士落得如此下场，看到空空的眼眶，他仍觉震惊。“是的，是他。”邓克说，“我们快离开这地方。”他踢了“雷霆”一脚，就着呢喃的细语，与伊戈骑出石堂镇大门。血鸦大人有几只眼睛？谜语如此问，一千零一只。有人说国王之手学习变脸邪术，甚至可化为独眼狗或一团雾；又有人说他派出一群群憔悴的灰狼搜捕敌人，食腐乌鸦也是他的间谍，四处刺探并向他汇报。大多数传说只是谣言，对此邓克毫不怀疑，但同样毋庸置疑的是血鸦的探子满天下。

在君临，他亲眼见过血鸦一回。布林登·河文肤发犹如白骨，而他的眼睛——他只有一只眼睛，另一只在红草原被同父异母的哥哥“寒铁”夺去——红似血滴，酒红色胎记爬过脸和脖子，绰号因此而来。

远离城镇后，邓克才清清嗓子说话：“砍修士的头不对。他不过动动嘴皮子，言语就像风。”

“有的言语像风，有的则是叛国。”别看伊戈骨瘦如柴，手肘肋骨都清晰可见，却有张大嘴巴。

“你这会儿说起话来像个堂堂正正的王子了。”

伊戈把这当成挖苦——这确实是。“他的确是个修士，但他布道时歪曲事实，爵士。干旱并非血鸦大人的错，春季大瘟疫也不是。”

“或许如此，但如果要把傻瓜和骗子统统抓来砍头，只怕七大王国一半的镇子都没人住了。”

六天后，雨水已成记忆。

邓克脱掉外衣，尽情享受温暖的阳光洒在皮肤上的感觉，凉风徐徐，犹如少女清新芬芳的吻，令他不禁叹了口气。“水，”他宣布，“闻到没？离湖不远了。”

“我只闻到学士，它好臭。”伊戈用力一拉骡子，“学士”刚才自个儿啃起路边青草来，老毛病又犯了。

“湖边有家老客栈，”邓克做老人的侍从时去过一回，“阿兰爵士说他们家酿的棕色麦酒味道很醇正，我们等船时或许可以来两杯。”

伊戈期待地看了他一眼：“好把食物冲下肚，爵士？”

“食物？”

“一刀烤肉？”男孩提议，“一只鸭子？一碗肉汤？有什么吃什么，爵士。”

他们三天没吃热餐了。这三天他们靠树上掉的果子和硬如木头的老咸牛肉条过活。人是铁饭是钢，启程去北境前，弄点真东西填肚有好处。毕竟那个长城远着呢。

“我们还可以在那儿过夜。”男孩继续建议。

“殿下是想睡羽毛床？”

“稻草对我足够了，爵士。”伊戈不服气地说。

“我们没钱住店。”

“我们有二十二个铜分、三个铜星和一枚银鹿，外加那颗带缺口的老石榴石，爵士。”

邓克抓抓耳朵：“我记得咱们有两枚银鹿哇。”

“我们是有，但你买了帐篷，就只剩一枚了。”

“如果我们开始住店，很快连一枚都不剩。你想睡贩夫走卒睡过的床，想被他们身上的跳蚤咬醒吗？”邓克嗤之以鼻，“我才不咧，我自个儿的跳蚤不爱陌生人。我们睡星空下就好。”

“星空很好，”伊戈同意，“但土地太硬，爵士，有时能枕个枕头挺不错。”

“枕头是给王子殿下睡的。”伊戈是个合格的侍从，任何骑士都无法挑剔，但他有时会不自觉地流露出王子做派。别忘了，那小子有真龙血脉。邓克只有乞丐的血脉……跳蚤窝的人这么说的，要不就说他是早晚被吊死的命。“我们也许可以喝几杯酒，吃顿热饭，但不能把钱浪费在床铺上，那些铜分得留着付船费。”他上次过湖，船夫确实只收了几个铜分，但那是六年、抑或七年前的事，最近物价年年上涨。

“好吧，”伊戈道，“我们可以用我的鞋过湖。”

“我们可以，”邓克说，“但我们不用。”用伊戈的鞋太危险。一传十十传百，消息会很快传播出去。他把侍从剃成光头不是没理由的：伊戈有古瓦雷利亚人的紫眼，头发亮如箔金，中间丝丝银线。若任其留发，跟戴上三头龙胸针没差。如今维斯特洛动荡不安，而且……好吧，能不冒险就不冒险。“你敢再提那该死的鞋，小心我给你一大耳刮子，打得你飞过湖去。”

“游过去更好，爵士。”伊戈水性极佳，邓克却是个旱鸭子。男孩在马上转身，“爵士？有人从路上赶来。听见马蹄声没？”

“我不是聋子。”邓克还看见了灰尘，“匆匆赶路的大队人马。”

“是土匪么，爵士？”伊戈在马鞍上直起身子，兴奋多于恐惧。男孩都这样。

“土匪会比较安静，这么闹腾一定是哪家领主。”邓克松了松鞘里的剑，“不过话说回来，还是闪到旁边让他们先走，谁知道这老爷是什么德行。”小心驶得万年船，路上已不像贤王戴伦时期那么平安了。

于是他和伊戈躲到荆棘丛后。邓克取下盾牌，穿到手上。这面风筝盾又长又沉，有些年头了，松木盾面，铁皮包边，他在石堂镇买来替换被“长人”劈碎的那面。邓克没时间涂上榆树和流星纹章，所以它还留着前任主人的徽记：吊在绞架下的褴褛灰人。他不会为自己选这样的纹章，但好歹盾牌便宜。

片刻间第一批骑手疾驰而过，那是两个骑骏马的公子哥。枣色马上的少年头戴镀金露面铁盔，盔上饰有三根长羽毛：白羽、红羽和金羽，他坐骑的头冠也有相似的装饰。蓝金二色装饰的黑马跑在枣色马旁，马饰随风荡起阵阵涟漪。两名骑手并辔疾行，呼喝笑闹，长披风迎风招展。

随后是个老爷，姿态较为镇定，他领着长长的队伍，共二十多人，包括马夫、厨子和仆人——看来是服侍这三位骑士的——以及几个亲兵和骑马的十字弓手。十几辆马车满载盔甲、帐篷和补给。老爷的马鞍上挂着盾牌，盾上纹章是暗橙底色上的三座黑色城堡。

邓克见过这纹章，但在哪里见过的呢？佩戴这纹章的老爷年纪颇大，嘴唇紧闭，面色阴沉，黑白夹杂的胡须修剪整齐。他可能去过岑树滩，邓克猜想，也或许我为阿兰爵士做侍从时在他的城堡服务过。老雇佣骑士多年来辗转于众多城堡和堡垒，以至于邓克连其中一半都记不清。

老爷忽然勒马不前，怒视荆棘丛。“你，藏里面的，快快现身。”老爷身后，两个十字弓手搭上箭矢，余人继续赶路。

邓克从长草中钻出，盾牌穿在左手，右手按住长剑圆头。由于一路骑马奔波，他脸上覆满红棕泥点，腰部以上什么也没穿。他自知是怎么个邋遢模样，但无疑给对方留下更深印象的是他的个头。“无意打扰，大人。我们只有两个人，我和我的侍从。”他招呼伊戈。

“侍从？你自诩为骑士？”

邓克不喜欢对方看他的眼神。这眼神似能将人生吞活剥。看来最好把手从剑上拿开。“我是个寻觅雇主的雇佣骑士。”

“每个被我吊死的强盗骑士都这么声称。你盾上的图案倒挺有远见，‘爵士’……若你真是爵士的话。绞架和吊死鬼，这就是你的纹章？”

“不是，大人，我要重新涂。”

“为什么？从尸体上搜刮的？”

“我光明正大拿钱买的。”三个城堡，橙底黑色……在哪儿见过？“我可不是强盗。”

老爷的眼睛犹如两片燧石：“你脸上的伤怎么来的？鞭子抽的？”

“匕首割的。不过这不关您的事，大人。”

“关不关由我决定。”

两名年轻骑士已策马返回，查看状况。“在这儿啊，老葛。”黑马骑手说。他是个精瘦优雅的年轻人，五官清秀细致，胡须修剪整洁，闪亮的黑发直垂下颈。他的深蓝色丝绸紧身上衣以金缎镶边，胸前被锯齿状金线四等分，第一块和第三块绣了金提琴，第二块和第四块绣了金剑。他的眼睛和外套一样是深蓝色，其中兴味盎然。“埃林怕你坠马——依我看，这是个苍白的借口，我就要把他甩在马屁股后头吃土了。”

“哪儿冒出两个强盗？”枣色马上的骑手问。

伊戈被他的侮辱激怒：“你不该叫我们强盗，大人。我们看见你们风尘仆仆地跑来，还以为你们是强盗呢——所以我们才躲。这位是高个邓肯爵士，我是他的侍从。”

对他这番声明，两位公子哥似乎只当是青蛙叫。“我确信他是我见过的最大号的傻大个，”三根羽毛的骑士宣布。他长了张圆胖的脸，顶着一头深蜂蜜色卷发，“我敢打赌，他有七尺高，试想摔个跟头会有多大动静。”

邓克自觉血气上涌。这个赌你赢不了，他心想。上次伊戈的哥哥伊蒙为他量身高，离七尺正好差一寸。

“这是你的战马吗，巨人爵士？”羽毛装饰的公子哥又问，“宰了它当晚餐倒不错。”

“埃林大人经常失礼，”黑发骑士解释，“请原谅他未经大脑的蠢话，爵士先生。埃林，你得向邓肯爵士道歉。”

“如果必须的话。原谅我吧，爵士？”他不等回答，便调转马头，扬长而去。

另一位骑士留下来：“你也去参加婚礼吗，爵士？”

他声音里有种让邓克想要点头鞠躬的气势。邓克按捺住冲动：“我们去渡口，大人。”

“我们也一样……但我不是什么大人哟，这里的大人只有老葛和刚才跑开的浪荡子埃林·库克肖。我跟你一样，乃是云游四方的雇佣骑士，人称‘提琴手’约翰爵士。”

的确是雇佣骑士会挑的名字，但邓克没见哪个雇佣骑士有这等华丽的打扮、装备和坐骑。端着金饭碗的雇佣骑士，他心想。“我已通报过姓名，我的侍从叫伊戈。”

“非常荣幸，爵士。来吧，与我们同去白墙城，比试几回合，以庆祝巴特威大人新婚。我敢打赌，你会表现不俗。”

自岑树滩草场之后，邓克再未参加比武会。若能赢得几笔赎金，北上途中就衣食无虞，他盘算。此时盾牌上有三座城堡的老爷出言反对：“邓肯爵士急着赶路呢，我们也是。”

提琴手约翰浑不在意长辈的劝告：“我想亲自跟你比试，爵士先生。我跟世界各地、各个民族的人都比过武，但没见过你这么高的。令尊也很高大吗？”

“我不知道我爹是谁，爵士。”

“我很遗憾。家父也早已去世。”提琴手转向三城纹章的老爷，“邀请邓肯爵士做个伴儿吧。”

“我们不需要这种家伙。”

邓克一时语塞。一般而言，高贵的领主不会邀请身无分文的雇佣骑士。我就像他们的仆人。看看这支队伍，库克肖大人和提琴手有马夫照料坐骑、厨子准备饭菜、侍从打理盔甲，甚至有卫兵保护安全。邓克只有伊戈。

“这种家伙？”提琴手笑道，“哪种家伙啊？大家伙么？瞧他的身量。我们正需要好手，我常听说，年轻人赛过老顽固。”

“傻瓜才这么说。你对此人一无所知，或许他真是个强盗，或许他是血鸦的探子。”

“我不是探子，”邓克道，“还有，大人谈到我时，请不要当我是聋子、死人或身在多恩。”

那对燧石般的眼睛瞪着他：“多恩是个好去处，爵士，我赞成你去。”

"别介意，"提琴手说，"他人老了，向来杯弓蛇影。老葛，我跟此人一见如故，邓肯爵士，您愿赏光随我们去白墙城吗？"

"大人，我……"他怎能跟这等贵人一同宿营？仆人会帮他们搭帐篷，马夫会帮他们梳洗马匹，厨子会给他们每人端上一只烤鸡或一份牛排，而邓克与伊戈只有冷硬的咸牛肉条。"我不能去。"

"你看，"三城纹章的老爷立刻接口，"他有自知之明，知道跟我们不是同路人。"老爷打马上路。"库克肖大人领先半里格了。"

"我又得追着他的小丑服跑了。"提琴手朝邓克抱歉地一笑，"也许咱们还会见面，至少我希望如此。真想跟你比试比试。"

邓克不知如何作答："比武场上好运，爵士先生。"最后他挤出一句，但约翰爵士业已拨转坐骑，追赶队伍去了。老领主紧跟提琴手，邓克倒是乐见他离开。他不喜欢那对燧石般的眼睛，也不喜欢埃林大人的傲慢。提琴手虽平易近人，但言谈透着古怪。"两把提琴两柄剑，用锯齿十字隔开，"他一边看着远处的尘土，一边对伊戈说，"是哪个家族？"

"哪个都不是，爵士，我没在任何纹章书里见过这个纹章。"

或许他真是个雇佣骑士。当年在岑树滩，木偶师"高过头的"坦茜莉问他想在盾牌上涂什么时，邓克自己发明了纹章。"那个老爷是佛雷家的亲戚？"佛雷家的盾牌上也有城堡，而他们的领地离此不算远。

伊戈翻个白眼："佛雷家的纹章是灰底上以桥梁连接的两座蓝色塔楼，那个人是橙底上三个黑色城堡。爵士，你看见桥了吗？"

"没看见。"这小子有时候真讨厌。"再对我翻白眼，小心我给你一耳刮子，把你的招子打进脑袋里。"

伊戈挺委屈："我不是这意思——"

"管你什么意思，告诉我他是谁。"

“星梭城伯爵葛蒙·培克。”

“河湾地的领主，对吧？他真的有三座城堡？”

“只在盾牌上有了，爵士。培克家从前是有三座城堡，后来丢了两座。”

“怎么会丢了两座？”

“支持黑龙，爵士。”

“噢。”邓克觉得自己太傻了。又是这档子事儿。

二百年来，王国一直由征服者伊耿与他姐妹们——他们一统七大王国，铸造了铁王座——的后代统治，坦格利安家族以黑底上红色的三头火龙为徽章。十六年前，伊耿四世国王的私生子戴蒙·黑火起兵反叛他嫡生的兄弟。和许多私生子一样，戴蒙沿用了家族纹章，只把颜色反转。叛乱于红草原终结，戴蒙和他的双胞胎儿子在血鸦大人的箭雨下葬身。幸存下来并愿意屈膝的叛军获得赦免，但要付出领地、头衔或罚金为代价，并都得献出人质以确保忠诚。

橙底上的三座黑色城堡。“我想起来了。阿兰爵士不爱谈红草原之战，但有回喝多了跟我说他老妹的儿子死在战场上。”老人的声音几乎又在耳边回响，他又闻到老人呼吸里的酒气。“铜分树村的罗杰，他被一位盾牌上有三座黑色城堡的老爷一锤砸碎了脑袋。”葛蒙·培克伯爵。老人至死不知仇家的名字，或许是不想知道。培克伯爵和提琴手约翰一行已成远方一缕红色沙尘。都十六年前的事了，篡夺者死了，其党羽要么被流放要么被赦免，无论怎样都与我无关。

邓克与伊戈默默走了一段，倾听哀伤的鸟鸣。半里格后，邓克清清嗓子：“他说去巴特威的家堡，那离这儿远吗？”

“就在湖对岸，爵士。伊耿国王在位时，巴特威伯爵是财政大臣，戴伦国王提拔他做首相，但没干多久。他的纹章是层叠的绿白黄波浪，爵士。”伊戈喜欢卖弄纹章学知识。

“他是你爹的朋友？”

伊戈扮个鬼脸。“我爹从不喜欢他。内战时期，巴特威伯爵的次子加入叛军，长子却支持国王，这样他两边都有果子吃。巴特威伯爵是个见风使舵的人。”

“有人会说这是谨慎。”

“我父亲认为是懦弱。”

啊，他确实会那么认为。梅卡亲王为人强硬、骄傲、挑剔。“要上国王大道，必须经过白墙城，何妨去填填肚子呢？”只消想想，他的肚子就“咕咕”叫唤。“也许哪个婚宴宾客需要护卫保护自己回家咧。”

“你说我们去北境。”

“长城矗立了八千年之久，多挺一会儿没问题。再说还有一千里格要走，多赚几枚银币正好当盘缠。”邓克幻想自己骑在雷霆背上，挑翻盾牌上有三座城堡的阴郁老爷。那真是太美好了。“打败你的是阿兰爵士的侍从。”当他赎回盔甲和战马时我要这样告诉他，“他代替被你杀害的男孩做了爵士的侍从。”老人会喜欢这一幕。

“你不是要参加长枪比武吧，啊？爵士？”

“或许这是个机会。”

“根本不是，爵士。”

“或许我该给你个大耳刮子。”赢两场就够，两场的赎金补偿一场失败，剩下的还够我们像国王那样吃上一年。“若有团体战，我就加入。”比起长枪比武，邓克的体格和力量在团体战中更占便宜。

“按习俗，婚礼不安排团体战，爵士。”

“按习俗，婚礼都安排有大餐。我们要赶远路，干吗不先吃个饱呢？”

看见湖面时，太阳几乎沉没西天，金红色湖水，明亮得像一大片荡漾的铜箔。柳树丛中现出旅馆阁楼，邓克赶紧穿上汗湿的外衣，拿湖水洗了把脸，尽可能洗掉一路行尘，再用湿漉漉的手指梳理夹着金丝的蓬厚乱发。虽然他无法掩饰魁梧的体形和脸上的伤疤，但至少可以看起来不那么像个粗野的强盗骑士。

旅馆比料想的大，是个占地颇广的木制大灰屋，上层搭了几间阁楼，一半建于水中的竿子上。泥泞的湖岸上搭了条粗木板路去渡口，但无论渡船还是摆渡人都不见踪影。路对面有个茅草屋顶的马厩，被环绕干燥的石墙，好在门开着。他们走进马厩院子，发现里面有口井，还有饮水槽。"把马照料好，"邓克吩咐伊戈，"但别让它们喝太多。我去找吃的。"

店主人在打扫阶梯。"坐船？"那女人劈面就问，"来晚啦。太阳落山了，除非碰上满月，否则奈德不会划。他明天一早才会回来。"

"他要多少钱？"

"一个人三铜分，一匹马十铜分。"

"我们有两匹马和一头骡。"

"骡子也收十铜分。"

邓克心算了一下，共计三十六铜分，太贵了。"我上次来，一个人才要二铜分，一匹马六铜分咧。"

"你跟奈德说去，我管不着。床我也没有，夏尼大人和科托因大人各带来一大帮人，店都快挤爆了。"

"培克大人在吗？"杀死阿兰爵士侍从的凶手，"库克肖大人和提琴手约翰是他的同伴。"

"奈德最后一趟把他们摆过去了，"她上上下下地打量邓克，"你跟他们一伙？"

“不，只是路上撞见。”旅馆窗户里飘出阵阵香气，令邓克垂涎欲滴，“不太贵的话，我们想来点你的烤肉。”

“那是一整头野猪，”女人说，“涂过好多胡椒，配上洋葱、蘑菇和碎萝卜。”

“萝卜可以省，就给我们几条野猪肉，再加一大杯你家最上乘的棕色麦酒。这些要多少钱？或许今晚我们还有钱在你家马厩打个地铺？”

最后这句是个错误。“马厩是给马住的，所以才叫马厩。我承认，你倒是有马的块头，但我只看见两条腿。”她拿起扫帚赶他，“别指望我喂饱七大王国的每个人。野猪是给客人享用的，麦酒也是，首先得让大老爷们满意，不能让他们抱怨我这儿缺吃少喝。喏，湖里有的是鱼，断树桩那还有其他流浪汉。他们都自称是雇佣骑士，如果你信的话。”她的语调清楚地表明她自己不信。“也许那帮家伙会分点吃的给你，反正我没有。快滚，老娘忙着咧。”说罢她狠狠砸上旅馆门，邓克甚至来不及问断树桩在哪儿。

伊戈坐在马槽上，脚浸在水里，正用那顶大软帽扇风。“今晚吃烤猪吗，爵士？我闻到肉香。”

“是野猪，”邓克不甘心地说，“不过野猪怎比得上上好的咸牛肉？”

伊戈扮个鬼脸：“我吃自己的鞋行不行，爵士？然后用咸牛肉再做一双。牛肉更结实。”

“不行，”邓克尽力忍住笑，“不准你吃鞋，再说一个字你就得吃我的拳头。给我下来。”他在骡背上找到巨盔，朝下投给伊戈。“从井里打点水来泡牛肉。”不泡上很长时间，咸牛肉能把牙崩断。用麦酒泡味道更好，但水也凑合。“不准用马槽里的水，那是你的洗脚水。”

“我的洗脚水能给它调味儿，爵士。”伊戈边说边扭了扭脚趾，但最终还是乖乖照办了。

雇佣骑士不难找。伊戈看见他们的营火在湖边树林中闪烁，两人便牵马和骡子徒步赶去。男孩用一条胳膊夹着邓克的头盔，每走一步都溅出水来。太阳已成西边地平线的暗红余晖，林间很快豁然开朗。这里从前肯定是片鱼梁木林，见证过森林之子统治维斯特洛的时代，如今却只剩一圈白色树桩和纠结的骨白树根。

鱼梁木桩间有两个男人坐在篝火旁，传递着一袋葡萄酒。他们的马在林外草地吃草，武器和盔甲排放整齐。一个年轻得多的男子靠着一棵栗树坐，与其他两人保持距离。“幸会，爵士们，”邓克用愉快的语调打招呼。贸然打扰全副武装的人可不明智，“我是高个邓肯爵士，这孩子是伊戈。能让我们分享营火吗？”

一位矮胖的中年骑士起来致意，他一身破烂华服，长着火焰般的姜黄络腮胡。“幸会，邓肯爵士，你真是个大块头……哦，当然也欢迎你的小朋友。他叫‘伊戈’？鸡蛋的意思？哈，这算哪门子名字？”

“简短的名字，爵士。”伊戈不会傻到承认伊戈是伊耿的简称。至少不会对陌生人承认。

“的确。你的头发怎么了？”

根虫，邓克心想，告诉他是根虫，小子。这故事最稳妥，他们讲得也最多……但有时伊戈会多余地淘气。“我自己剃光的，爵士，不赢得马刺我就一直留光头。”

“高尚的誓言。我是‘雾原镇之猫’凯勒爵士。那棵栗子树下坐着加勒敦……呃，波尔爵士。我身边这位好爵士是梅纳德·普棱。”

听到这名字，伊戈竖起耳朵。“普棱……你是韦赛里斯·普棱大人的亲戚吗，爵士？”

“算远亲吧。”梅纳德爵士承认。他又高又瘦，背有点驼，一头长直亚麻色头发。“不过我怀疑大人他会不会认我这个亲。大家都说他是甜李子，我是酸李子。”普棱一身紫袍，但袍子染色差，边沿业已磨损，用鸡蛋大小的月长石扣针扣在肩膀，袍子下他穿茶色粗布衣和有污点的棕色皮衣。

“我们有咸牛肉。”邓克提出。

“梅纳德爵士有袋苹果，”雾原猫凯勒说，“我有腌鸡蛋和洋葱，凑在一起就能开场盛宴咧！请坐，爵士，我们挑了堆好桩子来垫屁股。若我没算错，明儿中午以前我们都得待在这。只有一条渡船，不够载所有人，老爷和他们的跟班当然要优先照顾。”

“帮我卸马。”邓克吩咐伊戈，两人一起为雷霆、雨水和学士解鞍。

待牲口们都吃饱喝足，自行在夜色中走动休息后，邓克才接过梅纳德爵士递来的酒袋。“酸酒总比没酒强，”雾原猫凯勒宣称，“而我们将在白墙城喝到佳酿。据说巴特威大人拥有青亭岛以北最好的窖藏。他和他祖父都做过国王之手，他还很虔诚，家财万贯。”

“钱都是从奶牛身上赚的，”梅纳德·普棱道，“他该用乳房做纹章。这帮巴特威血管里流的是奶，佛雷也好不到哪去，这场牛倌和税吏的联姻，从头到尾伴着铜臭。当年黑龙起兵，奶牛大人派一个儿子帮戴蒙，另一个儿子帮戴伦，自以为立于不败之地，结果两人双双死在红草原，他的小儿子也在春季大瘟疫中病故。他这才忙着续弦，若不赶紧生个儿子，巴特威家怕要绝嗣了。”

“罪有应得，”加勒敦·波尔爵士用磨刀石又磨了一下长剑，“战士痛恨懦夫。”

少年声音里的鄙视引得邓克仔细端详他。加勒敦爵士的衣服料子很好，但又旧又不合身，似乎是传下来的。一丛丛暗棕色头发从他的铁半盔下支出，少年本人矮胖敦实，小眼睛靠得很近，肩膀宽厚，胳膊肌肉发达。他的眉毛犹如两只春天里的滋润毛虫，鼻子像球根，下巴突出。他很年轻，也许只有十六岁，至多不超过十八岁。若非凯勒爵士说他是个骑士，邓克会把他当成侍从。少年脸上没胡子，倒有一堆疹子。

“你当上骑士多久了？”邓克问他。

“够久了，这个月该满半年了。我是在二十多人见证下，被翻斗瀑的莫甘·邓斯特布尔爵士册封为骑士，而我自出生起就在接受骑士训练。我骑马比走路学得快，在第一颗乳牙脱落前就打掉过成人的牙齿。我会在白墙城建功立业，赢得那颗龙蛋。”

“龙蛋？这是冠军的奖品？真的？”最后一条龙半世纪以前死了，不过阿兰爵士见过它的蛋。它们硬得像石头，漂亮得无法直视，老人曾告诉邓克。“巴特威大人怎么搞到一颗龙蛋的？”

“伊耿王在他家老城堡过了一夜，便把蛋送给了他祖父。”梅纳德·普棱爵士解释。

“是为了奖励他的勇气吗？”邓克追问。

凯勒爵士忍俊不禁：“有人会这么讲。不过据说陛下到他家时，老巴特威大人有三个黄花闺女，第二天早上她们的小肚子里就都怀上了王家野种。真是激情一夜。”

这种故事邓克听得多了。若传闻属实，庸王伊耿临幸过王国一半的处女，生下的私生子更是满坑满谷。最糟的是，老国王临死前将他们统统划归正统，无论和酒馆侍女、妓女、羊倌女之流生的野孩子，还是和贵族所生的高贵私生子，概不例外。“这些故事若有一半是真，只怕咱们都成了伊耿老王的私生子。”

“谁说不是呢？”梅纳德爵士打趣道。

“你该和我们一起去白墙城，邓肯爵士，”凯勒爵士怂恿，“你的体格一定能引起某位老爷的注意。或许你能谋到一份好差事。我知道我会的。苦桥男爵乔佛里·卡斯威将会到场，他三岁时我为他做了第一柄剑。一柄松木剑，以适合他的手，我年轻时曾宣誓为他父亲服务。”

“你宣誓用的也是木剑吗？”梅纳德爵士问。

雾原猫凯勒颇有风度地笑了：“我保证，那是上好的铁剑，我很乐意用它再向半人马旗宣誓。邓肯爵士，即便你不愿参加长枪比武，总可以陪我们赴婚宴。宴会上有歌手和乐师，杂耍艺人与变戏法的，还有一个滑稽侏儒团咧。”

邓肯皱眉：“伊戈和我还有很长的路要走，我们要北上临冬城。伯隆·史塔克大人正招兵买马，打算把海怪从岸边清理干净。”

“北境太冷了，”梅纳德爵士道，“想杀海怪还得去西境。兰尼斯特正营建舰队，准备直捣铁民老巢，一劳永逸地剿灭达衮·葛雷乔伊。在陆上打事倍功半，他会溜回海里。你得在水中逮住他。”

此话有理，但邓克不想跟铁民在海里打，从多恩到旧镇的“白夫人”号上，他曾穿戴盔甲协助船员对抗掠袭者。那是一场孤注一掷的血腥厮杀，他几乎跌进水里，几乎送掉性命。

“王室也该学学史塔克和兰尼斯特的样，”雾原猫凯勒爵士说，“至少亮剑出征。坦格利安在干什么？伊里斯王埋首书本，雷格王子在红堡厅堂里裸奔，梅卡亲王则缩在盛夏厅足不出户。”

伊戈用木棍捅篝火，搅起火星照亮黑夜。邓克欣慰地看到男孩忽略了对他父亲的评价。或许他终于学会了管住舌头。

“要我说，都是血鸦的错。”凯勒爵士续道，“身为国王之手，却不干正事儿，听任海怪们在落日之海上蹿下跳，到处捣乱。”

梅纳德爵士一耸肩。“寒铁去了泰洛西，策划拥戴戴蒙·黑火的儿子们，血鸦的注意力全放在那。他留着王家舰队，以防寒铁渡海。”

“哈，那倒有可能，”凯勒爵士道，“而且许多人会起来响应。血鸦是所有灾祸的来源，这只白蛆在啃噬王国的心脏！”

邓克皱紧眉头，回想起石堂镇的驼背修士。“这种话说出来要掉脑袋的。有人会说你宣扬叛国。”

“说出真相怎叫叛国？”雾原猫凯勒问，“戴伦王在世时，正派人可以直言不讳，不是吗？”他粗鲁地哼了一声。“血鸦把伊里斯供在铁王座上，天知道有没有进一步企图？伊里斯身子虚，他死后河文公爵和梅卡亲王之间必有一场血战，这是首相对决王储。”

“朋友，你忘了雷格王子，”梅纳德温和地指出，“他和他的孩子们——而非梅卡——才是伊里斯的继承人。”

“雷格是个弱智。算了吧，我对他没恶意，但他和他那对双胞胎都不会长命。不管死在梅卡的钉头锤还是血鸦的魔咒下……”

七神在上，伊戈突然大声尖叫，令邓克措手不及。“梅卡亲王是雷格王子的弟弟，他非常爱他，决不会加害哥哥或哥哥的儿子。”

“住嘴，小子，”邓克呵斥他，“诸位骑士没空听你发表意见。”

“你不能阻止我说话。”

“我能，”邓克喝道，“我当然能！”这张碎嘴早晚会害死你，多半把我也搭上。“咸牛肉泡软了，去给朋友们每人撕一条，搞快点。”

伊戈涨红了脸，半晌间，邓克以为这小子还要回嘴。但最终他只是闷闷不乐、摆出十一岁男孩特有的激愤表情照办了。“是，爵士。”他边说边在邓克的头盔里捞牛肉。分发食物时，剃光的头被营火照出红光。

邓克拿了自己那块，对着发愁。泡过的牛肉从木头变成了皮革，仅此而已。他吸吮肉片一角，尝到咸味，试着不去想象旅馆肉叉上噼啪作响、油脂滴落的烤野猪。

暮色渐深，苍蝇和刺蚊从湖上蜂拥而来。苍蝇对马更感兴趣，但蚊子偏爱人血。不想被咬，就得靠着火，忍受烟气。叮死或红烧，邓克阴郁地想，乞丐的选择。他挠挠胳膊，挪得离火堆更近。

酒袋很快转了回来，那酒又烈又酸。邓克长饮了第二口，传出酒袋。雾原猫讲起黑火叛乱时他如何救了卡斯威男爵的性命。“眼见亚蒙德大人的掌旗官倒下，我即刻跳下马，周围都是叛——”

“爵士，”加勒敦·波尔打断，“你说谁是叛徒？”

“当然是黑火的人。”

火光在加勒敦爵士手中的钢剑上闪烁，他脸上的疹子犹如血红的伤口，他每根肌肉都绷紧得像拉满弦的十字弓。“我父亲为黑龙而战。”

又来了，邓克喷口鼻息，红还是黑？这个问题总会捅娄子。“我确信凯勒爵士无意冒犯令尊。”

“嗯，”凯勒爵士赞同，“红龙黑龙都是过去式，没必要再起争执。小子，我们都是树篱下的兄弟。”

加勒敦爵士把这番话掂量了一番，想弄清自己有没有受嘲弄。“戴蒙·黑火不是叛徒，老王亲手把族剑传给了他。虽然他并非嫡生，但老王明白他的价值，不然怎不把黑火剑传给戴伦呢？老王的意思就是要他君临天下，因为戴蒙是强者。”

一阵沉默。邓克听见火苗轻微的噼啪声，感觉到蚊子在后颈上爬。他挥手赶蚊子，眼睛盯住伊戈，以防男孩有什么非分举动。“红草原之战时我还是个孩子。”眼见没人说话，邓克开口，“但我替一位为红龙而战的骑士当过侍从，此后又服务过一位支持黑龙的骑士。两边都有勇士。”

“都有勇士。”雾原猫有气无力地应和。

“他们是英雄。”加勒敦爵士翻转盾牌，让所有人看见上面的家徽：夜黑底色上射出的红黄火球。“我继承了英雄的血。”

“你是‘火球’的儿子！”伊戈惊道。

人们头一次看见加勒敦爵士露出笑容。

雾原猫凯勒爵士凑近查看那孩子，“怎么可能？你多大？昆廷·波尔死在——”

“——我出生之前。”加勒敦爵士替他说完，“我是他的转世重生。”他重重地收剑入鞘。“我会在白墙城赢得龙蛋，证明给你们看。”

第二天的事应验了凯勒爵士的预言。奈德的渡船根本不可能载走所有人，科托因大人、夏尼大人及其一干随从当然被优先考虑。即便只载他们，船也得往来几趟，每趟都要花一个多小时。由于湖边全是泥，人们先得铺上木板，将马和马车运上船，到了对岸还得将它们放下。两位大人就谁先登船的问题吵起来——夏尼年长，科托因却觉得自己出身更高贵——这进一步拖延了行程。

邓克无事可做，只能在暑气中干等。“用上我的鞋，就可以先过湖。”伊戈指出。

“我们可以，”邓克回答，“但我们不用。科托因大人和夏尼大人比我们先到，何况他们都是领主。”

伊戈扮个鬼脸：“叛徒领主。”

邓克朝他皱眉：“什么意思？”

“他们都曾追随黑龙。准确地说，是夏尼大人本人和科托因大人的爹。伊蒙和我常在梅拉昆学士的绿桌上用上色的玩具兵和小旗帜重演当年那场大战。科托因有个四分纹章，其中二分是黑底银杯，另二分是金底黑玫瑰，那面旗帜飘扬在戴蒙军左翼；夏尼和寒铁一起在全军右翼，他在那仗中几乎伤重至死。”

“都是陈年旧账。他们现在好端端地来了，不是吗？可见他们都已屈膝臣服，并得到戴伦王赦免。”

“是的，可是——”

邓克捏住男孩的嘴：“管住舌头。”

伊戈管住了舌头。

夏尼的最后一船人刚离岸，斯莫伍德伯爵夫妇却又带着一大帮人赶到，他们只得再等。

雇佣骑士们的小小同盟果然隔夜便土崩瓦解。加勒敦爵士烦躁郁闷，离群索居；雾原猫凯勒爵士断定中午之前他们上不了船，便凭着一面之缘独自去套斯莫伍德伯爵的近乎；梅纳德爵士则去跟旅馆店主聊家常。

“离那人远点。”邓克警告伊戈，普棱身上有些东西他觉得不对劲，“不管嘴上怎么说，他很可能是个强盗骑士。”

他的警告似乎让伊戈对梅纳德爵士更感兴趣。“我还没见过强盗骑士呢。你觉得他是来偷龙蛋的吗？”

“我确定巴特威大人会严加看守他的蛋。”邓克挠着脖子上蚊子咬的包，“你觉得他会在婚宴上展示龙蛋吗？我想见识见识。”

“我可以把我的蛋给你见识，爵士，可惜它在盛夏厅。”

“你的？你有龙蛋？”邓克皱眉俯视男孩，想弄清这是不是个笑话，“哪来的？”

“龙生的，爵士，他们把蛋放进我的摇篮。”

“你想挨一耳刮子吗？世上没有龙了。”

“没有龙，但有蛋。最后一条龙留下五颗蛋，龙石岛上的蛋更多，那些都是在血龙狂舞之前产下的。我的哥哥们都有自己的蛋。伊利昂的蛋像是金子和银子打的，中间有火焰花纹；我的蛋又白又绿，上面有许多涡旋。”

“你的龙蛋。”他们把蛋放进我的摇篮。邓克与伊戈朝夕相处，几乎忘了他是伊耿王子。他们当然会把龙蛋放进他的摇篮。“好吧，别人在场时，千万不能提及龙蛋。”

“我不是傻瓜，爵士。”伊戈压低声音，“总有一天魔龙会回来。我大哥戴伦梦见过，伊里斯王在预言里也读到过。也许孵化的就是我这颗蛋。那不是太美妙了吗！”

“是么？”邓克有些怀疑。

伊戈深信不疑。“伊蒙和我经常假装自己的蛋会孵化。孵出龙来，我们便可以翱翔天际，跟伊耿一世和他姐妹们一样。”

“说得好。要是世上的骑士死个精光，我还可以当御林铁卫队长咧。若这些见鬼的蛋如此珍贵，巴特威大人干吗还拿来送人？”

“向王国上下炫富？”

“我猜也是。”邓克又挠挠脖子，瞥了加勒敦·波尔爵士一眼，眼见对方紧着马鞍带，焦躁地等待渡船。他那匹马不成的。加勒敦爵士骑了匹摇摇欲坠的公马，又老又瘦。“你知道他父亲？为什么叫‘火球’？”

“因为他性急如火又满头红发。昆廷·波尔爵士本是红堡教头，我父亲和伯伯们的武艺都是他教的，嗯，高贵私生子们也拜在他门下。伊耿国王允诺提拔他为御林铁卫，于是火球送妻子去当静默姐妹，一心一意等候铁卫出缺。怎料伊耿国王驾崩后，戴伦国王却指名威廉·威尔德爵士。我父亲说是火球和寒铁合谋怂恿戴蒙·黑火称王，戴伦派御林铁卫去逮捕黑火也是他从中破坏。火球后来还在兰尼斯港门口杀了莱佛德伯爵，把灰狮困在凯岩城。在曼德河渡口，他一个接一个砍倒庞洛斯伯爵夫人的儿子们，据说只饶过小儿子，作为对母亲的一点慈悲。”

“他真高尚。”邓克干巴巴地承认，“昆廷爵士也死在红草原？”

"他之前就死了，爵士。"伊戈回答，"他在溪边下马喝水时被冷箭射穿喉咙，放箭的只是个普通弓箭手，没人知道叫什么。"

"普通人只要一心想干掉大人物，也能变得非常危险。"邓克看着渡船缓缓驶过湖。"船来了。"

"它好慢。我们是要去白墙城么，爵士？"

"有何不可？我想看龙蛋。"邓克笑道，"如果我赢得比武大会，咱俩就都有龙蛋了。"

伊戈怀疑地看着他。

"啥？干吗这样看我？"

"我本来可以告诉你，爵士，"男孩庄重地回答，"但你要我学会管住舌头。"

雇佣骑士们被远远安排在下席，离门比离高台近。

白墙城乃四十年前由现任领主的祖父修建，按城堡的标准，几乎算是崭新。它被周围百姓戏称为"奶屋"，因为其墙壁、堡垒和塔楼都由优质的精致白石砌成，石料采自谷地，费尽辛苦翻山越岭运来。城内地板和柱子是有金色纹路的乳白色大理石，头顶梁椽为骨白色鱼梁木的树干。邓克无法想象这一切要花多少钱。

不过，城内大厅比他去过的一些城要小。怎么说头上有屋顶就好，邓克一边想，一边坐到梅纳德·普棱爵士和雾原猫凯勒爵士之间的长凳上。他们三人虽不请自来，仍被接纳参加婚宴，因为在大喜之日拒绝招待骑士会触霉头。

年轻的加勒敦爵士却遭刁难。"火球没有儿子。"邓克听见巴特威大人的总管大声宣告。小伙子激烈反驳，争执中多次提及莫甘·邓斯特布尔爵士，而总管寸步不让。眼见加勒敦爵士手触剑柄，十几个长矛兵站了出来，似乎就要动手——幸亏一位叫卡比·皮姆的大个金发骑士救场。邓克离太远听不清，但见皮姆用胳膊环住总管的肩，微笑着凑在耳边低语了几句。总管皱起眉头，对加勒敦爵士说了些什么，令爵士的脸涨成紫色。他看起来就要哭了，邓克边看边想，或者说想杀人。事后，年轻骑士终于被允许进入城堡大厅。

可怜的伊戈没这么幸运。“领主和骑士才能在大厅用餐。”邓克带男孩进去时，一个管事傲然宣称，“内院搭了桌子，侍从、马夫和士兵去那儿吃。”

若你对他的身份稍有了解，就该立马请他上高台，让他坐上加垫宝座。邓克不太喜欢其他侍从的模样。少数几个与伊戈同龄，但大多是经验丰富的战士，远较其年长，他们早早选择了服侍的生涯而放弃成为骑士。他们有选择吗？只凭骑士精神和一身武艺当不了骑士，价值不菲的战马、长剑和盔甲是最大的门槛。“管住舌头，”把伊戈留在那群人中之前他再次告诫，“他们都是成年人，别多嘴惹事。坐下安静地吃，光听不说话，也许能打听到一些有用的消息。”

至于邓克自己，他很欣慰能有个遮阴之地，有酒有肉。即便雇佣骑士也会厌倦每吃一口得先嚼半个钟头的吃法。下席的食物较为平淡无奇，好在供应充足，邓克觉得这就够了。

但正如老人所说，农夫的骄傲却是贵族的耻辱。“这不是我的位置。”加勒敦爵士向管事激烈抗议。为赴宴，他特地换上干净上衣，一件袖口和领子有金色蕾丝装饰、胸前绣有波尔家族红V形上三个白色圆盘的纹章的衣服，旧归旧但做工精致。“你可知我父亲是谁？”

“毫无疑问，他是一位高贵的骑士和伟大的领主。”管事回答，“跟这里很多人的父亲一样。您要么入席要么离开，爵士先生，对我来说都没差。”

最终，男孩拉长了脸和其他雇佣骑士一起坐到下席。长凳上的骑士挤满了长长的白色大厅，来宾比邓克猜想的多，而且有的客人似乎远道而来。自岑树滩后，他和伊戈没见过这么多领主和骑士，指不定会撞见熟人。我们真该待在树篱下，睡在树丛中。如果被人认出……

仆人在每人身前的桌布上各放下一条黑面包，邓克很高兴能暂时打消疑虑。他横着撕开面包，下面半块拿来当盘子，上面半块顺手吃掉。面包虽陈，但比起咸牛肉是美味，至少不用先在麦酒、牛奶或水里泡软。

“邓肯爵士，你是大红人唷。”当莱维尔伯爵一行昂首阔步地从他们面前走过，前往大厅前方的高位时，梅纳德·普棱爵士说。“高台上那些小姑娘看你看得眼珠都不转，我敢打赌，她们没见过你这样的大个子。你即便坐着，也比厅里的人至少高半头。”

邓肯将背一驼，他已习惯了被人围观，但不代表他喜欢这滋味。“让她们看好了。”

“高台下那位就是‘老公牛’。”梅纳德爵士道，“都说是个巨汉，但我看来他唯一称得上巨的也就是肚子。你在他身边就他妈是个巨人。”

“确实如此，爵士，”长凳上另一位骑士说。此人面色灰黄，表情阴沉，一身灰绿服饰，精明的小眼睛在细细的弯眉下靠得很近，一圈修剪整齐的黑胡子环绕嘴巴，头上则有些谢顶。“在这种大场合，你光凭块头就足以名扬天下了。”

“听说‘屠夫’布雷肯也要来。”长凳远处有人说。

“我想不会。”绿灰服饰的人道，“这只是为庆祝大人结婚举办的比武会，以校场上的冲刺来荣耀床单下的冲刺，我想奥瑟·布雷肯这等人不会感兴趣。”

凯勒爵士喝了口葡萄酒。“我敢打赌，巴特威大人本人也不会下场，他会坐在阴凉的包厢里为他的代理骑士喝彩。”

"他会亲眼见证他的骑士倒下，"加勒敦·波尔爵士吹嘘，"最后把龙蛋亲手奉上给我。"

"加勒敦爵士乃火球之子。"凯勒爵士向新人解释，"请教尊姓大名，爵士先生？"

"乌瑟·昂德利夫爵士，无名小卒的后代。"昂德利夫的衣服料子不错，干净整洁，但裁剪朴素，一枚蜗牛形状的银扣别住披风。"若你的长枪跟你的舌头一样利索，小伙子，或许你能给那大块头点颜色看。"

趁仆人倒酒的工夫，加勒敦爵士瞥了邓克一眼。"管他块头多大，对上的话，我必胜无疑。"

邓克看着自己的酒杯被斟满。"我剑使得比枪好，"他承认，"最拿手的是战斧。有团体战吗？"他的块头和力量在团体战中大有用武之地，他知道自己会表现不错；长枪比武就是另一回事了。

"团体战？在婚礼上？"凯勒爵士震惊地问，"这怎么可能？"

梅纳德爵士嗤笑一声："婚礼就是一场团体战，结过婚的都知道。"

乌瑟听了吃吃发笑："恐怕这里只有长枪比武，好消息是除龙蛋之外，巴特威大人承诺奖励决胜战的失败者三十枚金龙，半决赛的失败者也各能拿到十枚金龙。"

十枚金龙也不坏，十枚金龙足以买到驯马，这样一来，除了作战，邓克不用再骑雷霆。十枚金龙足以为伊戈打造一套板甲，为邓克置备一顶缝有榆树和流星徽记、堂堂正正的骑士帐篷。十枚金龙足以让我们吃上烤鹅、火腿和鸽子派。

"每轮获胜者还能赢得赎金。"乌瑟爵士边说边挖面包盘子，"传闻有人为比武胜负做庄，巴特威大人不爱冒险，但有的客人赌注阔绰。"

他话音刚落，安布罗斯·巴特威就步入了大厅，艺人阳台上奏起喇叭。邓克和其他人一同起立，目送巴特威挽着新娘，踏过密尔花纹地毯走向高台。那女孩不过十五岁，刚刚来潮，新郎则足有五十岁，刚刚丧偶。她粉粉嫩嫩，他一身灰肤。她的新娘斗篷拖在身后，是亮丽的绿、白和黄三色，看起来又热又重，邓克搞不懂她如何能忍受。下巴壮硕、顶着一头稀疏的亚麻色头发的巴特威大人看起来也又热又重。

新娘的父亲紧跟在新娘身后，牵着年幼的儿子。河渡口领主是个穿蓝灰服饰的瘦子，模样颇为讲究，他那没下巴的四岁儿子还在流鼻涕。随后入场的是科托因伯爵、瑞斯利伯爵及他们的夫人——两位夫人都是巴特威大人与其第一任妻子所生。接下来是佛雷家的女儿们及其各自的丈夫。再后面是葛蒙·培克伯爵、斯莫伍德伯爵和夏尼伯爵，再来是若干次等领主和有产骑士。邓克在这群人中瞥见了提琴手约翰和埃林·库克肖。宴会尚未正式开始，埃林大人却似乎已喝多了。

等这群人走上高台，高桌变得跟下面的长凳一样拥挤。巴特威大人和他的新娘在两把厚软垫的镀金橡木宝座上落座，其他人坐的是扶手雕工奇异的高背椅。宝座后的墙上，自梁椽垂下两面旗：灰底蓝色的佛雷双塔和绿、白、黄的布特维尔波浪。

佛雷大人带领大家祝酒。“敬国王！”他的第一段祝酒词非常简单。加勒敦爵士略略抬抬杯子，邓克跟他碰了杯，也跟乌瑟爵士和其他人碰过。然后大家饮酒。

“敬慷慨的东道主布特威大人，”佛雷第二次祝酒，“愿天父赐他长命百岁、多子多福。”

大家又饮酒。

“敬我心爱的女儿、童贞新娘巴特威夫人，愿圣母让她丰饶多产。”佛雷朝自己的女儿一笑，“希望我年底之前就能抱孙子，最好是双胞胎。所以亲爱的，今晚你可要好好搅拌你老公唷！”

客人们的笑声震动房椽，他们三度举杯。红葡萄酒又甜又浓。

佛雷大人还有话说：“敬国王之手布林登·河文大人，愿老妪的明灯为他照亮智慧之路。”他将高脚杯高高举起，一饮而尽，高台上的巴特威夫妇及其他人也有样学样；下席的加勒敦爵士却翻转杯子，将酒全洒在地。

“浪费好酒哇。”梅纳德·普棱爵士叹道。

“我不会为弑亲者干杯，”加勒敦爵士声明，“血鸦不光是巫师，还是个野种。”

“他生来是私生子，”乌瑟爵士温和地赞同，“但他父王临死前已将他划归正统。”他干了杯中酒，梅纳德爵士等人也是如此，厅内却有近半的人放低杯子，甚至像波尔那样干脆倒掉。邓克觉得手中酒杯很沉。血鸦大人有几只眼睛？谜语如此问，一千零一只。

祝酒一轮接一轮，有的仍由佛雷大人发起，有的由其他人倡议。大家为巴特威大人的封君、年轻的徒利公爵喝了一轮，公爵因故缺席婚礼；大家为据说卧病在床的高庭公爵“长刺”里奥的健康喝了一轮；大家还为缅怀高贵的死者们干杯。这倒不错，邓克思慕地想，我很乐意为他们干杯。

提琴手约翰爵士最后一个起来祝酒：“敬我英勇的兄长们！我知道他们今夜都在微笑。”

为明日的长枪比武，邓克本不想喝太多，但每次祝酒后酒杯都被人斟满，而他发现自己确实口渴。“永远不要拒绝一杯葡萄酒或是一角麦酒，”阿兰爵士曾告诉他，“也许要等上一年才有机会再喝。”不为新郎新娘祝酒是失礼的，他告诉自己，当着众多陌生人的面，不为国王和首相干杯则太危险。

谢天谢地，提琴手之后再无人祝酒。巴特威大人笨重地起身，感谢大家光临，并承诺明日的比武定是一场盛会。“宴会正式开始！”

烤乳猪被送上高桌，接着是连羽毛一起烧的孔雀和撒上碎杏仁烤的大梭子鱼——这些美味下席无福消受。他们没吃到烤乳猪，吃的是泡在杏仁奶里、撒了胡椒的咸猪肉；他们没吃到孔雀，吃的是炸得褐黄松脆，肚中塞满洋葱、草药、蘑菇和烤栗子的阉鸡；他们没吃到梭子鱼，吃的是面皮包裹雪白鳕鱼排，配上某种邓克说不上来的可口的棕色酱料。此外，下席还有豌豆粥、黄油芜菁、蜜蘸萝卜和跟“棕盾”本尼斯体味一样浓烈的成熟白奶酪。邓克心满意足，却又一直担心院子里的伊戈吃不好。为防万一，他把半只阉鸡偷偷滑进斗篷口袋，外加几块面包和一小块浓烈的奶酪。

笛子与提琴奏出欢快乐曲，席间话题很快转移到明天的比武。“福兰克林·佛雷爵士在绿叉河一带赫赫有名，”乌瑟·昂德利夫似乎对本地英杰了如指掌，“他是新娘的叔叔，喏，就高台上那位。卢卡斯·内兰来自弗拉格沼泽，实力不容小觑，蟹爪半岛的莫蒂默·鲍格斯爵士的身手跟他在伯仲之间。其他挑战者都是些随从骑士和乡野土豪，其中最强的是卡比·皮姆和绿骑士加尔崔，但他们决非巴特威的女婿黑汤姆·海德的对手。那家伙可狠毒，据说为赢得大人的长女，便杀了其他三个求婚者，还曾把凯岩城公爵挑下马。”

“啥，小泰伯特大人？”梅纳德爵士问。

“不，是老灰狮，春天走的那个。”人们会这样形容春季大瘟疫中过世的人。*春天走的*。数以万计的人在那个春天病逝，包括一个国王和两个王子。

“别忘了布尔威爵士，”雾原猫凯勒提醒，“老公牛他在红草原杀了四十人。”

“他杀的人每年都在增加，”梅纳德爵士道。“布尔威已是过时人物。看看他，年过六旬的软胖子，右眼几乎瞎掉。”

“不用左顾右盼寻觅冠军了。”邓克身后有人朗声说，“本人在此，爵士先生们，如假包换。”

邓克回头，发现提琴手约翰似笑非笑地站在他后面。此人的白丝上衣拖着红缎镶边的长袖，长度过膝，胸前有一条沉重的银链，链上饰有大颗暗色紫晶，正与其眼睛搭配。光那条链子就抵得上我全副家当，邓克心想。

红酒为加勒敦爵士的双颊添色，他的疹子如同火烧：“你是何人，如此大言不惭？”

“在下提琴手约翰。”

“你到底是乐师还是骑士？”

“不才能用长枪良弓奏出甜美乐章。婚礼需要歌手，比武召唤骑士。我可以加入你们吗？巴特威好意邀我上高台，但比起老头和粉嘟嘟的阔太太，我更乐意与我的雇佣骑士弟兄们为伍。”提琴手拍拍邓克肩膀，“劳驾挪个地方，邓肯爵士。”

邓克向旁一让：“饭菜快吃没了，爵士。”

“没关系，我知道巴特威的厨房在哪儿。总还有酒吧？”提琴手散发出橙子和酸橙味，还有一丝奇异的东方香料。或许是豆蔻。邓克弄不清，他哪尝过豆蔻呢？

“你不该自吹自擂。”加勒敦爵士告诉提琴手。

“自吹自擂？请您千万原谅，爵士先生，我决不想冒犯火球的儿子。”

少年吃了一惊：“你知道我是谁？”

“虎父无犬子。”

“看，”雾原猫凯勒道，“婚礼馅饼来了。”

六个厨房小弟把装在木轮大推车上的馅饼推进门，那馅饼硕大无朋，烤得棕黄松脆，里面传出阵阵尖叫、扑腾和打闹。巴特威伯爵夫妇走下高台，携手握剑，一起切开馅饼，五十只鸟儿顿时炸了出来，在大厅里乱飞。邓克参加的其他婚宴上，馅饼里装的不外乎白鸽或黄莺，这个馅饼里却装了蓝鸟、云雀、鸽子、白鸽、仿声鸟、夜莺、棕色小麻雀和一只红色大鹦鹉。“一共二十一种鸟。”凯勒爵士说。

“是二十一种鸟屎。”梅纳德爵士道。

“真没情调啊，爵士。”

“你肩上就有鸟屎。”

“馅饼正该这么弄，”凯勒爵士嗅了嗅，扫扫外套，“馅饼象征婚姻，真正的婚姻包罗万象——欢笑与悲伤，痛苦和喜悦，爱情、欲望跟忠诚，不同的鸟代表不同的感情。没有男人知道新娘会带给他什么。”

“她的小穴呗，”普棱道，“还能是什么？”

邓克从桌边抽身：“我想呼吸点新鲜空气。”实际上他想撒尿，但在骑士们之中，最好注意礼节。“请原谅。”

“早去早回啊，爵士，”提琴手说，“杂耍艺人马上登场，闹洞房更不可错过。”

门外的夜风犹如巨兽的舌头舔着邓克。院子里压实的土地似乎在摇晃……或许摇晃的是他自己。

比武场的栏杆已在外院中央竖起来，墙边立起三层木看台，巴特威伯爵夫妇及其他高官贵客将坐在阴凉的加垫座位里观看比武。比武场两头都有很多帐篷，骑士们将在那里穿戴盔甲，一架架比武长枪也准备就绪。风短暂地吹起旗帜，邓克闻到栏杆上的白石灰味。他向内院走去，他必须赶紧找到伊戈，让那孩子去主持人那里为他报名——这是侍从的职责。

然而他对白墙城全然陌生，不知怎的就迷了路。他莫名其妙地来到兽舍外头，猎狗们闻到气味，纷纷咆哮怒号。它们想撕碎我的喉咙，他心想，要么就是馋我斗篷里的鸡。他赶紧原路返回，途中经过圣堂，一个笑得喘不过气的女人匆匆跑过，一名光头骑士拼命追赶。骑士不断跌倒，最后女人只得回来扶他。我应该去圣堂向七神祈祷，让这名骑士作我的第一个对手，邓克心想，但这种想法太歹毒了。我是来撒尿，不是来祈祷的。近在咫尺的地方有段白石阶梯，梯下有个灌木丛。去那儿解。他摸索下去，解开马裤，尿憋得太久，这会儿真是源源不绝。

上头某扇门开了。邓克听见阶梯上的脚步声，靴子跟石头刮擦。“……寒铁不肯赏光，真是大煞风景……”

“寒铁见鬼去，”一个熟悉的声音说，“私生子个个靠不住，连他也不例外。反正，赢下几场胜仗他就会屁颠屁颠地赶来了。”

培克大人。邓克屏住呼吸……也屏住了尿。

“你这是纸上谈兵。”一个比培克更浑厚的嗓音说，隆隆的低音里带着怒气。“奶血老家伙和其他人都指望那孩子一鸣惊人，但光靠光鲜外表和伶牙俐齿可办不到。”

“龙可以办到。王子坚称那颗蛋会孵化。他梦见过，正如他梦见过他兄长们的死。魔龙现世，天下归心。”

“龙是一回事，梦见龙是另一回事。我向你保证，血鸦这会儿可不是在做白日梦。我们需要一个货真价实的战士，不是胡言乱语的痴汉。那孩子当真是虎父无犬子？”

“你只需做好分内事，剩下的我来操心。等我们得到巴特威的钱和佛雷的人马，赫伦堡自会跟进，接着是布雷肯家。奥瑟有自知之明——”

说话人渐行渐远，声音也逐渐远去。邓克终于又能撒尿了。他抖抖命根子，系好马裤。“虎父无犬子。”他喃喃道。说谁呢？火球的儿子？

等他重新登上阶梯，两位说悄悄话的大人已走过庭院。他几乎要出口呼喊，把两位大人瞧个明白，但在最后一刻忍住了。他现在孤身一人，手无寸铁，又喝得半醉。或许是彻底醉了。他站在原地皱了会儿眉头，迈步走回大厅。

厅内正上到最后一道菜，表演开始。佛雷大人的一个女儿用高高的竖琴弹起《两颗跳动如一的心》，弹得差劲极了。一些杂耍艺人互相投掷火炬，一批杂技演员空翻筋斗。佛雷大人的外甥唱起《狗熊与美少女》，卡比·皮姆爵士用木勺在桌上打拍子，不一会儿，整个大厅都吼叫回应："这只狗熊！狗熊！全身黑棕，覆着毛绒！"卡斯威男爵埋首于桌上一摊葡萄酒里，醉得人事不省，莱维尔伯爵夫人开始啜泣，没人知道她伤心的原因。

葡萄酒杯仍被不断斟满。浓郁的青亭岛红酒让位于本地佳酿——至少提琴手这么声称，邓克完全尝不出区别。席间还供应姜汁葡萄酒，他好奇地尝了一口。也许要等上一年才有机会再喝。他的雇佣骑士同僚们，那些好伙伴，谈起了女人。邓克不知坦茜莉今夜人在何方，罗翰妮男爵夫人他倒知道——无疑在冷壕堡跟老尤斯塔斯爵士睡觉，听老爵士吹着八字胡打呼噜——所以他忍着不去想她。她们想过我吗？他不清楚。

他的忧思被一帮面涂油彩的侏儒粗鲁地打断。侏儒们从一只装有轮子的木猪肚子里冲出，在席间追逐巴特威大人的弄臣，还用充了气的猪膀胱打他，打中就会发出下流的声音。这是邓克多年来见过最好玩的事，他和众人一起哄堂大笑。佛雷大人的儿子入了迷，乃至亲自下场，问侏儒借了个膀胱，哈哈大笑着跑来砸婚宴宾客。邓克这辈子没听过这么难听的笑声，高亢、打嗝似的"咯咯"笑声，令他有种想打男孩屁股，或把男孩直接丢进水井的冲动。他敢拿脏东西砸我的话，说不定我真会动手。

"这门婚事还得感谢这小鬼。"没下巴的小鬼叫嚣着冲过时，梅纳德爵士道。

"怎么说？"提琴手举起空酒杯，路过的仆人为他满上。

梅纳德爵士朝高台瞥了一眼，新娘在喂新郎吃樱桃。“大人开不了小甜心的苞啦。据说新娘早就在孪河城跟帮厨小弟私通，时常下到厨房幽会，谁知某天晚上被她的小弟弟盯了梢。他看见姐姐和情夫恩爱云雨，便放声尖叫，厨子和卫兵们匆忙赶来，发现刷碗的小子把大小姐压在揉面用的大理石板上干得正欢，两人都像命名日一样一丝不挂，从头到脚沾满面粉。”

这不可能是真的，邓克心想。巴特威大人领地辽阔，富甲天下，怎可能迎娶一个被厨房小弟玷污过的姑娘，还拿出龙蛋做奖品？河渡口佛雷家族不比巴特威家高贵，唯一的区别是后者的摇钱树是奶牛而前者的是座桥。唉，谁知道老爷们的盘算？邓克咬了几颗坚果，不禁琢磨起偷听到的话。醉鬼邓克，你觉得自己听到了什么？他忍不住又喝下一杯姜汁葡萄酒，因为第一杯的味道太美。喝完后，他把头枕在交叠的胳膊上，休息一下眼睛，烟尘太大了。

等他再睁眼，半数婚宴宾客都起立欢呼：“上床！上床！”喊声震耳欲聋，害得邓克从关于“高过头的”坦茜莉和红寡妇的美梦中惊醒。“上床！上床！”他们不依不饶地喊。邓克坐起来，揉揉眼睛。

福兰克林·佛雷爵士一把将新娘抱下高台，男人和男孩们蜂拥而上。高桌边的贵妇们则围住了巴特威大人。莱维尔伯爵夫人一扫愁容，正试图把大人从椅子上拽起来，大人的一个女儿解了大人的鞋，某个佛雷女人脱了他的外衣。巴特威嬉笑着、虚弱地驱打女人们。邓克发现他喝醉了，福兰克林爵士醉意更浓……以至于差点把新娘丢在地上。邓克还没弄明白怎么回事，就被提琴手约翰拖了起来。“这儿！”他大叫，“让巨人来抱她！”

他记得的下一件事，便是爬塔楼楼梯，怀中新娘蠕动。他搞不懂自己怎么还站得稳，女孩没一刻消停，男人们围得水泄不通，一边扯女孩的衣服，一边说要把女孩涂满面粉，再好好揉捏。那伙侏儒也来添乱，在邓克脚边挤来挤去，又叫又笑，还用膀胱揍他小腿。他全神贯注才没被他们绊倒。

邓克不知巴特威大人的卧室怎么走，只是被人推搡簇拥不由自主地前进，等进了房，新娘已满脸潮红，几近全裸，还“咯咯”笑个不停——她全身上下只有左腿的袜子不知怎地幸存下来。邓克同样面红耳赤，这可不是累的，有心人都能发现他明显的勃起，幸好大家的注意力全放在新娘身上。巴特威夫人长得跟坦茜莉一点也不像，但怀抱着半裸的蠕动尤物，仍令他不由得想起后者。“高过头的”坦茜莉，对我来说并不高。他不知能否与她重逢，有些晚上他认定自己梦见了她。不，呆子，你只是梦见她喜欢上你。

巴特威大人的卧房宽敞奢华，地上铺满密尔地毯，墙上的壁龛和烛台中点了一百根香烛，门边还摆了一件镶满黄金和宝石的全套板甲。这间房甚至拥有独立的厕所，那是外墙里的小石室。

邓克终于把新娘放到婚床上，一个侏儒立刻跳上床，抓住她一边乳房玩闹地一挤。女孩厉声尖叫，男人们大乐，邓克见状一把抓住侏儒的衣领，将踢打抗议的他拖离新娘身边。他拎着小矮子，正待将其丢出门，却看见了龙蛋。

巴特威大人将蛋安放在一根大理石台座上，枕着黑色天鹅绒垫。它比鸡蛋大得多，但没他想象中大。蛋表面覆满精致的红色鳞片，在灯光和烛光辉映下闪耀如宝石。邓克放下侏儒，拿起龙蛋，只为了体验一会儿。蛋重得出乎意料，用来砸人头都不会裂开。鳞片摸起来十分光滑，他把蛋拿在手里转，那种深沉、丰富的红色也跟着闪烁。血火同源，他心想，但红色中还有金色斑点和午夜般的黑色涡旋。

“嘿，你！干什么，爵士？”一位他不认识的骑士怒视着他，那是个炭黑胡须、满脸疖子的大汉，但真正让邓克心惊的是骑士浑厚而充满怒气的嗓音。就是他，跟培克在一起的就是他。他正发怔，骑士又道："拜托，赶紧放下，别用你油腻腻的脏手玷污大人的宝贝。否则我对七神发誓，你会后悔的。"

这骑士不若邓克醉得厉害，乖乖照办似是明智之举。于是他小心翼翼地把龙蛋放回枕垫，在衣袖上擦擦手指。"我没恶意，爵士。"呆子邓克，比城墙还笨。随后他推开黑须骑士，走出门外。

楼梯上喧哗不断，充斥着兴高采烈的叫闹和女孩儿家的嬉笑——女人们正把巴特威大人送入洞房。邓克不想跟她们照面，所以干脆向上爬，爬到星空下的塔顶，头顶繁星点点，周围是月光中闪耀的苍白城堡。

酒劲上涌，他必须靠着护墙。我疯了吗？为什么去拿龙蛋？他想起坦茜莉的木偶戏，那条木龙是岑树滩上一切纷乱的导火线。这段回忆总让邓克充满罪恶感。三个好人用生命拯救了一个雇佣骑士，这不合情理，完全说不通。呆子，你要汲取教训：你这种人永远不该与龙或龙蛋打交道。

"看起来像是雪做的。"

邓克转头，提琴手约翰就站在他身旁，穿着那身丝绸和金线织成的衣服，面带微笑。"什么是雪做的？"

"城堡啊，瞧那月光下的白石。你去过颈泽以北么，邓肯爵士？听说那边还有夏雪。你见过长城么？"

"没有，大人。"他干吗提起长城？"我们正要去那里，我和伊戈。我是说去北境，去临冬城。"

"我真想与你们同行。你可以为我带路。"

"带路？"邓克皱紧眉头。"临冬城就在国王大道边上，一路向北就成，不可能错过。"

提琴手笑道："确实不太可能……但有的呆子还是会迷路。"他走到护墙边，俯瞰外面的城堡。"他们说北方人很野，林子里全是狼。”

“大人？你上来做什么？”

“埃林在找我，我不想被他找到。他喝多了很烦人，我是说埃林。我见你溜出那个恐怖的卧室，便偷偷跟上。我跟你坦白，我虽然喝多了，但还没到能应付赤条条的巴特威的程度。”他朝邓克高深莫测地一笑，“我梦见了你，邓克爵士，早在你我相遇之前。那天我在路上看见你，顿时忆起你的面容，仿佛彼此已是老友。”

邓克从未有过如此奇特的感觉，一切恍若昨日重现。*我梦见了你。我的梦和你的不同，邓肯爵士，我的梦会成真。*“你梦见了我？”他用被酒精侵蚀的浑浊嗓音问，“那是什么梦？”

“我梦见，”提琴手讲述，“你一身白衣飘飘，长长的白袍从宽肩垂下。你成了白骑士，爵士先生，你成了御林铁卫的兄弟，七大王国最伟大的骑士。你唯一的使命乃是效忠、保护和侍奉你的国王。”他把手放在邓克肩上。“你一定做过同样的梦。我知道你做过。”

是的，他确实做过。*就在老人第一次让我握剑时。*“每个男孩都梦想成为御林铁卫。”

“但最终只有七人能披上白袍。成为其中之一，你不高兴吗？”

“我？”公子哥抚摩起他的肩膀，邓克下意识地躲开对方的手。“我可能会高兴吧，也可能不会。”御林铁卫是终身职，发誓不娶妻不封地。*也许某天我能找到坦茜莉呢。我为啥不能有老婆孩子？*“反正我做什么梦都没用，只有国王能册封御林铁卫。”

“你这样说，是要逼我去夺得铁王座喽？我宁愿教你拉提琴。”

“你醉了。”*乌鸦还说八哥黑。*

“我醉得很厉害，酒精让一切皆有可能，邓肯爵士。我觉得，你身披白袍的样子犹如天神下凡，但你若不喜欢那身袍子，或许更愿意当领主？”

邓克冲他大笑。“少来，我还想长出巨大的蓝翅膀，上天翱翔咧！反正都是痴心妄想。”

“你嘲笑我。真正的骑士从不嘲笑他的国王。”提琴手听起来很受伤，“等你目睹龙蛋孵化，希望你还记得我的话。”

“龙蛋孵化？孵出活龙？什么，在这里吗？”

“我梦见了。我梦见了白城堡、你和破壳而出的魔龙。我全梦见了，正如我曾梦见我的两位兄长死于非命。当时他们十二岁，我才七岁，所以他们嘲笑我，后来却果真死了。如今我二十二岁，我相信我的梦。”

邓克想起另一场比武会，想起自己在绵绵春雨中和一位王子漫步。*我梦见你和死去的龙，*伊戈的哥哥戴伦对他说，*庞然巨兽的翅膀遮住整片草场，它倒在你身上，你活下来，龙却死了。*后来的事一一应验。可怜的贝勒，梦境如危险的流沙。“如你所言，大人，”他告诉提琴手，“请容我告退。”

“你去哪儿，爵士？”

“上床睡觉。我醉得像条狗。”

“做我的狗吧，爵士。夜晚多么美好，让我们一起嗥叫，惊动天上诸神。”

“你看上我哪点？”

“我看上你的剑。我要你当我的亲信，我要栽培提拔你。我的梦不说谎，邓肯爵士，你一定会得到白袍，我也一定会得到龙蛋。一定，因为我梦见了。也许那颗蛋会孵化，或者——”

身后的门被猛然推开。“*在这儿，大人！*”两名卫兵登上塔顶，葛蒙·培克大人跟在后头。

“*老葛啊。*”提琴手慢吞吞地说，“闯进我的卧房做什么，大人？”

“这是塔顶，爵士，你喝多了。”葛蒙大人比了个严厉的手势，卫兵们立刻上前。“让我们扶你回房。拜托，你明天还要上场，卡比·皮姆可不好对付。”

“我想跟好骑士邓肯比试。”

培克面无表情地看了邓克一眼。“再说吧。你必须在第一轮先击倒卡比·皮姆爵士。”

“那么皮姆一定会倒下！他们都会倒下！百战百胜的神秘骑士，即将书写属于自己的传奇！”一名卫兵架起提琴手的胳膊，“邓肯爵士，看来我们必须分别了。”卫兵们将他带下楼梯时，他说。

葛蒙大人和邓克留在塔顶。“雇佣骑士，”他咆哮，“你妈没教你别去龙口拔牙吗？”

“我不知道我妈是谁，大人。”

“我看出来了。他许诺你什么？”

“领主之位。白袍。巨大的蓝翅膀。”

“我许诺你这个：刚才的事若走漏半点风声，便有三尺青锋穿你个透心凉。”

邓克摇晃脑袋，试图清醒一点，结果不管用。他弯腰呕吐。

呕吐物溅到培克的靴子上，大人咒骂连连。“雇佣骑士。”他厌恶地叫道，“这里不欢迎你。真正的骑士不会失礼地不请自来，你们这帮垃圾堆里出来的——”

“哪儿都不欢迎我们，但哪儿都有我们的身影，大人。”酒精壮了邓克的胆，否则他说不出这话。他用手背擦擦嘴。

“记住我的话，爵士，不然你一定会付出代价。”培克大人抖掉靴上污物，转身就走。邓克靠在护墙上，心里不知葛蒙大人和提琴手哪个更疯。

回到大厅，他的雇佣骑士同僚只剩梅纳德·普棱。“你撕她内衣时，她奶子上有没有面粉啊？”对方想知道。

邓克摇摇头，给自己又倒上一杯葡萄酒。他尝了一口，觉得喝够了。

巴特威手下的管事为老爷夫人们在主堡安排了房间，他们的随从则下榻军营。其他宾客要么在地窖里睡稻草搁板，要么在西墙下找地方搭帐篷。邓克在石堂镇买的那顶平凡的油布帐篷不太体面，好歹能遮阳挡雨。好些邻居都没睡，闪亮的丝帐好似夜色中五彩缤纷的灯笼。一顶画满向日葵的蓝色帐篷中传出欢声笑语，另一顶白紫条纹帐篷则飘来做爱的吵闹。伊戈搭的帐篷离其他人有段距离，学士和两匹马在附近徜徉，邓克的武器和盔甲整齐地堆放在城墙脚下。他爬进帐篷，发现自己的侍从正盘腿读书，光头被旁边的蜡烛照得闪闪发亮。

“就蜡烛读书坏眼睛。”读书对邓克来说难如登天，虽然伊戈试图教他。

“我得就着蜡烛，才看得清字儿，爵士。”

“你想吃一耳刮子吗？这啥书啊？”邓克瞥见书页上的明亮颜色，小小的彩绘盾牌镶嵌在字里行间。

“关于纹章的，爵士。”

“你在找提琴手的来历？找不到的。他们不会把雇佣骑士写进书，书里只有老爷和冠军们。”

“我没找他。我在院子看到了其他纹章……桑德兰侯爵来了，大人，他的纹章是绿蓝波浪上三个苍白的贵妇头颅。”

“那个姐妹男？真的？”三姐妹群岛位于咬人湾中，邓克听修士们说那是个堕落的地方，那里的居民个个贪婪，而桑德兰侯爵的姐妹屯更是全维斯特洛最臭名昭著的走私窝点。“远道而来咧，他一定跟巴特威的新娘有啥亲戚关系。”

“完全没有，爵士。”

“那就是冲着这顿饭。三姐妹群岛人吃鱼，对不？总吃鱼早晚会腻。对了，你吃饱没？我给你带了半只鸡和一些奶酪。”邓克掏空斗篷口袋。

“我们吃过排骨，爵士。”伊戈依然埋首书中，“桑德兰大人为黑龙打过仗，爵士。”

“就像尤斯塔斯老爵士？他不坏，对吧？”

“是不坏，爵士，”伊戈道，“可——”

“我看到龙蛋了。”邓克把带来的食物与硬面包和咸牛肉塞到一起，“几乎是全红的。血鸦大人也有龙蛋吗？”

伊戈放低书本。“他凭什么有？出身那么低。”

“他是个私生子，但出身不低。”血鸦虽出于苟合，但父母双方均血统高贵。邓克正待把偷听到的事告诉伊戈，忽然注意到男孩脸上的伤。“你的嘴怎么了？”

“打架了，爵士。”

“给我瞧瞧。”

“流了几滴血而已，我擦过葡萄酒。”

“你跟谁打架？”

“几个侍从，他们说——”

“别管他们怎么说。我怎么教你的？”

“管住舌头，别惹事。”男孩摸摸破嘴唇，“可他们说我父亲是弑亲者。”

*小子，他确实是，虽然是无心之过。*邓克告诫伊戈几十遍了，别把这样的话放心里。*你知道真相，这就够了。*在酒肆旅馆或林中营地，流言传得沸沸扬扬，全国上下都晓得梅卡王子在岑树滩上用他的钉头锤砸死了哥哥破矛者贝勒，随之衍生出各种阴谋论调。

"假如他们知道梅卡王子是你父亲，决不敢乱说。"没错，他们会在你背后窃窃私语，但不敢当面提出，"你管不住舌头，跟这些侍从说了什么？"

伊戈有些不安。"我说贝勒亲王完全是死于意外。我还说梅卡王子爱他哥哥贝勒，结果亚当爵士的侍从说他爱哥哥爱到想哥哥去死，马洛尔爵士的侍从说他也这样爱他哥哥伊里斯。所以我才出手，狠揍那些个侍从。"

"我该狠揍你一顿，让你的耳朵跟你的嘴一样肿上一圈。你爹也会这么做。你以为梅卡王子需要小孩来为他辩护？当初他让你跟着我时交代过什么？"

"做你忠实的侍从，决不逃避困难和任务。"

"还有呢？"

"遵守国王的律法和骑士的规章，听你的话。"

"还有呢？"

"要么剃发要么染发，"男孩有些不情愿地复诵，"不准把真名告诉任何人。"

邓克点点头。"那小子喝了多少酒？"

"一点大麦酒。"

"瞧见没？是麦酒在说话。言语就像风，伊戈，随它去吧。"

"有的言语像风，"男孩向来顽固，"有的则是叛逆。这是场叛徒的比武会，爵士。"

"啥，他们都是叛徒？"邓克摇头，"即便是真的，那也是陈年旧事。黑龙死了，曾为他而战的人要么跟着完蛋，要么被赦免。何况你说的也不尽然，巴特威大人的儿子为两边都打过仗。"

"这说明他是半个叛徒，爵士。"

"都是十六年前的事！"邓克的酒劲过了，怒气几乎把他冲清醒了，"巴特威大人的总管主持比武会，叫作科斯格罗夫。去找他，替我报名长枪比武。不，等等……别报我的真名。”太多领主在场，或许有人记得岑树滩上的高个邓肯爵士。“就说我是绞架骑士。”平民百姓喜欢比武会上出现神秘骑士。

伊戈摸摸肿得老高的嘴唇。“绞架骑士，爵士？”

“因为这面盾牌。”

“我知道，可是——”

“照我说的做。今晚你书也读够了。”邓克用拇指和食指掐灭蜡烛。

第二天，酷日火辣无情。

城堡的白石被烤出一浪又一浪闪烁的热气，空中弥漫着烘干泥土和踩踏过的青草的味道，没有一丝微风来搅动主堡和城门楼上低垂的绿白黄三色旗。邓克鲜少见到“雷霆”如此烦躁，当伊戈为它紧肚带时，这匹牡马一个劲儿地甩头，甚至朝男孩露出巨大的方形臼齿。太热了，邓克暗忖，无论对人还是对马。战马本比普通马烈性得多，而这样的日头，恐怕连圣母也会心生火气。

院子中央，比武已经开始。哈柏特爵士骑一匹黑色服饰的金色骏马，上面画了培吉家族的红白双蛇纹章；福兰克林爵士骑一匹栗色马，坐骑的灰丝搭布上绣有佛雷家族的双塔纹章。两骑相交，红白双色枪干净利落地折断，蓝枪则被粉碎，但两人都没落马。看台上响起一阵喝彩，城墙上的卫兵们也喊了几声，但总体显得稀疏、短暂又空洞。

这样的天，连喝彩都嫌太热，邓克爵士擦擦额上的汗，比武就更受不了了。脑袋里犹如有鼓在敲。让我赢下两场，两场就欢天喜地。

两名骑士在场子尽头调转马，扔下毁坏的长枪，这已是第四回合。我只想一回合决胜负。邓克直到步入赛场才穿上盔甲，但现在已感到铁甲下内衣汗津津地贴紧了皮肤。满身臭汗不是最糟糕的，他安抚自己，一边回忆“白夫人”号上的战斗。那天铁民蜂拥翻过船舷，战后他浑身被鲜血浸透。

培吉和佛雷换好长枪，又踢马上前。马蹄轰隆，扬起团团干裂尘土。这次长枪断裂的巨响让邓克一缩。昨晚喝得太多，吃得太饱。他模糊地记得抱新娘上台阶，又在塔顶与提琴手约翰和培克大人交谈。我去塔顶做什么？似乎谈到了龙，还是龙蛋，或者别的什么，可——

一阵夹杂着欢呼与哀叹的喧哗让他回过神来。邓克发现跑向场子尽头的金马已没了骑手，哈柏特·培吉爵士虚弱地在地上打滚。再过两对就轮到我出场。越早把乌瑟爵士挑下马，就能越早脱下这身该死的盔甲，喝杯冷饮，稍事休息——下一轮比武前，他至少有一小时休息时间。

巴特威大人的胖总管爬到看台顶部，召唤下一对选手。“‘挑战者’阿格雷爵士，”他高唱，“蓝尼村骑士，在白墙城的巴特威大人驾前效力。加勒敦·佛花爵士，祸柳院骑士。请上场证明你们的勇气吧。”看台上笑成一团。

阿格雷爵士身材消瘦，皮肤犹如皮革，作为一名久经沙场的随从骑士，穿的是凹痕点点的灰甲，坐骑没有装饰——邓克了解这类人，他们跟旧靴子一样坚韧，行事干净利索。他的对手，年轻的加勒敦爵士骑在那匹可怜的小牡马上，身披沉重的全身锁甲和没有面罩的铁半盔，手臂上的盾牌画有乃父的火球纹章。他需要胸甲和防护更严密的头盔，邓克心想，这样的装备，若是头上或胸前挨一记，会死人的。

加勒敦爵士显然被出场介绍激怒了。他火气冲天地拨转坐骑，朝场子里众人叫嚣：“我乃加勒敦·波尔，不是什么加勒敦·佛花。司仪，你会为你的嘲弄付出代价。我正告你，我身上流着英雄的血。”总管不屑现身，年轻骑士的抗议只引发了更多笑声。

“为啥笑话他？”邓克大声问，“就因为他是私生子吗？”佛花是给予河湾地的贵族私生子的姓。“褐柳院又是咋回事？”

“我去打听，爵士。”伊戈道。

“不用了，不关咱们的事。我的头盔呢？”阿格雷爵士和加勒敦爵士在巴特威大人夫妇面前垂下长枪致敬。邓克发现巴特威大人倾身附耳对他的新娘说了什么，女孩便“咯咯”笑起来。

“这儿，爵士。”伊戈戴上了草帽为眼睛遮阴，避免阳光直晒光头。邓克平素喜欢拿那顶帽子跟男孩开玩笑，现在却情愿付出一切交换它。在这样的烈日下，草帽比铁帽合适多了。他拨开眼前的头发，双手将巨盔摆正，在颌下系紧。沉重的铁盔压在脖子和肩膀上，衬里一股汗臭，他的头还因昨天的酒而隐隐作痛。

“爵士，”伊戈说，“退赛还不晚。若你输掉雷霆和这副盔甲……”

我的骑士生涯就到头了。“凭啥是我输？”邓克质问。阿格雷爵士和加勒敦爵士骑向场子两头。“又不是对上狂笑风暴。这里哪个骑士能作我对手？”

“几乎每个骑士都能，爵士。”

“我赏你一大耳刮子。乌瑟爵士比我大上十岁，身材又只有我一半。”阿格雷爵士放下面罩，加勒敦爵士没面罩可放。

“岑树滩之后你就没上过场，爵士。”

无礼小子。“我练过。”当然算不上正规训练，但只要条件允许，他便会骑马刺木靶或铁环，有时还命伊戈上树，在高度合适的树枝上悬一面盾牌或木桶板。

“你使剑比使枪来得顺手，”伊戈续道，“如果拿斧头或钉头锤打，没几个人比得上你的力量。”

说中真相让邓克更烦。“这里不比剑，更不比钉头锤。”他尖刻地指出。火球的儿子和阿格雷爵士策马冲锋。“拿我的盾牌来。”伊戈扮个鬼脸，跑去取盾牌。

场子对面，阿格雷爵士的长枪击在加勒敦爵士的盾牌上，刮了开去，在火球上划出一道长沟；波尔的长枪却正中胸甲，力道之猛，竟震断了对手的鞍带，骑士连同马鞍一起滚落尘土，令邓克大开眼界。这孩子就跟他夸耀的一样强。不知这样的表现能否平息嘲笑。

喇叭奏响，声音大得令邓克一缩。司仪又爬上看台。“卡斯威家族的乔佛里爵士，苦桥男爵和渡口守护者。雾原镇之猫凯勒爵士。请上场证明你们的勇气吧。”

凯勒爵士的盔甲材质上佳，但年岁久远，布满凹痕刮痕。“圣母慈悲，邓肯爵士，”上场前他告诉邓克与伊戈，“让我对上卡斯威大人。我来此正是为了见他。”

若说今天场子上有谁比邓克的状态还差，非卡斯威大人莫属，这位男爵昨晚在婚宴上喝得酩酊大醉。“昨晚这一醉，他能上马已是奇迹，”邓克道，“你定能获胜，爵士。”

“噢，不，”凯勒爵士精明地一笑，“想吃奶油的猫懂得何时撒娇何时亮爪子，邓肯爵士。一旦大人的枪轻擦过我的盾牌，我就会翻滚在地。而后当我把坐骑和盔甲交给大人时，我会恭维大人自我给他做了第一把剑以来，力量有多大长进。他会想起我，而我将再次成为卡斯威家的人，苦桥骑士。”

这毫无荣誉可言。邓克几乎脱口而出，但最终只咬了咬舌头。凯勒爵士不是头一个用荣誉换来火炉旁温暖位置的雇佣骑士。“如你所说，”他喃喃道，“祝你好运。呃，或者说厄运，如果你喜欢的话。”

乔佛里·卡斯威大人是个瘦弱的二十岁青年，好歹全身甲胄的样子比起昨天栽在一摊葡萄酒中要威武。他盾上画一只手挽长弓的黄色半人马，白丝马饰上有同样的半人马，头盔顶上则有个黄金半人马。用半人马当纹章的人不该骑得这么歪扭。邓克不知凯勒爵士的长枪技巧如何，但以卡斯威大人骑马的姿势判断，任谁能把他挑下马。雾原猫只需高速冲锋。

伊戈捉住雷霆的缰绳，邓克沉重地翻上僵硬高耸的马鞍，他一边等，一边察觉到自己成了众人瞩目的焦点。他们想瞧瞧大个子雇佣骑士的能耐，邓克告诉自己，我会证明给他们看。

雾原猫果不食言。卡斯威大人的长枪边跑边颤，凯勒爵士则故意乱瞄，两人的坐骑都不过是慢跑。结果当乔佛里大人的枪碰巧擦到雾原猫的肩膀，他便应声而倒。我还以为猫着地都很优雅呢，眼看雇佣骑士在尘土中打滚，邓克心想。卡斯威大人的枪并未折断，他调转马头，反复向空中高举长枪，好像刚打败了长刺里奥或狂笑风暴。雾原猫摘下头盔，慌乱地追赶坐骑。

“盾牌。”邓克吩咐伊戈，男孩听命呈上。邓克将左臂穿过绑带，握紧把手。风筝盾的重量让他安心，但其长度又显得颇为笨拙，再次看见吊死鬼纹章更让他泛起阵阵不安。这是个不祥之兆。他决心尽快换个图案。愿战士保佑我顺利冲刺，利落获胜。巴特威的总管登上阶梯时，他默默祈祷。“乌瑟·昂德利夫爵士。”司仪高唱，“绞架骑士。请上场证明你们的勇气吧。”

“小心啊，爵士。”伊戈把比武长枪递给邓克时警告道——那是一根十二尺长的锥形木棍，顶端有个拳头形状的光滑铁头。“那些侍从说乌瑟爵士骑术出色，动作也很快。”

“动作很快？”邓克喷口鼻息，“盾牌上画了只蜗牛，能快到哪儿去？”他双腿一夹雷霆的马腹，催马缓缓前行，长枪竖起。一场胜利就不会亏本，两场胜利便能赚一笔。对上这帮人，两场胜利不算是非分之想。至少他抽了个好签，真的，他本可能对上老公牛或卡比·皮姆爵士或其他地方好手。邓克不知大会主持是否故意让雇佣骑士们相互配对，好让真正的贵族免遭首轮被下等人击落下马的耻辱。*没关系了，老人常说“千里之行始于足下”，我现在要把注意力全放在乌瑟爵士身上。*

比武选手在巴特威大人夫妇安坐的看台下相会，伯爵夫妇坐在城墙阴凉中的软垫上观看。佛雷侯爵陪坐旁边，膝上抱着他那鼻涕虫儿子。虽然足有一排侍女为他们打扇，巴特威大人锦缎外衣的腋下仍现出汗印，巴特威夫人的头发更是汗湿成一股一股的——她看上去百无聊赖，热得很不自在，但当她瞄见邓克，却努力挺起胸脯，让邓克在头盔下面红耳赤。他垂下长枪向她和她夫君致敬，乌瑟爵士也一样。巴特威祝愿他们比武好运，他老婆吐了吐小舌头。

就是现在。邓克跑到比武场南端，八十码外，他的对手也就位。乌瑟爵士的灰公马体积比雷霆小，但更年轻活泼。爵士身穿绿色瓷釉板甲和银色锁甲，轻便的圆铁盔饰有绿色和灰色的丝流苏，绿色盾牌上画了一只银色蜗牛。*好盔甲和好马意味着一大笔赎金，只要将他挑下马。*

喇叭奏响。

雷霆开始小跑。邓克把长枪放低朝向左侧，越过马头和选手之间的木栏。盾牌保护着他的左侧。他伏身前进，腿脚夹紧雷霆，隆隆前进。*我们是一体。*人、马和长枪，合为一头血肉、木头与钢铁的野兽。

乌瑟爵士也猛冲而来，灰马扬起漫天尘土。只剩四十码，邓克催雷霆加速，将长枪尖头正对那只银色蜗牛。烈日，尘土，暑气，城堡，巴特威大人和他的新娘，提琴手与梅纳德爵士，骑士，侍从，马夫，百姓，统统消失，他眼中只有敌人。他又踢了一下马刺，雷霆全速奔跑。蜗牛如电光火石般向他迫近，随着灰马长腿的蹬踏而不断放大……上面还有乌瑟爵士寒光闪闪的枪头。*我的盾牌很坚固，足可承受这一击。我只需对准蜗牛。粉碎那只蜗牛，去赢*

得胜利。

十码开外，乌瑟爵士将长枪微微上扬。

长枪相交时，邓克耳边一声轰响。他感到胳膊和肩膀上的后坐力，但他刺偏了目标。挟人马猛冲之势，乌瑟的长枪铁头正中他眉心。

邓克醒来时仰面朝天，直盯着拱顶天花板，有那么一会儿，浑不知置身何处，从何而来。他脑袋里"嗡嗡"作响，人脸乱飞——阿兰老爵士、"高过头的"坦茜莉、"棕盾"本尼斯、红寡妇、"破矛者"贝勒、"明焰"伊利昂、可怜的疯掉的万斯伯爵夫人。然后，他猛然回想起比武场上的一切：酷日，蜗牛，迎面而来的重击。他呻吟着用手肘翻转身体，结果脑海中如同巨鼓擂响。

至少双眼还好用，头上也没多个窟窿。他意识到自己身处地窖，四周码放着葡萄酒桶和麦酒桶。*这里挺凉快的*，他心想，*酒水也近在咫尺*。邓克嘴里一股血味儿，令他有点害怕，要是咬断了舌头，那他不仅脸皮厚，还成了个哑巴。他嘶哑地说了句"日安"，只为了听听自己的声音。话音在穹顶下回荡，邓克竭力想站起来，却只感到眩晕。

"慢点，慢点。"身旁响起一个颤巍巍的声音。一位驼背老人出现在床边，长发和袍子一样灰。老人脖子上挂着许多种金属穿成的学士颈链，面孔苍老，沟壑纵横，长着大大的鹰钩鼻，两颊深陷。"别动，让我先看看你的眼睛。"他用拇指和食指撑开邓克的眼皮，先检查左眼，然后是右眼。

"我头疼。"

学士嗤之以鼻。"你该庆幸它还生在你肩膀上，爵士。给，这东西能缓缓，喝吧。"

药很恶心，但邓克把每一滴都吞了下去，努力忍着不吐出来。“比武会，”他用手背抹干嘴，问道，“告诉我，进行得怎样了？”

“还不是照样乱哄哄、傻乎乎的，人骑在马上，拿棍子互捅。斯莫伍德伯爵的侄子折了手腕，伊登·莱斯利爵士被自己的马压断腿，好歹没死人。我本来担心你是头一个，爵士。”

“我被打下马了？”他脑袋里像塞了团羊毛，要不也不会厚着脸皮问出这种蠢问题。话一出口，邓克就后悔了。

“你摔那一跤可是连长城都要晃一晃。在你身上压钱的人悔不当初，你的侍从则要发狂了。若非我把他撵走，他会寸步不离地守在你身边。我这儿用不着碍手碍脚的小孩儿，于是我提醒他他还有职责在身。”

邓克一片茫然：“什么职责？”

“你的马啊，爵士先生，还有盔甲武器。”

“对。”邓克想起来了。男孩是个好侍从，记得自己的职责。*我却输掉了老人的剑，还有铁人佩特为我打的盔甲。*

“你那位提琴手朋友也来探望过。他要我给你最好的照料，我把他也撵了出去。”

“你照顾我多久了？”邓克舒展了一下右手手指，看来还算完好。不过是脑袋疼得要死，反正阿兰爵士说我不用脑子。

“根据日晷推算，四个小时。”

四个小时不算太糟，他曾听说有个骑士被打成重伤后沉睡了四十年，醒来已是垂垂老矣。“请问，乌瑟爵士赢下第二场没？”或许蜗牛会赢得冠军。若是输给全场最好的骑士，邓克觉得多少好受些。

“他？他还真赢了。他对上新娘的表兄亚当·佛雷爵士，那本是位前程似锦的小伙子。亚当爵士落马时，新娘晕了过去，我们不得不把她搀回房。”

邓克勉力起身，只觉天旋地转，老学士扶住他。“我的衣服呢？我得出去。我得……得去……”

“你要是想不起来，说明没啥要紧的。”学士不耐烦地挥挥手，“我建议你最近不要暴饮暴食，若是两眼间再挨上那么一下……算啦，我早就晓得，当骑士的总是左耳进右耳出。走吧，快走，我还要照料其他白痴咧。”

出门后，邓克看到一只鹰在明澈蓝天中翱翔，让他有些嫉妒。几片云在东面堆积，和邓克的心情一样晦暗。他踏上回比武场的路，烈日照在头顶，犹如铁锤敲打铁砧，脚下土地似乎也游移不定……或者说是他自己在摇晃。光是出地窖的阶梯上，他就险些摔了两回。*我本该叫伊戈来帮忙。*

他缓步穿过外院，走在人群外围。只见埃林·库克肖男爵在两名侍从搀扶下一瘸一拐地下场，他成了年轻的加勒敦·波尔的新一轮手下败将。第三名侍从捧着男爵的头盔，那三根骄傲的长羽毛已尽数折断。“提琴手约翰爵士。”司仪高唱，“佛雷家族的福兰克林爵士，来自孪河城的河渡口领主帐下。请上场证明你们的勇气吧。”

邓克目睹提琴手骑着大黑马威风凛凛地上场，锈有金剑和提琴的蓝绸马饰随风飘荡。他的胸甲、护膝、护肘、护颈和护胫都上了蓝色瓷釉，底下的链甲则是镀金。福兰克林爵士骑一匹灰斑马，银色鬃毛油光水滑，正配爵士的灰绸衣和银盔甲。他的盾牌、外套和马饰上均有佛雷家的双塔纹章。两人交手了数回合，邓克驻足观望，却视而不见。*呆子邓克，比城墙还笨，*他自嘲，*盾牌上画了只蜗牛，你怎能输给盾牌上画蜗牛的人？*

周围欢声雷动，他抬头看见福兰克林·佛雷已经落马。提琴手下马扶起败北的对手。*他离龙蛋又近了一步，*邓克心想，*而我呢？*

邓克走到后门，正遇到昨晚宴会那队侏儒准备离开。他们把小马赶进那只装有轮子的木猪，另一辆篷车倒无甚新奇之处。共有六个侏儒，个个矮小畸形，其中几个可能是孩子，由于身材都差不多，委实难以分辨。大白天他们穿着马皮裤和粗纺兜帽斗篷，看起来没有穿杂色衣时那么可笑。“日安。”邓克礼貌地问候，“这就上路了？东边有云，恐怕要下雨。”

他得到的唯一回应是最丑的侏儒瞪了他一眼。*昨晚我是把他撵下了巴特威夫人的婚床吗？*凑近后能闻到小矮子身上一股茅坑味儿，邓克只嗅了一下便加快脚步。

穿过牛奶作坊似乎跟他和伊戈穿越多恩沙漠一样漫长。他一手扶墙，时不时靠一靠，每当转头，世界就在摇晃。*水，他心想，我要喝水，不然就得晕倒了。*

一位路过的马童把最近的井指给邓克，他在那儿遇见雾原猫凯勒正和梅纳德·普棱轻声交谈。凯勒爵士一副垂头丧气的模样，但看到邓克抬起头。“邓肯爵士？我们听说你死了，或是快死了。”

邓克揉揉太阳穴：“我倒真希望如此。”

“我理解你。”凯勒爵士叹口气，“卡斯威大人不认得我了。我告诉他我给他做了第一把剑，他却像看傻子一样看着我。他说苦桥容不下我这种三脚猫骑士。”雾原猫苦笑一声，“他要走了我的武器盔甲，还有战马。我能怎么办呢？”

邓克无言以对。自由骑手得有马可骑，当佣兵也要操家伙才行。“你会找到另一匹马的，”邓克边提水桶边说，“七大王国到处都有马。会有别的领主资助你。”他掬起一捧水，一饮而尽。

“别的领主，可是，哪个领主会要我？我不像你那么年轻力壮，也没你的块头。大块头总有人要，譬如巴特威老爷就喜欢大个骑士。看看汤姆·海德吧，你还没见他比武吧？他一路过关斩将。火球的小子也是。还有提琴手——我要是败在他手上就好了，他不要赎金，他说他除了龙蛋啥也不要……当然，还有对手的友谊。”

梅纳德·普棱哈哈大笑。“好一把歌颂骑士精神的小提琴。那小子正奏响暴风骤雨，谁经得起他折腾。”

“不要赎金？”邓克说，“真有风度。”

“钱包鼓鼓自然风度翩翩。” 梅纳德爵士道，“你若有心，也该学乖了，邓肯爵士，趁早开溜吧。”

“开溜？去哪儿？”

梅纳德爵士耸耸肩。“随你便。临冬城，盛夏厅，阴影之地旁的亚夏，都无所谓，离开这里就好。牵起马带上装备悄悄从后门溜走，没人记得你。蜗牛要关心下一场的对手，其他人则只想看好戏。”

邓克有点动心。有马有武器，他就还是个骑士；丢了这些，他不比乞丐强。大个子乞丐也是乞丐。但他的武器、盔甲，连同雷霆，已属于乌瑟爵士。乞丐总比小偷强。在跳蚤窝和白鼬、拉夫、布丁他们一起厮混时，他两者都算，是老人拯救了他的一生。他知道铜分树村的阿兰爵士会如何回应普棱的建议。现在阿兰爵士死了，他的话得由邓克说出来：“雇佣骑士也有气节。”

“你愿持节而死，还是折节而生呢？算了，饶了我吧，省省你那番正义凛然的说教。总之我劝你带孩子走，绞架骑士，别落得跟你纹章一样的下场。”

邓克火气上冲：“你如何知道我的下场？你跟提琴手约翰一样会做梦？连我的侍从你都晓得？”

“我知道鸡蛋最好离油锅远远的，”普棱道，“白墙城不是毛头小子该来的地方。”

“那敢问你在比武中又表现如何呢，爵士先生？”邓克质问。

“哈，我才不冒险上场咧，兆头不对。要你说，谁会赢得龙蛋？”

反正不是我，邓克想。“七神知道，我不关心。”

“不妨猜猜，爵士，眼睛长在你头上。”

他沉思片刻。“提琴手？”

“很好，原因呢？”

“我只是……凭感觉。”

“我也一样。”梅纳德·普棱说，“我有种很糟糕的感觉，为所有蠢到敢阻碍我们伟大的提琴手的男人……或者男孩。”

伊戈在他们的帐篷外刷雷霆的毛，但眼神游离，心不在焉。这孩子始终在担心我。“行了，”邓克叫道，“再刷雷霆就跟你一样秃了。”

“爵士？”伊戈丢下刷子，“我就知道笨蜗牛杀不死你，爵士。”他一把抱住邓克。

邓克拍掉男孩的草帽，扣到自己头上。“学士说你拿了我的盔甲走了。”

伊戈恼怒地抢帽子。“我已经擦洗好你的锁甲，还给颈甲、胫甲和胸甲抛了光，爵士，但头盔被乌瑟爵士的长枪留了个大坑，你得找个武器师傅重新打造。”

“让乌瑟爵士打造吧，这些都是他的了。”没马，没剑，没盔甲，或许那些侏儒会接纳我。六个侏儒用猪膀胱揍一名巨人，肯定很滑稽。“雷霆也是他的。走，我们给他送去，并祝他接下来比武好运。”

“现在就去，爵士？你不想赎回雷霆吗？”

“用啥，小子？鹅卵石和羊粪蛋儿？”

“我想过这个问题，爵士，你不可以去借吗？”

邓克打断他：“没人会借我那么多钱，伊戈，凭什么？我算哪根葱，不过是个自称骑士的大呆瓜，直到某天差点被蜗牛一棍子捅掉脑袋。”

“好吧。”伊戈说，“你骑雨水，爵士，我骑回学士。我们去盛夏厅，你可以在我父亲麾下效劳。他的马厩里坐骑如云，你可以挑一匹战马，再找一匹驯马。”

伊戈是好意，但邓克不能灰溜溜地跑去盛夏厅，不能像这样去——丢盔卸甲，身无分文，连一把放在亲王脚边、表示效忠的剑都没有。“小子，”他说，“谢谢你，但我不想要你父亲大人的施舍，也不想要他的马。或许分道扬镳的时候到了。”邓克总可以加入兰尼斯港或旧镇的守备队，守备队欢迎大个子。我的脑袋撞过从兰尼斯港到君临每家酒馆的每条房梁，除了留下满头包，或许我也该拿这副体格赚点钱了。但守备队不需要侍从。“能教的我都教你了，虽然还远远不够。你最好找个合适的教头，某个知道长枪该握哪边的可敬的老骑士。”

“我不要可敬的老骑士，”伊戈说，“我只要你。要是我用——”

“够了，想都别想，我不听。收好兵甲，我们给乌瑟爵士送去，再向他道贺。没必要拖拖拉拉，徒增难堪。”

伊戈踢了踢地，脸像拉长的大草帽。“好吧，爵士，听你的。”

乌瑟爵士的帐篷外观朴素无华：深色帆布、四角方正，用麻绳固定在地面，唯一的装饰是正中杆子上挂着一面绘有银色蜗牛的灰色长三角旗。

“等在这儿。”邓克吩咐伊戈。男孩牵着雷霆，棕色大战马驮着邓克的武器和盔甲，甚至包括他新买的旧盾牌。绞架骑士。多凄凉的神秘骑士啊。“我很快就出来。”他低头弯腰，钻进门帘。

帐篷朴实的外表让邓克对里面的豪华猝不及防，只见地上铺着色彩绚丽的密尔编织地毯，雕饰华丽的搁板桌旁放着几把行军折椅，羽毛床上堆满柔软的靠枕，铁火盆吐出氤氲香气。

乌瑟爵士坐在桌边，和一名年龄跟邓克相仿的笨拙侍从一起数钱。桌上的金龙银鹿堆得老高，一壶葡萄酒摆在乌瑟爵士手边。蜗牛不时轻咬硬币，或挑出某个。“你要学的还很多，威尔，”邓克听见他说，“这个钱被切过，那个被割了边。至于这个呢？”他用手指摆弄着一枚金币。“看清楚再收。拿去，说说你看到了什么。”金龙翻滚过半空，威尔想接，钱币却从他指间弹开，掉在地上，他不得不双膝跪下寻找，找到后在手里翻了两圈，才说：“这个是好的，大人。一面有龙，一面是国王……”

昂德利夫瞥见邓克。“上吊的爵士，很高兴看到你还能走动，我真怕失手杀了你。可否请你帮个忙，教教我的侍从金龙的特征？威尔，把钱给邓肯爵士。”

邓克只好接过。*他打我下马，还要我拍他马屁吗？*他皱紧眉头，用手掌掂量金币，检查过正反两面，又咬了一口。“纯金，未经切割打磨，分量十足。这钱我也会收下，大人，有什么问题？”

“关键是国王。”

邓克拿近来看。钱币上那张脸年轻干净、英姿飒爽。伊里斯王在钱币上是有胡子的，老王伊耿也是，两者之间在位的戴伦王倒是修面整洁，但钱上的模样显然不是他。这钱不算太旧，不可能是庸王伊耿以前的。邓克盯着头像下的字。*六个字母。*这和他在其他金龙上看到的一样——六个字母便是“戴伦”。但邓克知道贤王戴伦长什么样，这决计不是，他看了又看，终于发现第四个字母的形状有些怪，那不是……*“戴蒙，”*他惊呼道，*“上面画的是戴蒙。*可从来没有戴蒙王，只有——”

“——篡夺者。戴蒙·黑火在叛乱中私自铸币。”

“但这是金子，”威尔争辩，“只要是金子，就和别的金龙一样好用啊。”

蜗牛给他一耳刮子。“白痴！没错，这是金子，叛徒的金子，反贼的金子。拿着这枚钱就是谋反，使唤它更是罪加一等。我得把它熔了。”他又扇了侍从一巴掌，“滚出去，这位好骑士跟我有事要谈。”

威尔连滚带爬，眨眼没了影。“请坐。”乌瑟爵士彬彬有礼地说，“喝酒吗？”昂德利夫在自己的帐篷里和在宴席上简直判若两人。

蜗牛会躲进壳，邓克暗想。“谢谢，不用了。”他把钱币扔还给乌瑟爵士。*叛徒的金子。黑火的金子。伊戈说这是场叛徒的比武会，我却不当回事。*他应该跟男孩道歉。

“就半杯，”昂德利夫坚持，“你听起来该喝点。”他倒了两杯，递给邓克一杯。脱下盔甲的蜗牛大人更像商人而非骑士。“我猜你是为罚金而来。”

“正是。”邓克喝了口酒，指望这能平复脑袋里的“嗡嗡”声。“我带来了我的战马、武器跟盔甲。请接受它们，还有我的祝贺。”

乌瑟爵士露出笑容。“我猜该轮到我赞美你骑得漂亮了。”

邓克不知“骑得漂亮”是不是“骑术糟糕”的委婉说法。“谢谢你能这么说，但——”

“你误会我了，爵士。斗胆借问，你是怎样当上骑士的呢？”

“铜分树村的阿兰爵士在跳蚤窝遇见了在追赶猪的我。他原来的侍从死在红草原，所以他需要找个人给他洗甲备马。他答应，只要我服侍他，他就教我剑术、枪术和马术，于是我跟他走了。”

“动人的故事……不过我要是你，会略过猪的部分。不知阿兰爵士如今身在何方？”

“他死了，我埋葬了他。”

“这样啊。你把他带回家乡铜分树村了？”

“我不知道他的家乡在哪儿。”邓克没见过老人的铜分树村。阿兰爵士很少提到那里，还没有邓克提到跳蚤窝的次数多。“我把他埋在朝西的山坡上，好让他欣赏日落。”折椅在他身下发出响亮的“吱嘎”声。

乌瑟爵士坐回椅子上。“我有自己的铠甲，马也比你的好。我要一匹老马和一袋子破铜烂铁有什么用呢？”

“我的盔甲是铁人佩特打造的，”邓克有些生气，“伊戈天天精心照料。链甲不沾一丁点锈迹，板甲用的是上等精良的钢。”

“精良但沉重，”乌瑟爵士抱怨，“对正常体量的人来说还太大了。你可是体格惊人哪，高个邓肯。至于你的马，要骑嫌老，要吃还塞牙。”

“雷霆的确不年轻了。”邓克承认，“而且如你所言，我的盔甲略大。但你尽可以卖了它，在兰尼斯港和君临有的是铁匠会买。”

“他们或许会同意用十分之一的价格买下，”乌瑟爵士道，“以便熔成金属。不，我想要的是可爱的银子，不是老旧的铁块，我要王国的流通钱币。好了，你到底想不想赎回自己的装备？”

邓克皱眉把玩酒杯。酒杯乃足银铸就，杯口镶着一圈金蜗牛。杯中酒液也是金色的，甘美异常。“如果问我的想法，呃，我何尝不愿赎回来，只是——”

“——你连两枚银鹿都拿不出手。”

“如果你能……能把马匹和盔甲借还给我，日后我会付清赎金的。一有钱就付。”

蜗牛被逗乐了：“你上哪儿去弄钱呢？等天上掉吗？”

“我可以为某位领主效力，或是……”这话很难说出口，让他觉得自己像个乞丐，“或许需要几年时间，但我一定会偿还您，我发誓。”

“以你骑士的荣誉？”

邓克的脸刷的一下红了。“我可以写欠条。”

“就凭雇佣骑士在小纸片上划拉的字？”乌瑟爵士翻翻白眼，“除了擦屁股，别无用途。”

“你也是雇佣骑士。”

“你这是在侮辱我。没错，我的确云游四方，不听人差遣……但我许多年没睡在荒郊野外了，住旅馆更舒服得体。这么说吧，我是你见过的最优秀的赛场骑士。”

“最优秀的？”他的傲慢惹恼了邓克，“恐怕狂笑风暴不会同意，爵士，长刺里奥和屠夫布雷肯也不会。岑树滩上，没人谈论蜗牛。若你是有名的比武冠军，怎会如此默默无闻？”

“我几时说我是冠军了？我要是沽名钓誉，还不如长一脸水痘。承蒙夸奖啦，但是算了，我会赢得下场比武，但在决胜战中我会输掉。巴特威为亚军备下三十枚金龙，足够了……此外还有可观的赎金和赌注。”他朝满桌银鹿金龙挥挥手，“你看起来人高马大，尽管这在场上啥用没有，但笨蛋总是以貌取人。威尔替我拿到了一赔三的赔率，夏尼伯爵那蠢货甚至出到一赔五。”他捡起一枚银鹿，用纤长的手指一弹，银鹿便在桌上旋转起来，“我下一场会干掉老公牛，然后轮到褐柳院骑士——如果他能挺到那时的话。这两场赔率一定很高，谁叫老百姓总是多愁善感，爱戴父老乡亲呢。”

“加勒敦爵士流着英雄的血。”邓克脱口而出。

“噢，但愿如此，英雄的血可以增加赔率，妓女的血说出来就得掉价。你难道没发现，加勒敦爵士一有机会就会唠叨他的英雄父亲，却从没提过他母亲吗？他当然不会提。他是营妓所生，那妓女名叫简妮，在红草原之战以前，人称‘一铜板’简妮，不过那一战前夜，她接客太多，于是人们改称她为‘红草原’简妮了。毫无疑问，火球是在那晚之前上她的，但她还有其他上百个男人。要我说，我们的朋友加勒敦自信过头了，他甚至没有红发。”

英雄的血，邓克想着：“他说他是个骑士。”

“噢，此话不假。这小子和他老妹在一个叫褐柳院的窑子里长大，一铜板简妮死后，其他妓女养育了他们，并时时给这小子灌输他母亲编造的故事，说他是火球的种。附近有个老侍从教导他，以换取麦酒和女人，可惜他也不过是个侍从，没法封这小杂种为骑士。半年前，一队骑士碰巧路过妓院，有位莫甘·邓斯特布尔爵士醉酒后看上了加勒敦爵士的老妹。那妹子还是个处女，邓斯特布尔又没钱买她的童贞，于是他们做了笔交易。莫甘爵士在褐柳院中二十位见证人面前册封她哥哥为骑士，然后妹子跟他上楼，让他开了苞。事情就是这样。”

任何骑士都有权册封骑士。作阿兰爵士的侍从时，邓克听过各种故事，故事里的人用好处、威胁或一袋银币换得骑士身份，但用妹妹的贞操换取真是闻所未闻。“不过是传言，”他听见自己说，“不足为信。”

“我从卡比·皮姆那儿听来的，他自称是那场骑士册封的见证人之一。”乌瑟爵士耸耸肩，“英雄之子，妓女之子，或两者皆是都无所谓，反正我不会给他机会。”

“说不定天上诸神让你抽到其他对手。”

乌瑟爵士挑了挑眉：“可惜科斯格罗夫是个贪财的凡夫俗子。我向你保证，我接下来必然会抽到老公牛，然后是那孩子。敢打赌吗？”

“我没什么能赌的了。”邓克不知哪个更让他心烦意乱——是蜗牛贿赂大会主持来抽到想要的对手，还是自己曾被对方挑中。“我说完要说的话了。我的坐骑、长剑和全套盔甲都归你所有。”

蜗牛十指相对："或许有别的法子。你也并非一无是处，你落马的样子很壮观。"乌瑟爵士的双唇在浅笑时闪闪发亮，"我可以把战马和盔甲借还给你……如果你愿意为我效劳的话。"

"效劳？"邓克不理解，"怎样效劳？你有侍从了，难道你还有城堡？"

"如果有城堡的话，我会考虑雇你。但说实话，我更想要家体面的旅馆，城堡的修葺费用太高。不，我只要你在接下来的比武会中和我对战。二十场就够了。这个很简单，对吧？你还能分得我利润的十分之一，而且我保证以后不挑你脑袋，只对准你宽阔的胸脯。"

"你让我和你同行，然后不断被你打落马下？"

乌瑟爵士满意地"咯咯"笑："你这么个魁梧的大家伙，没人相信端着蜗牛盾牌、弯腰曲背的老头能干掉你。"他摸摸下巴，"顺带一提，你得换个纹章。吊死鬼看起来的确凶残，但是……呃，他被吊死了，不是吗？他是个一败涂地的死鬼。你得换上更能唬人的标志。熊头或许可以。一个骷髅，不，三个更好。或者挑在长矛上的婴儿。你还得留长头发，蓄起胡子，越长越乱效果越好。不为人知的小比武会多得数不清，如此悬殊的赔率下，我们赚的钱甚至够买龙蛋，直到——"

"——直到大家都知道我是个不可救药的骑士？我输掉的是盔甲，不是荣誉。你可以拿走雷霆和我的全副装备，其他免谈。"

"荣誉当不了饭吃，爵士。你不跟我走，下场可能十分凄惨。至少我能帮你开开窍，把你从对长枪比武一无所知的愚蠢状态中拯救出来。"

"你把我当傻瓜看待。"

"我一直这样看待你。好歹傻瓜也得活命。"

邓克真想一拳揍掉他脸上的笑容。"我明白你为何在盾牌上画蜗牛了。你不是真正的骑士。”

“你听起来像个真正的白痴。你莫非对身处险境全然不觉？”乌瑟爵士把杯子放到一边，“你知道我为何挑你的头，爵士？”他站起身，轻触邓克胸口。“戳这里同样会一击落马。脑袋小，更难击中……但也更致命。有人付了钱的。”

“付钱？”邓克向后退开，“你什么意思？”

“六枚金龙作定金，你死后再付四枚。要买一名骑士的命，这价格真是侮辱，但你该为此谢天谢地，若是出价更高，只怕我的枪头会瞄准你的眼睛。”

邓克又开始头晕了。*有人花钱买我的命？我在白墙城内不曾结仇啊。*除了伊戈的哥哥伊利昂，根本没人恨他，但明焰王子已被流放到狭海对岸。“谁付的钱？”

“日出时分，主持人确定对决人选后没多久，一个仆人带来了金币。他用兜帽遮住脸，也没说主子姓名。”

“理由呢？”邓克问。

“我没问。”乌瑟满上自己的杯子，“我觉得你的敌人比你所知的多，邓肯爵士。为什么不呢？有人会觉得你是我们所有不幸的起因。”

邓克感到一只冰冷的手攥住了心脏：“把话说清楚。”

蜗牛耸耸肩：“我或许未曾前往岑树滩，但我毕竟靠长枪比武讨生活，我像学士观测星移斗转那样忠实地关注历次比武会。我知道某位雇佣骑士如何在岑树滩引发了一场七子审判，并导致破矛者贝勒死在他弟弟梅卡手下。”乌瑟爵士重新坐下，伸开双腿，“贝勒亲王广受爱戴，而明焰王子交友甚多，他的朋友们不会忘记王子殿下被流放的原因。慎重考虑我的提议吧，爵士，蜗牛或许会在身后留下一线黏液，但小小黏液于人无害……而若与龙共舞，势必玩火自焚。”

邓克步出蜗牛的帐篷时，天色暗了，东方的乌云愈加浓重黑暗，太阳沉向西方，在院子里拖出长长的影子。邓克看到侍从威尔在检查雷霆的蹄子。

“伊戈呢？”他问。

“秃头小子？我咋知道？跑哪儿玩去了吧。”

伊戈不忍心和雷霆分离，邓克暗忖，多半回帐篷看书了。

但伊戈没在帐篷里。书整齐地捆好，堆在男孩的铺盖卷边，男孩本人不知所终。邓克隐隐觉得出了差错，伊戈不是未经允许就乱跑的孩子。

咫尺之外一座条纹帐篷旁，两名头发斑白的大兵在狂饮大麦酒。“……行了，妈的，再来一杯。”其中一人嘀咕道，“太阳出来啰，草地绿油油啰，嗯哼……”另一个人推了他一把，他们注意到邓克。“爵士？”

“看到我的侍从没？他叫伊戈。”

一个兵挠了挠耳后短短的灰发茬。“我记得他，头发比我还短，话却说个不停。他被那帮小兔崽子纠缠了一阵，但那是昨晚的事。后来没见着他，爵士。”

“多半被吓跑啦。”另一个兵估计。

邓克狠狠瞪了他一眼。“如果他回来，告诉他在这儿等我。”

“好的，爵士，没问题。”

*或许他只是去看比武了。*邓克掉头奔向比武场，经过马厩时，他发现加勒敦·波尔爵士在洗刷漂亮的枣红战马。“你可曾见到伊戈？”他问。

“他刚从这儿跑过去。”加勒敦爵士从口袋里掏出根胡萝卜，喂枣红战马吃。“我的新马不赖吧？科托因大人派侍从来赎，但我告诉他省省，我要自己留着。”

“大人不会喜欢这答案。”

“大人说我没权利在盾牌上画火球，他说我该画上一丛褐柳。去他妈的大人。”

邓克不禁露出笑容。他也曾受过同样的对待，生生吞下明焰王子和史蒂芬·佛索威爵士之流的冷嘲热讽。他和这位年轻尖酸的骑士同病相怜。据我所知，我娘也是个妓女。“你赢了几匹马？”

加勒敦爵士耸耸肩：“数不清了。莫蒂默?鲍格斯还欠我一匹，他说宁愿把坐骑煮来吃也不让婊子的杂种骑，他还把盔甲锤烂之后才给我，上面都是窟窿。或许我能拿那堆废铁换点什么。”他听起来感怀多于恼怒，“我出生的……旅馆有个马厩，我小时候就在那里干活，经常趁马主人不备偷偷牵马出去遛弯。马儿都喜欢我，无论阉马、杂种马、驯马、驮马、耕马还是战马，我统统骑过，甚至包括多恩的沙地良驹。我认识的一位老人教会我制作长枪。我原以为只要让大家见识到我的实力，他们就会承认我是我父亲的儿子。但他们没有，到现在都没人承认。”

“有些人永远都不会承认，”邓克告诉他，“无论你如何努力。好在另一些人……人和人不一样，我遇到过好人。”他沉吟片刻，“比武会结束后，我和伊戈打算北上，去临冬城效劳，帮史塔克家抵御铁民。你可以和我们同去。”北境自成一体，阿兰爵士常这么说，在那儿，没人关心一铜板简妮和褐柳院骑士的故事。在那儿，没人会嘲笑你。他们只因你的剑评价你，以你的价值衡量你。

加勒敦爵士怀疑地打量他：“我为什么要去那边？你想让我当逃兵躲起来？”

“不。我只想……结伴而行，路上不像以前那么太平了。”

“这倒是。”男孩勉强道，“但我父亲曾被国王许以御林铁卫之位，我要完成他未竟的心愿。”

你披上白袍的可能性跟我差不多，邓克几乎脱口而出，你是营妓的野种，正如我来自跳蚤窝的阴沟。国王才不会把至高无上的荣誉给予你我这种人。但这孩子不会喜欢这些真话，所以他只说：“那么祝你勇往直前，一帆风顺。”

他没走出几步，就被加勒敦爵士叫住。“等等，邓肯爵士。我……我不该那么刻薄。我母亲常告诫我，骑士应当谦恭守礼。”男孩似乎在拼命斟酌字句，“上轮比武后，培克大人来找我，邀请我去星梭城效力。他说一场许久未见的大风暴即将席卷维斯特洛，为此他需要剑，也需要使剑的人，忠诚的、懂得服从的人。”

邓克难以置信。葛蒙·培克不论在路上还是在这里都明确表示出对雇佣骑士的轻蔑，而这份邀请却如此慷慨。“培克是个大领主，”他谨慎地说，“但……但我信不过他。”

“是的。”男孩激动地说，“他的邀请是有条件的。他答应将我纳入麾下……但我必须证明自己的忠诚。他会安排我在下一轮对决他的朋友提琴手，他要我承诺输掉比赛。”

邓克相信男孩的说法。他本该感到震惊，但不知怎的，却一点也不奇怪。“你怎么回答？”

“我说即便放水也没法输给提琴手，因为我之前击败了比他武艺更精湛的人。今天，我会赢得龙蛋。”波尔虚弱地笑笑，“这不是他想要的答案。他说我愚不可及，让我自求多福。他说提琴手有很多朋友，而我一无所有。”

邓克伸手按住他肩膀，挤了挤。“你至少有一个朋友，爵士。等我找到伊戈，就是两个。”

男孩看着他的眼睛，点点头。“知道世界上还有真正的骑士，太好了。”

在观战人群中寻找伊戈时，邓克头一次有机会仔细打量汤姆德·海德爵士。这位巴特威老爷的女婿身高体壮，胸膛像个桶，煮沸皮甲外套黑板甲，华丽的头盔塑造成布满鳞片、嘴角流涎的恶魔形状。他的坐骑比雷霆高三掌、重两石，简直是个披锁甲的怪兽。满身铁块让他行动迟缓，冲锋速度很慢，但这毫不影响他轻松击败克莱伦斯·查尔顿爵士。查尔顿被抬上担架时，海德摘下了恶魔头盔。他那颗脑袋又大又秃，炭黑胡须方方正正，两颊和脖子上生满刺眼的红疖。

邓克认出来了。海德就是他在卧室中触摸龙蛋时吼他的人，也是他偷听到与培克大人说话的人。

那番话陡然涌入脑海：*真是大煞风景……当真是虎父无犬子？……寒铁……货真价实的战士……奶血老家伙……当真是虎父无犬子？……我向你保证，血鸦这会儿可不是在做白日梦……当真是虎父无犬子？*

邓克盯着看台，也许伊戈会回到贵族中间他应有的位置。但看台里依然不见男孩踪影，也不见巴特威和佛雷，只有巴特威那百无聊赖、焦躁不安的新娘。怪了，邓克意识到，这是巴特威的城堡，巴特威的婚礼，佛雷又是他岳父，整场比武大会以他们之名举办。他们何故缺席？

“乌瑟·昂德利夫爵士。”司仪高唱。太阳被一片云彩吞下，阴霾掠过邓克的脸。“布尔威家族的席奥默爵士，外号‘老公牛’，黑冠城骑士。请上场证明你们的勇气吧。”

老公牛血红的盔甲令人望而生畏，他头盔上还带着两根黑色牛角。不过他需要一名强壮的侍从扶持才能上马，而骑行时不停转动脑袋，说明梅纳德爵士对他眼睛的论断不假。无论如何，他的入场还是赢得了一阵热烈欢呼。

蜗牛爵士自没这等待遇，而这正中其下怀。第一回合，两名骑士的长枪都将将擦中对方。第二回合，老公牛在乌瑟爵士的盾牌上折断了枪，蜗牛则完全刺偏。第三回合仍是如此，乌瑟爵士看起来摇摇欲坠。他故意示弱，邓克暗想，诱导更有利的赔率。他一眼瞥到威尔忙得不可开交，正为主人收取赌注，这才想起自己该把注全压在蜗牛身上，好歹赚几个小钱。呆子邓克，比城墙还笨。

老公牛在第五回合轰然落马，被一次灵巧地滑过盾牌的攻击击中胸口。他落马时脚缠在马镫上，足足拖出四十码开外。于是担架又进场了，他抬人给学士照料。天空掉下零星雨点，打湿了布尔威遗弃在地的外套。邓克面无表情地看着这一切，思绪都在伊戈身上。若我那神秘的仇人向他下手怎么办？这不是不可能的。一人做事一人当，我惹的事绝不应由男孩承担。

邓克找到提琴手约翰爵士时，对方正为下一场比武穿戴。至少三名侍从在他身边忙碌，帮他扣上盔甲带子，为他的坐骑打理装饰。埃林·库克肖大人鼻青脸肿、忿忿不平地坐在旁边，喝着兑水的葡萄酒，看到邓克，气得把酒全洒在胸口。“你怎么还站得起来？蜗牛明明打瘪了你的头。”

“铁人佩特为我打了顶好头盔，大人，而阿兰爵士常说我的脑袋硬得像石头。”

提琴手大笑：“别管埃林。火球的私生子把他打下马，让他尊贵的小屁股吃了土，现在他把所有雇佣骑士都恨之入骨了。”

“那个满脸粉刺的可怜虫才不是昆廷·波尔之子，”埃林·库克肖坚持，“就不该允许他参赛。这要是我的婚礼，他这样放肆我非抽死他不可。”

“哪家姑娘会下嫁你呢？”约翰爵士说，“况且你喋喋不休的抱怨比波尔的放肆烦人得多。邓肯爵士，绿骑士加尔崔可是你朋友？恐怕我得让他和他的马暂时分家。”

邓克对此毫不怀疑。“我不认识他，大人。”

“来杯酒么？还有面包和橄榄？”

“我只要您一句话，大人。”

“哈，对你，我是知无不言，言无不尽。我们进帐详谈吧。”提琴手帮他掀开门帘。“别跟来，埃林。说真的，你最好少吃几颗橄榄。”

进得帐内，提琴手转向邓克。“我就知道乌瑟爵士杀不死你，我的梦不说谎。蜗牛很快就要对上我了。击败他后，我会要回你的武器和盔甲，当然，还有你的战马——不过你真该换一匹。我愿聊表心意，你意下如何？”

“我……不……我不能。”邓克心里不安，“我并非不识好歹，只是……”

“怕欠债？别放在心上，我不要你的钱，爵士先生，我只要你的友谊。再说，没有坐骑你怎能成为我的骑士？”约翰爵士戴上龙虾铁手套，伸了伸手指。

“我的侍从不见了。”

“或许跟姑娘跑了？”

“伊戈还没到找姑娘的岁数，大人。他肯定不会自己跑掉，就算我死了，他也会守着直到尸体变凉。再说他的马还在，骡子也在。”

“你若不介意，我派我的人去找。”

*我的人。*邓克不喜欢这话的弦外之音。*这是场叛徒的比武会，*他心想。“你不是雇佣骑士。”

“我不是，”提琴手的微笑里满是孩子气，“但你打一开始就清楚。我们在路上刚见面你就称我为‘大人’，不是么？”

“那是因为你的行为举止、衣着谈吐……”*呆子邓克，比城墙还笨。*“昨晚在塔顶，你说……”

“酒精让我口无遮拦，但我没有半句虚言。我们注定是要在一起的，你和我，我的梦不说谎。”

“你的梦不说谎，”邓克道，“但你会。约翰并非你的真名，对吧？”

“当然不是。”提琴手眼里闪着调皮的光。他有伊戈的眼睛。

“他的真名需要时自会告知需要知道的人。”葛蒙·培克大人气冲冲地钻进帐篷，“雇佣骑士，我警告你——”

“噢，得了吧，老葛。”提琴手说，“邓肯爵士是我们的人，或者说很快就是了。我说过，我梦见过他。”帐外响起司仪的喇叭，提琴手转过头。“他们召唤我上场了。抱歉失陪，邓肯爵士，待我解决掉绿骑士加尔崔爵士再叙。”

“诸神赐予您力量。”出于礼貌，邓克客套了一句。

约翰走了，葛蒙大人却没走。“他的梦会害死所有人。”

“买通加尔崔爵士花了多少钱？”邓克听到自己说，“银币够么？还是要金币？”

“看来有人管不住嘴。”培克坐进一张折椅，“外面有我十几个手下，随时可以叫他们进来割你喉咙，爵士。”

“你为何不叫？”

“陛下会伤心。”

陛下。邓克肚子上像挨了一拳。又一条黑龙，他心想，又一场黑火叛乱。很快又有一场红草原之战。残阳青草，般红似血。“这场婚礼是何居心？”

“巴特威大人想续一房年轻老婆替他暖床，佛雷大人正巧有个不怎么清白的姑娘，而这场婚礼给志趣相投的诸侯们提供了聚会的借口。多数应邀者曾为黑龙而战，其他的要么跟血鸦有隙，或是时运不济，抑或野心勃勃。我们本有子女在君临为质，以确保忠诚，但大部分人质死于春季大瘟疫，所以我们不再束手束脚。现在是最好的时机，伊里斯身体羸弱，他是个书虫，不是个战士。老百姓不了解他——他们了解的那些情况只会让他们更加不满；至于国内诸侯，对他更谈不上敬意。的确，他父亲也很弱势，但当大位受到威胁时，他有儿子们为他披挂上阵。贝勒与梅卡，铁锤和铁砧……如今破矛者贝勒不在，梅卡亲王又躲在盛夏厅跟国王和首相置气。”

是啊，邓克心想，某个愚蠢的雇佣骑士还把梅卡亲王最疼爱的儿子送到了敌人手中。有什么能比这更能确保亲王乖乖待在盛夏厅呢？“你忘了血鸦的手段，”他说，“他决不羸弱。”

“的确，”培克大人承认，“但没人喜欢巫师，何况他还是个在诸神与世人面前被诅咒的弑亲者。只要一露怯或遭遇败绩，血鸦的部下自会如夏雪般融化。而若王子所梦成真，若是一条活龙自白墙城诞生——”

邓克替他说完，“——那铁王座就成了你们的囊中之物。”

“是他的，”葛蒙·培克大人纠正，“我不过是个谦卑的仆从。”他站起身，“别想离开城堡，爵士，你只要敢试，我就以叛国罪处死你。我们走得太远，无法回头了。”

铅灰色天空的雨下得越来越大，提琴手约翰和绿骑士加尔崔爵士手握崭新的长枪，分立比武场两端。一些婚礼宾客开始裹起斗篷，涌向大厅。

加尔崔爵士骑白色种马，头盔顶装饰着一束下垂的绿羽毛，马笼头上也有一根这样的羽毛。他的披风由深浅不一的绿色方块拼成，护胫和护手有耀眼的金丝滚边，翠绿色盾牌上镶了九条翡翠胭脂鱼，连他的胡子都仿照狭海对岸泰洛西人的风尚染成绿色。

绿格披风的骑士和年轻的金剑与提琴大人潇洒地交手了九回合，长枪也折断了九次。到第八回合，地面已变得泥泞，高大的战马在雨水汇成的小池塘间奔驰。第九回合，提琴手差点落马，在最后一刻才奋力扭身。“好枪法，”他大笑着高喊，“你差点击落我，爵士先生。”

“我很快就会。”绿骑士隔着雨帘大喊。

“我觉得不会。”提琴手扔掉破碎的长枪，侍从立刻递上一把新的。

接下来的对冲成了最后一次。加尔崔爵士的长枪徒劳地刮过提琴手的盾牌，约翰爵士则正中绿骑士胸口，将其干净利落地刺落马下，溅起一大片棕色水花。邓克看见东方天际有闪电划过。

看台很快就空了，平民和贵族纷纷奔逃躲雨。“慌成这副德行。”埃林·库克肖不知不觉间钻到了邓克身边，喃喃地说，“才几滴小雨，这帮英勇的爵爷们就恨不得找个老鼠洞躲进去。若是真正的风暴来临，会成什么样呢？”

真正的风暴。邓克知道埃林大人指的不是天气。他想干什么？难不成突然想跟我交朋友？

司仪又爬上台。“汤姆德·海德爵士，白墙城骑士，在巴特威大人驾前效力。”他的喊声伴着远处的雷鸣，“乌瑟·昂德利夫爵士。请上场证明你们的勇气吧。”

邓克望向乌瑟爵士，正好看到对方脸上凝固的笑容。这不是他买通的对阵，主持人出卖了他。但为什么？想必有高人干预，某个在科斯格罗夫心目中远比乌瑟·昂德利夫重要的人。邓克琢磨了一会儿。他们不知道乌瑟压根没打算当冠军，他突然想通，他们认为他是个威胁，所以安排黑汤姆为提琴手扫清障碍。海德参与了培克的阴谋，该放水时自会放水，这样就只剩下……

突然间，培克大人风风火火地奔过泥泞的比武场，几大跨步登梯上台，披风在身后翻飞。“我们被出卖了！”他号叫道，“我们中间有血鸦的间谍！龙蛋被偷了！”

提琴手约翰爵士兜转马头。“我的蛋？这怎么可能？巴特威大人派人日夜看守着卧室啊。”

“他们都死了。”培克大人宣称，“但有人临死前说出凶手的名字。”

他打算指控我么？邓克暗想。昨晚他把巴特威夫人抱入洞房时，至少一打人看见他碰了龙蛋。

葛蒙大人恶狠狠地一指。“就是他，妓女之子。抓住他。”

比武场远端，加勒敦•波尔爵士迷惑地张望着，霎时间摸不着头脑，直到察觉人们从四面八方向他冲去。男孩随即以邓克难以置信的速度行动起来，最前头的人把手伸向他喉咙时，他的剑已抽出一半。波尔扭身躲开来人的手，但又有两人欺近。他们撞翻他，将他拖过泥地，其他人围在旁边，又叫又踢。他们也会那样对我，邓克明白。此刻他很无助，就像在岑树滩，得知要被砍掉一只手和一只脚的时候。

埃林・库克肖把他拉到一旁。“如果你还想找回你的小侍从，就别管闲事。”

邓克转向他：“你什么意思？”

“我可能知道该上哪儿去找那孩子。”

“哪儿？”邓克没心情兜圈子。

场子对面，加勒敦爵士被两名身披锁甲、头戴半盔的士兵粗鲁地架起来，下半身沾满棕色泥浆，血水和雨水滑下脸颊。英雄的血，邓克暗想，他看到黑汤姆在俘虏面前跳下马。“龙蛋在哪儿？”

鲜血从波尔嘴角渗出。“我怎么会偷蛋？我会堂堂正正赢得它。”

是啊，邓克心想，而这恰恰为他们不容。

黑汤姆用铁手套给了波尔一记重拳。“搜他的鞍袋。”培克大人命令，“我打赌龙蛋好端端地藏在里面。”

埃林男爵压低声音。“他们会找到的。想见你的侍从就跟我来。趁他们忙不开，机不可失。”他没等邓克回应。

邓克只能跟随，三个箭步便冲到男爵身边。“如果你敢动伊戈一根汗毛……”

“放心，我对小男孩没兴趣。这边。快点。”

邓克随他穿行在雨帘中，过了一道拱门，走下一串泥泞的台阶，又转过墙角，脚下水花四溅。他们紧贴墙根，行在阴影中，最后进了一个地砖平整光滑的封闭院落。院落四周皆有房屋，百叶窗统统紧闭，中间有一口低矮石墙环绕的井。

好一处僻静之地，邓克心想。他不喜欢这里的气氛，经年的直觉驱使他去摸剑，随即想起长剑被蜗牛赢走了。正当他在臀间曾挂剑的地方摸索时，锋利的匕首抵住了他的腰。“动一下，我就掏出你的腰子，拿给巴特威的厨子去做菜。”匕首威胁性地刺透邓克的夹克后背。“去井口。不要轻举妄动，爵士。”

如果伊戈也被他扔下了井，一把小小的匕首可救不了他。邓克缓步向前，内心怒火中烧。

身后的武器消失了。“你可以转身了，雇佣骑士。”

邓克转身。“大人，是为龙蛋吗？”

“不，是为龙。你以为我会把他拱手相让？”埃林男爵扮个鬼脸，“我不该相信那个卑鄙的蜗牛，我会要回我付的每个子儿。”

他？邓克实在想不透，这个圆胖、白皙、涂满香水的公子哥就是我神秘的仇人？他不知该哭还是该笑。“乌瑟爵士理应得到报酬，是我脑袋太硬。”

“看上去是这么回事。退后。”

邓克退后一步。

“退后，退后，再退点。”

又退一步，他已挨到井边，坚硬的石墙顶住了腰。

“坐到边上去。你不介意洗个澡吧？反正不会更湿了。”

“我不会游泳。”邓克一只手放在井台上，石头湿滑，有一块在他掌下轻轻松动。

“真可惜。你是自己跳呢，还是非要我帮一把？”

邓克向下一瞥，只见雨点在水面打出一片涟漪，水面离地至少二十尺，井壁爬满黏滑的水藻。“我没妨害过你啊。”

“你也永远没有机会了。戴蒙是我的，我会统领他的御林铁卫。你不配披上白袍。”

“我从没指望当御林铁卫。”*戴蒙。这名字在邓克脑海回荡。不是约翰，是戴蒙，承其父之名。呆子邓克，比城墙还笨。*“戴蒙·黑火有七个儿子，其中两个死在红草原，那是一对双胞胎——”

“伊耿和伊蒙，他们跟你一样是卑鄙无耻的蛮子，小时候就爱折磨我和戴蒙取乐。寒铁带戴蒙去海外流浪时我哭了，后来培克告诉我他要回来我又哭了。但随后他就在路上遇到了你，忘记了我的存在。”库克肖作势挥舞匕首。“要么跳下去，要么白刀子进红刀子出，你自己选！”

邓克握住松动的石头，但那石头比他希望的更紧，没等他拽出石块，埃林伯爵已扑了过来。邓克扭身闪开，刀尖划破了左臂，这时石块终于脱出，邓克反手将其砸向男爵，敲碎了对方的牙。“跳下去，是吗？”他又给了公子哥一下，然后扔掉石头，扭住库克肖的手腕，直扭得关节“噼啪”作响，匕首掉在石地上。“还是您先请，大人。”邓克让开身形，猛拽公子哥的胳膊，照后背踹了一脚。埃林男爵头朝下掉入井中，溅起好一阵水花。

“干得漂亮，爵士。”

邓克急忙转身。雨帘之下，他只能分辨出兜帽斗篷的轮廓和一只苍白的眼睛。待那人走近，才隐隐看出阴影之下是梅纳德·普棱爵士熟悉的面孔，那只苍白的眼睛不过是别住斗篷的月长石胸针。

埃林男爵在井下扑腾着求救。“杀人了！救命啊！”

“他要杀我。”邓克解释。

“难怪你流了这么多血。”

“血？”他低头一看，这才发现左臂从肩膀红到手肘，被鲜血浸透的外衣贴紧皮肤。“呃。”

邓克不记得自己跌倒，只是突然感到身体贴地，雨点落在脸上。他能听到埃林男爵在井下哀号，但击水声越来越弱。“得把手臂包扎好。”梅纳德爵士一只手伸到邓克身下，“起来。我可扛不动你。起来。”

邓克竭力站起来。“埃林男爵。他快淹死了。”

“没人会想念他。尤其是提琴手。”

“他不是……”邓克疼得脸色刷白、气喘吁吁，“提琴手。”

“的确，他是黑火家族的戴蒙二世——若能夺得铁王座，他多半会如此自称。你要是知道有多少诸侯希望他们的国王是个英勇的傻瓜，一定会惊呆的。这个戴蒙委实年轻浮华，骑在马上威风凛凛。”

井里的声音几不可闻。“我们不能给他扔条绳子吗？”

“好让他爬出来杀你？别傻了，让他自食其果吧。来，靠着我。”普棱扶他穿过院子。靠近看，梅纳德爵士的样子有些奇怪，邓克看得越久，就越觉不认识对方。“还记得吧，我劝你逃跑？似乎你把荣誉看得高于生命。但你有没有想过，能光荣地死固然辉煌，可若危在旦夕的不是你自己的性命呢？你的答案还是一如既往吗，爵士先生？”

“谁的性命？”井中传出最后一片水声。“伊戈？你指伊戈？”邓克抓住普棱的胳膊，“他在哪儿？”

“他与诸神同在。我想你知道原因。”

邓克心如刀绞，甚至忘了胳膊的疼痛。他呻吟着说：“他用了靴子。”

“我猜也是。他把戒指给罗沙师傅看了，学士便把他带到巴特威面前。看到戒指，巴特威肯定尿了裤子，盘算起自己是否站错了队，还有血鸦对他们的计划知道多少。答案是：真不少。”普棱轻笑。

“你到底是谁？”

“一位朋友。”梅纳德•普棱说，“我曾暗中监视你，推测你来这毒蛇窝搅和的动机。现在给我闭嘴，疗伤要紧。”

顺着阴影，两人一路走回邓克的小帐篷。一进帐，梅纳德爵士就生起火，倒满一碗酒，放在火堆上煮沸。“伤口还算干净，幸亏不是用剑的手。”他说着切开邓克血迹斑斑的衣袖，“看样子没伤到骨头，不过还是得清洗，否则你这条胳膊就废了。”

“这都不重要。”邓克五内俱焚，觉得自己快吐了，“伊戈死了？”

“——都怪你，你应该带他远离这个是非之地。但我可没说孩子死了，我说他与诸神同在。你有干净亚麻布吗？丝绸？”

“我只有一件外衣，是在多恩搞到的上等货。你什么意思，他与诸神同在？”

“待会儿说，先处理胳膊。”

酒很快开始冒气，梅纳德爵士找到邓克口中的上等丝绸上衣，怀疑地嗅了嗅，然后一脸不屑地抽出匕首，割开衣服。邓克忍住抗议。

“安布罗斯•布特威这辈子没干过一桩干脆事。”梅纳德爵士边说边把三条丝绸揉成团，浸进酒里。“他打一开始就对这场阴谋心存疑惧，而这份怀疑在他得知那小子没有那把剑的时候达到了顶峰。今天早晨，失踪的龙蛋带走了他最后一点勇气。”

“加勒敦爵士没偷龙蛋。”邓克说，“他整天都在院子里，要么自己上场，要么看别人比武。”

“但培克还是会在他的袋子里找到龙蛋。”酒已沸腾，普梭戴上一只皮手套，“忍着别叫。”他从沸酒里抽出一条丝绸，开始清理伤口。

邓克没有叫。他咬紧牙关，咬到了舌头，拳头把大腿捶得瘀青，但他始终没叫。梅纳德爵士用剩下的上等上衣做成绷带，紧紧绑住胳膊。“感觉如何？”完成后，他问。

“真他妈疼。”邓克打着哆嗦，“伊戈究竟在哪儿？”

“我说过，他与诸神同在。”

邓克霍地站起，用没受伤的右手掐住普梭的脖子。“给我说清楚，我讨厌哑谜。告诉我这孩子在哪儿，否则我扭断你该死的脖子，管你是不是朋友。”

“他在圣堂里，你最好带上武器。”梅纳德爵士笑了，“够清楚了，邓克？”

他先去了乌瑟·昂德利夫爵士的帐篷一趟。

邓克冲进帐，发现只有侍从威尔俯在洗衣桶前清洗主人的内衣。“怎么又是你？乌瑟爵士赴宴去了。你想要什么？”

“我的剑和盾。”

“带赎金来了？”

“我没有。”

“那我干吗把东西还你？”

“我有用。”

“这不是理由。”

“那又怎样？挡我就宰了你。”

威尔目瞪口呆。“它们在那边。”

邓克停在城堡的圣堂前。诸神保佑我没来晚。他重新绑好剑带，牢牢系在腰上，又把绞架盾牌绑在受伤的胳膊上，每踏一步，盾牌的重量都牵起一阵抽痛。如果被人撞到，恐怕会尖叫出声。他用完好的右手推开门。

圣堂内昏暗静谧，只有七神的祭坛上烛火闪烁。正如比武会期间应该的那样，战士面前蜡烛最多，许多骑士上场前会来此祈祷战士赐予力量和勇气。陌客的祭坛被阴影笼罩，仅有一根蜡烛孤零地燃烧。圣母和天父面前各摆了几十根，铁匠和少女要少一些，而在老妪闪耀的明灯下，跪着安布罗斯•巴特威伯爵。他俯首默祷，祈求老妪的智慧。

圣堂内不止他一人。邓克刚想靠近，就被两名卫兵拦住去路。他们严峻的脸孔隐在铁半盔下，锁甲外罩巴特威家族的绿白黄三色外套。“站住，爵士。”一个卫兵说，“此事与你无关。”

“不，与他大有关系。我警告过你们，他会找到我的。”是伊戈的声音。

伊戈从天父下的阴影中走出，秃头在烛火下闪闪发光。邓克差点就冲向男孩，发出欢快的尖叫，将其扯进臂弯，好好揉捏一番。但伊戈语气中的某些东西让他犹豫。*他听起来并不害怕，更像是在气头上，我从没见他如此严肃。巴特威大人跪着。有什么不对劲。*

巴特威伯爵用力站起来，即便在昏暗的烛光下，他的皮肤看起来也是苍白湿滑。“让他进来。”他吩咐卫兵们。等卫兵们退开，伯爵示意邓克上前。“我没动这孩子一根汗毛。我做国王之手时，跟他爹很熟。我们得让梅卡亲王了解，一切都不关我的事。”

“他会了解的。”邓克保证。*这里到底发生了什么？*

“培克，全是培克干的，我向七神发誓。”巴特威伯爵把一只手放在祭坛上。“如有半句虚言，诸神降罚于我。是他通知我该请谁不该请谁，是他带来那个小冒牌货。你必须相信我，我从未想过参与任何谋反活动。当然，我不否认，汤姆•海德曾极力撺掇。他是我女婿，娶了我的长女，但我不会包庇他，他就是个叛徒。”

“他是你的代理骑士。”伊戈说，“如果他有份，你也不可能置身事外。”

管住舌头，邓克很想咆哮，你这张碎嘴会害死我们。但巴特威怕了：“殿下您有所不知，海德掌握着我的卫队。”

“你肯定还有些忠诚的卫兵。”伊戈说。

“几乎都在这里了，”巴特威伯爵可怜巴巴地坦白，“此外我只信得过几个人。我忏悔，是我平时太大意，但我绝不是叛徒。佛雷和我打一开始就不信培克大人的冒牌货。他甚至没有那把剑！若是真龙传人，寒铁会把黑火剑给他。这家伙只会谈论龙……疯子，疯子，愚蠢的疯子。”伯爵大人用袖子轻拭脸上汗水，“现在他们还拿走了蛋。那颗龙蛋是国王陛下亲自赏给我祖父，以奖励他忠诚服务的。今早我起来它还在那儿，我的守卫发誓没人出入卧室。也可能培克大人买通了他们，这不好说，总之蛋是没了。肯定被他们拿了，不然就是……”

不然就是龙孵化了，邓克心想，若一条活生生的龙再次出现在维斯特洛上空，拥有它的王裔必定一呼百应。“大人，”他说，“能否让我和我的……侍从说几句？”

“如你所愿，爵士。”巴特威伯爵跪下继续祈祷。

邓克把伊戈拽到一旁，单膝跪下，好面对面说话。“我想给你个大耳刮子，打得你脑袋朝后转，下半辈子都为这事后悔。”

“你确实应该，爵士。”伊戈至少知道脸红，“很抱歉，我只想给父亲送只乌鸦。”

好让我继续当骑士。这孩子是好意。邓克瞥了瞥作祈祷的巴特威。“你把他怎么了？”

“只是吓唬吓唬他，爵士。”

“嗯，这我看出来了，不到天亮，他的膝盖就会跪出茧子。”

“我想不出别的办法，爵士。我一亮出父亲的戒指，学士就把我送到了他们手里。”

“他们？”

“巴特威伯爵和佛雷侯爵，爵士，还有那些守卫。他们都慌了。有人偷走了龙蛋。”

“我希望不是你干的。”

伊戈摇摇头。“不是，爵士。学士把我的戒指拿给巴特威看，我就知道麻烦大了。我想过承认偷了龙蛋，但我觉得他不会信。后来我想起父亲提过血鸦大人的一句名言：宁教天下人怕我，休教我怕天下人。于是我告诉他们，是我父亲派我们来刺探，此刻他正率军北上。若不跟我们合作，供出叛国阴谋，他们便会人头落地。”他腼腆地一笑，“效果超乎预期，爵士。”

邓克想抓住这孩子的肩膀，晃到他牙齿打战。*这不是游戏*，他真想大叫，*这事关生死*。“佛雷侯爵全听到了？”

“是啊，他立马祝巴特威大人新婚快乐，自个儿打道回府了。于是这位大人就带我来这儿祈祷。”

佛雷可以脚底抹油，邓克心想，*巴特威却无处可逃。但他迟早会怀疑梅卡亲王的军队为何迟迟不现身*。“要是让培克大人知道你在城堡里——”

圣堂外门被轰然撞开。邓克转过身，正对上全身甲胄的黑汤姆·海德愤怒的目光，雨水从他湿透的披风不住滴下，又被他的脚踩成泥浆。十几名士兵紧随其后，手持长矛战斧。他们身后的天空划过一道蓝白相间的闪电，在白石地板上勾勒出冷峻的身影。裹挟着湿气的冷风席卷而入，圣堂内所有蜡烛都随之一暗。

噢，七层地狱啊。邓克只来得及冒出这一个想法，便听海德叫道：“那孩子在这儿，给我拿下。”

巴特威伯爵站了起来。“不行。站住。不准碰这个孩子。汤姆德，你意欲何为？”

海德一脸轻蔑：“我们家不是所有人血管里流的都是奶，大人。我要定了那小子。”

“你没搞清状况。”巴特威的声调变得又高又细，还带着颤音，“大势已去，佛雷大人跑了，其他人也会陆续离开。梅卡亲王正率军赶来。”

“那就更该拿孩子当人质。”

“不行，不行。”巴特威说，“我不想跟培克或他的冒牌货扯上瓜葛。我不想打仗。”

黑汤姆冷冷地看着自己的岳父。“懦夫。”他啐道，“你给我想清楚，不打仗只能等死。”他指指伊戈，“第一个碰他的赏一枚银鹿。”

“不，不。”巴特威转向自己的卫兵，“拦住他们，听到没？我命令你们，拦住他们。”前后两拨卫兵都迷惑地站在原地，不知该听谁的。

“非得我亲自动手？”黑汤姆抽出长剑。

邓克也抽出武器。“站到我后面，伊戈。”

“你们都放下武器！”巴特威尖叫，“圣堂里不能见血！汤姆德爵士，此人是王子的贴身护卫，他会杀了你的！”

“除非他压在我身上。”黑汤姆咧嘴大笑，“我见过他长枪比武的洋相。”

“我剑使得比枪好。”邓克警告他。海德对此嗤之以鼻，直接发起冲锋。

邓克粗暴地把伊戈拽到身后，迎上海德的剑。他稳稳接住黑汤姆的第一击，但对方砍在盾牌上力道太猛，令他缠了绷带的胳膊一阵剧痛。他朝海德的脑袋回敬一击，却被黑汤姆闪开，并同时挥剑反击。邓克用盾牌勉强接住，木屑四处翻飞。海德见状哈哈大笑，加紧了攻势，高削低砍，紧紧相逼。邓克用盾牌挡下每一击，但每一击都带来彻骨痛楚，他发觉自己步步后退。

“反击啊，爵士，”他听见伊戈在喊，“反击啊，反击啊，他就在你前面。”邓克嘴里泛着血味儿，更糟的是，伤口裂开了。他感到天旋地转。黑汤姆的剑几乎要把长长的风筝盾劈成碎片。*没有这堆橡木和铁皮，我早已下了地狱*，邓克想着，旋即记起自己端的是松木盾牌。顷刻间，他的背重重抵住了祭台，他踉跄着单膝跪地，再也无路可退。

“你不是骑士。”黑汤姆宣布，“哭鼻子了吧，呆子？”

那是因为疼痛。邓克忽然起身，将盾牌挥向对手。

黑汤姆摇晃着后退，但勉力保住了平衡。邓克不给他喘息之机，直接猛扑过去，用破烂的盾牌反复砸，凭借体格和纯粹的力量将海德驱赶到圣堂中间。然后他放开盾牌，挥出长剑。当钢铁划破羊毛，深深刺入大腿时，海德发出了惨叫。他绝望地挥剑狂砍，却让自己门户大开。邓克用盾牌挡下这一击，使尽全身力量还以颜色。

黑汤姆退了一步，恐怖地盯着掉在陌客祭坛前的前臂。“你，”他大口喘着粗气，“你，你……”

“我说过，”邓克一剑封喉，“我剑使得比枪好。”

黑汤姆身下的血泊不断扩散，两名士兵奔回了雨地里，剩下的只是手握长矛，不知所措，一边等着主人发话，一边打量邓克。

“这……太糊涂了。”巴特威最后说。他转向伊戈和邓克，“我们必须赶在那两人给葛蒙•培克通风报信之前离开白墙城，客人里向着他的比向着我的多。从北城墙的边门溜出去……来吧，抓紧时间。”

邓克重重地收剑入鞘。“伊戈，你跟巴特威大人走。”他一只手环住男孩，压低嗓音，“一有机会就分手，在他前骑雨水离开。去女泉城，那儿比君临近。”

“你呢，爵士？”

“别管我。”

“我是你的侍从。”

“没错，”邓克说，“所以你得听我的，否则就等着挨耳刮子。”

一群人正准备离开大厅，他们在门口停下，戴上兜帽遮雨。这群人中有老公牛，还有又喝醉了的瘦弱的卡斯威男爵。这两人看到邓克避之唯恐不及，莫蒂默•鲍格斯爵士虽饶有兴致地打量他，但半句话也不跟他说。乌瑟•昂德利夫倒是不客气：“你赴宴迟了，爵士，”他边说边戴上手套，“而且，你拿回了长剑。”

“如果你只关心这个，我会付赎金的。”邓克已扔掉了那面砸得稀烂的盾牌，垂下斗篷盖住伤臂上的血迹。“除非我死于非命，那样的话，我允许你搜掠我的尸体。”

乌瑟爵士听了大笑，“不知我嗅到的是勇气还是傻气，在我印象中，这两种气味太像了。接受我的邀请还不晚，爵士先生。”

“我从没想过接受。”邓克决然地说，不等回答就挤开对方，穿过双开大门。厅内弥漫着麦酒、烟尘和湿羊毛的味道。上方看台里，几名乐师演奏着轻柔的曲调。高桌边笑声连连，卡比•皮姆爵士和卢卡斯 • 内兰爵士在赌酒。高台上，培克大人和科托因大人谈得正欢，而安布罗斯•巴特威的新娘被孤零零地晾在高位上。

在下席，邓克看到凯勒爵士正借巴特威大人的麦酒浇愁。他的盘子里装满浓稠的炖汤，炖料用的是昨晚剩下的食物。在君临的食堂，人们管这叫“褐汤”。凯勒爵士明显对此毫无胃口，他一口没沾，任其冷掉，表面凝了一层薄薄的油膜。

邓克悄悄坐上他旁边的长凳。"凯勒爵士。"

雾原猫点点头，"邓肯爵士，来点麦酒么？"

"不了。"他最不需要的就是喝酒。

"你不舒服吗，爵士？恕我冒昧，你看起来——"

"——比我感觉的要好。加勒敦·波尔怎样了？"

"他们把他丢进了地牢。"凯勒爵士摇摇头，"管他是不是妓女生的，那孩子不像个贼。"

"他不是贼。"

凯勒爵士瞥了他一眼。"你的胳膊……怎么搞得——"

"匕首划的。"邓克皱眉看向高台。今天他两度死里逃生，他知道，这对绝大多数人来说够幸运了。呆子邓克，比城墙还笨。他站起来。"陛下！"他喊道。

周围的一些人放下勺子，停止交谈，纷纷看向他。

"陛下！"邓克提高声音，他踩在密尔地毯上，大步踏向高台。"戴蒙！"

现在半个大厅的人都安静下来。高桌旁，自称提琴手的男子转头朝他微笑。邓克注意到他穿了一件紫色上衣来赴宴。紫色，以衬托他的眼睛。"邓肯爵士，很高兴你来加入我们。我有什么可以为你效劳吗？"

"我要您还加勒敦·波尔，"邓克说，"一个公道！"

他的话在墙壁间回荡，大厅内的男女老少霎时间呆若木鸡。然后科托因大人一拳擂在桌上，咆哮起来："什么狗屁公道，早该吊死他！"十数个声音立刻附和，哈柏特·培吉爵士更声称："他是个私生子，私生子都是贼，非奸即盗。关键在于血统。"

邓克感到绝望。我孤立无援。但紧接着雾原镇之猫凯勒爵士站了起来，身体还在微微地晃。"也许那孩子的确是个私生子，诸位大人，即便如此，他也是火球的私生子。诚如哈柏特爵士所说，关键在于血统。”

戴蒙皱了皱眉。“没人比我更尊敬火球，”他说，“但我不相信这个虚伪的骑士是他的后代。他不仅偷盗龙蛋，还连害三命。”

“他既没偷东西，也没有杀人。”邓克坚持，“如果真的出了三条人命，那么真凶依然逍遥法外。陛下和我一样清楚，加勒敦爵士一整天都待在院子里，一场接一场地参赛。”

“是的，”戴蒙承认，“我起初也有怀疑。不过龙蛋却是在他的行李中找到的。”

“当真？龙蛋现在何处？”

葛蒙·培克伯爵抬起冰冷的双眼，盛气凌人地说：“龙蛋保管在守卫严密的安全地方，这与你何干，爵士？”

“请你拿出来。”邓克道，“我想再看它一眼，大人。之前太仓促了，不曾看仔细。”

培克眯起眼睛。“陛下，”他告诉戴蒙，“据我所知，这名雇佣骑士和加勒敦爵士一道不请自来地来到白墙城，很可能是同伙。”

邓克不理他。“陛下，培克大人在加勒敦爵士的随身物品中栽赃嫁祸。若您不信，就让他拿出来，亲自检查。我保证，那不过是一颗涂了油彩的石头。”

人群沸腾了。一百个声音同时开口，十几名骑士跳将起来。年轻的戴蒙看起来和加勒敦爵士被指控时一样茫然无措。“你喝多了吗，我的朋友？”

我宁愿是我喝多了。“我流了很多血，”邓克承认，“但脑袋还清醒。加勒敦爵士是被冤枉的。”

“为什么？”戴蒙疑惑地问。“如果如你所说，波尔是清白的，大人为何要说他偷了东西，还安排上色的石头作证据？”

“为了让他别挡你的道。大人用金子和承诺收买了您所有的对手，只有波尔不吃这套。”

提琴手满脸通红。“这不是真的。”

“这千真万确。带加勒敦爵士上来，您可以亲自询问。”

“我正有此意。培克大人，马上带私生子上来。龙蛋也带过来，我要仔细瞧瞧。”

葛蒙·培克憎恶地瞪了邓克一眼。“陛下，我们正审问私生子。请您放心，再过几小时，他的供书就会呈上。”

“审问？大人的意思是拷打吧。”邓克说，“再过几小时，恐怕加勒敦爵士会承认谋害了陛下的父王和兄长。”

“够了！”培克大人脸都气紫了，“再说一个字，休怪我把你的舌头连根拔下！”

“胡扯。”邓克说，“两个字了。”

“你会后悔的，”培克恶狠狠地威胁，“抓住他，锁进地牢！”

“住手，”戴蒙的声音静得怕人，“我要知道一切的真相。桑德兰、莱维尔、斯莫伍德，尔等带上人马，去地牢带加勒敦爵士。务必确保他人身安全，若有人胆敢阻挠，就说奉了国王的旨意。”

“遵命。”莱维尔伯爵答应。

“我会依照我父亲的方式解决此事。”提琴手声明，“加勒敦爵士被控身负重罪，作为骑士，他有权拿起武器捍卫自己。我将在比武场上与他一决高下，让天上诸神裁决他有罪或是无辜。”

无论英雄的血还是妓女的血，他都流得太多。邓克看着莱维尔伯爵的两名手下把赤身裸体的加勒敦爵士扔在他脚边时，心里想。

男孩被打得很惨，脸肿得奇形怪状，牙齿有的碎裂有的脱落，右眼一直在渗血，胸口上下遍布烙铁烫出的红色伤口。

“你安全了。”凯勒爵士低声说，“这里没有别人，大家都是雇佣骑士，诸神知道我们是好人。”戴蒙安排他们住进学士的房间，命令他们把加勒敦爵士身上的伤口都包扎好，做好比武准备。

为波尔洗脸洗手时，邓克发现男孩的左手被拔掉了三个指甲。这处伤势最让他担心，“你还握得住长枪吗？”

“长枪？”加勒敦爵士一开口，嘴里同时流出血水和唾沫。“我的十指都在？”

“都在，”邓克说，“但只剩七个指甲。”

波尔点点头：“黑汤姆打算砍我的手指，只是突然被叫走了。我要和他比试？”

“不，我杀了他。”

他笑了。“总得有人杀了他。”

“你将对决提琴手，他真名是——”

“——戴蒙，对吧？他们跟我说，他是条黑龙。”加勒敦爵士轻笑，“我父亲为黑龙而死，我本来很乐意替他效劳。我可以为他出生入死，上刀山下火海在所不辞，但不能假装输给他。”他扭头吐出一颗断牙，“能不能给我杯酒？”

“凯勒爵士，酒袋。”

男孩猛灌一大口，擦了擦嘴。“瞧我，抖得像个娘们儿。”

邓克皱紧眉，“你还能骑马吗？”

“帮我洗个澡，把我的盾牌、长枪和马鞍拿来，”加勒敦爵士说，“你会看到我还能做什么。”

直到破晓前，雨水才小到能进行比武。城堡院子成了烂泥塘，在上百支火炬的照耀下映出湿漉漉的微光。场地之外，灰雾升腾，犹如幽灵的手指，爬过苍白的石墙，握住城垛。许多婚礼宾客趁夜色溜走了，剩下的再次爬上看台，在湿透的松木板上就座。葛蒙·培克伯爵站在他们中间，身旁围了一圈下级领主和随从骑士。

邓克离开阿兰爵士才几年，侍从技巧尚未生疏。他帮加勒敦爵士扣紧不合身的铠甲，头盔跟护颈严丝合缝，再扶其上马，递来盾牌。前面的比试在木盾上留下几道深深的划痕，但熊熊燃烧的火球依然清晰可见。他看起来几乎和伊戈一般年纪，邓克心想，不过是个被吓坏的男孩，还有些倔强。他胯下的枣红母马迅捷又精神，但他应该骑自己的马。枣红战马也许饲养训练得更好，但骑士和自己的坐骑是一体的，这匹马对他而言太陌生了。

"给我枪，"加勒敦爵士说，"战枪。"

邓克跑到武器架前。之前所有比试用的都是比武长枪，战枪更短也更沉，八尺长的杨树枪杆前端有个铁尖。邓克选好一根，抽了出来，用手仔细滑过枪身，确保没有裂口。

场地远端，戴蒙的一名侍从为他拿了同样的长枪。他不再是提琴手了，他战马上的装饰也不再是金剑与提琴，取而代之的是黑火家族红底黑色的三头龙。王子还洗掉了黑色染发剂，瀑布般的银金长发倾泻到衣领，在火光下如熔金般熠熠生辉。伊戈若是不剃头，只怕也是这般模样，邓克发觉自己很难想象伊戈蓄发的样子，但他知道有朝一日必定能看到——假定他俩能活到那天的话。

司仪再次登台亮相。"私生子加勒敦爵士被控犯有偷窃和谋杀之罪行，"他宣告，"请上场证明自己的清白。黑火家族的戴蒙二世，安达尔人、洛伊拿人和先民的正统国王，七国统治者暨全境守护者，请上场证明对私生子加勒敦的指控真实可靠。"

突然之间，时光倒流，邓克又站在岑树滩上，倾听破矛者贝勒为拯救他的性命上场前的话语。他把战枪放回原处，抽出一根比武长枪——十二尺长，细长优雅。"用这个。"他告诉加勒敦爵士，"我们在岑树滩的七子审判中用的是这个。"

"提琴手选了战枪，他想杀我。"

"他得先打中你。只要你瞄得准，他的枪根本碰不到你。"

“我不确定。”

“我确定。”

加勒敦爵士一把抓过长枪，调转马头，小跑向比武场。“那么，愿七神保佑我俩。”

东方，一缕晨曦冲破了粉色天空。戴蒙用金马刺一踢马腹，犹如一道闪电冲来，他放平致命的枪尖，直指前方。加勒敦爵士举起盾牌，策马迎上，手中稍长的枪越过马头，指向年轻篡夺者的胸膛。两匹飞驰的马溅起翻飞泥水，两个骑士相遇的一刻，火把似乎散发出更明亮的光华。

邓克闭上双眼，耳畔传来一次撞击，一声叫喊，一人落马。

“不。”他听到培克大人痛苦的呼号，“不不不不不不！”这一刻，邓克几乎为他感到遗憾。他睁开眼睛，只见那匹高大的黑色种马小跑着，却没了骑手。邓克跳上前去，握住马缰。比武场另一头，加勒敦•波尔调转马头，高举破裂的长枪。人们冲进比武场，扶起趴在地上一动不动的提琴手，他的脸浸在水坑里，从头到脚沾满泥巴。

“烂泥龙！”有人高喊。笑声在比武场里扩散，此时朝阳终于洒入白墙城。

人群只哄闹了一阵，当邓克和凯勒爵士帮加勒敦・波尔下马时，第一声喇叭吹响，城墙上的哨兵举旗示警。一支大军浮现于晨雾中，将城堡团团围住。“伊戈竟没说错！”邓克震惊地对凯勒爵士说。

·

女泉城的慕顿伯爵、鸦树城的布莱伍德伯爵和暮谷城的达克林伯爵合并一处，加上从君临周围王领抽调的哈佛家、罗斯比家、史铎克渥斯家和马赛家的部队，以及国王的直属军——他们由三名御林铁卫统领，配属有三百名装备了惨白的鱼梁木长弓的鸦齿卫。连疯子丹奈尔·罗斯坦也率部离开赫伦堡的闹鬼塔楼，黑甲犹如铁手套般紧紧包裹住她的身躯，一头红发迎风飞舞。

五百根长枪和五千根长矛的锋利尖头反射着旭日的光明。夜里黯淡的旗帜如今披上了五彩羽衣。两条高贵的巨龙盘踞在黑暗的旗面上，凌驾于其他纹章——一条是伊里斯·坦格利安一世的三头巨兽，鲜红如火；另一条是白龙，振翅喷吐猩红火焰。

原来不是梅卡，看到旗帜，邓克明白了。盛夏厅亲王的标志是四条三头龙，两两相对，代表自己是已故戴伦·坦格利安二世国王的四子；一条白龙代表的是国王之手，布林登·河文公爵。

血鸦亲征白墙城。

第一次黑火叛乱在鲜血与荣耀中终结于红草原。第二次黑火叛乱则胎死腹中。“他们吓不倒我们，”小戴蒙在城垛上望着铁桶般的包围圈，宣布道，“因我们是正义的。我们会杀出一条血路，直捣君临！快快吹响战号！”

骑士、诸侯和士兵们却窃窃私语，有的已经开溜，躲进马厩、后门，或其他有希望苟延性命的角落。当戴蒙抽出长剑、举过头顶时，每个人都看出那不是黑火。“今日，我们将续写红草原的传奇。”篡夺者信誓旦旦。

“去你妈的，提琴小子。”一位年长的侍从吼回去，“老子还想多活两年咧。”

最后，戴蒙·黑火二世单枪匹马出城，在军前勒马叫阵，提出要跟血鸦公爵一对一决斗。“我愿跟你、跟懦夫伊里斯、抑或你指定的任何骑士交手。”但血鸦公爵的手下一拥而上，把他拽下马，戴上黄金镣铐。他的旗帜被扔到泥地里，付之一炬。火烧了很久，扭曲的烟柱盘旋升起，几里格外都能看见。

从头到尾只发生了一起流血事件。莱维尔大人的某位部下自吹是血鸦的眼线，并说很快就能领赏。“不出这月，我就能爽快地干女人，痛饮多恩红酒了。”他话音未落，就被一名科托因大人的骑士割了喉咙。“喝吧。”骑士眼看着莱维尔的人被自己的血呛死，“并非来自多恩，却也是红的。”

阴郁沉默的队伍走出白墙城大门，他们的武器堆成了一座闪闪发光的小山丘，然后他们被绑走，静候血鸦公爵发落。邓克、雾原镇之猫凯勒爵士和加勒敦·波尔爵士也在其中。他们试图寻找梅纳德爵士，但普棱昨晚就消失了。

下午晚些时候，御林铁卫罗兰·克雷赫爵士在一干犯人中找到邓克。“七层地狱啊，邓肯爵士，你藏哪儿去了？河文大人找了你好几个钟头。请跟我来。”

邓克跟他走了。克雷赫的长披风飘在身后，随风阵阵鼓动，洁白犹如月下新雪。此情此景让他回想起提琴手在塔顶说的话。*我梦见你一身白衣飘飘，长长的白袍从宽肩垂下。*邓克不禁嗤笑。*是啊，你还梦见石蛋里孵出魔龙。都不过是痴人说梦。*

首相的大帐离城半里，在一棵大榆树的树荫下。十几头奶牛在附近草坪上徜徉。*是非成败转头空，邓克心想，牛羊吃草鸟啄虫。*这是老阿兰的又一句口头禅。“如何处置他们呢？”穿过一队席地而坐的俘虏时，他问罗兰爵士。

“押回君临审判。骑士和士兵应该不会受严惩，他们不过是听命行事。”

“那领主们呢？”

“一部分会被赦免，只要如实招供，再交出一名子女做人质，确保以后忠心不贰；对那些在红草原已被赦免过一回的人就要严厉些了，他们可能会坐牢乃至被剥夺产业，罪大恶极的要掉脑袋。”

走到血鸦的帐篷边，邓克发现公爵已开始下手了。大帐入口两侧，葛蒙·培克和黑汤姆·海德的头插在长矛上，他们的盾牌陈列其下。*橙底上三个黑色城堡。他杀了铜分树村的罗杰。*

死去的葛蒙大人那双燧石般的眼睛依旧怒目圆睁。邓克帮它们阖上。“这又何必？”一名守卫问，“反正很快会被乌鸦吃掉。”

“这是我欠他的。”如果罗杰没死，老人看到在君临的小巷里追着猪跑的邓克时，肯定懒得看第二眼。过世的老国王把族剑传给了这个儿子而不是另一个，这便是故事的开头。如今我站在这里，可怜的罗杰却躺在坟墓中。

“首相等着呢。”罗兰·克雷赫催促。

邓克走过他身边，入帐觐见布林登·河文公爵，私生子、巫师和国王之手。

他发现伊戈就站在里面，沐浴一新，换上了符合国王侄子身份的华服。佛雷大人坐在旁边的行军折椅上，手拿一杯红酒，他那可恶的小继承人在他膝上扭个没完。巴特威大人也在……不过是双膝跪地，面色惨白，抖如筛糠。

“谋反罪不会因谋反者是个懦夫而减轻。”河文公爵宣布，“我听够了你的废话，安布罗斯大人，我顶多信一成。既然如此，我准你保留十分之一的财产，外加你新娶的老婆，希望你喜欢她。”

“白墙城呢？”巴特威颤抖着问。

“收归铁王座。我要把它一块块拆掉，在地基上撒盐，二十年后，没人会记得它的存在。愚蠢的老傻瓜和少不更事的叛徒至今还会去红草原里戴蒙·黑火倒下的地方种花，我不能让白墙城变成黑龙的第二座纪念碑。”他挥挥苍白的手掌。“快滚吧，臭虫。”

“首相慈悲。”巴特威踉跄着向外走。他太悲伤，甚至没认出擦肩而过的邓克。

“你也可以走了，佛雷大人。”河文命令，“我们稍后再谈。”

“谨遵首相谕旨。”佛雷带儿子离开了帐篷。国王之手随即转向邓克。

他比邓克记忆中老了一些，严苛的脸上添了许多风霜的线条，但他的皮肤依然苍白如骨，脸颊和脖子上丑陋的胎记也依然清晰——人们都说那像渡鸦。他穿着黑靴子，鲜红的外衣，外罩烟色披风，用铁手扣针别住。他的长发垂肩，又白又直，还拨到前面挡住了他在红草原被寒铁挖出的那只眼睛。剩下的一只是血红的。*血鸦大人有几只眼睛？一千零一只。*

“梅卡殿下让宝贝儿子跟着一名雇佣骑士，想必有他的考虑，”他说，“但我无法想象，这名雇佣骑士会把亲王的儿子带进一座乱臣贼子聚集的城堡。我怎会在毒蛇窝里找到我的侄孙，爵士？巴特威大人要我相信是梅卡亲王派你们来，假扮神秘骑士刺探叛乱底细，这可是真的？”

邓克单膝跪下。“不，大人。我是说，是的，大人。那是伊戈告诉他的。我是说，伊耿。伊耿王子。这部分是真的。但其他不是。”

“我明白了。这么说你俩是偶然得知这场篡位阴谋，随即打算凭一己之力挫败它，对吗？”

“也不是。实际上，我们只是……误打误撞。”

伊戈双手抱胸：“但在你带兵出现以前，一切都在我和邓肯爵士掌控之中。”

“我们并非孤立无援，大人。”邓克补充，“那些雇佣骑士帮了我们。”

“是的，大人，有雾原镇之猫凯勒爵士、梅纳德·普棱爵士，还有加勒敦·波尔爵士——就是他把提琴……篡夺者挑下了马。”

“哈，这故事我听无数人讲过了。褐柳院的私生子，妓女和叛徒的后代。”

“他是英雄的传人。”伊戈坚持，“若他也在俘虏之中，我希望你能释放并奖励他。”

“你凭什么对国王之手指手画脚？”

伊戈没退缩。“你知道我凭什么，叔祖。”

“你的侍从真无礼，爵士。”河文公爵告诉邓克，“你得好好敲打他。”

“我尽力了，大人。不管怎么说，他毕竟是王子。”

“没错，”血鸦道，“他是真龙传人。起来吧，爵士。”

邓克起身。

“早在征服战争之前，坦格利安家的人就会梦见未来之事。”血鸦说，“个别黑火家的人继承了这一天赋并不奇怪。戴蒙梦见一条龙诞生在白墙城，确实如此，那白痴只是弄错了颜色。”

邓克看向伊戈。*戒指，他看到了，他父亲的戒指。没藏在靴子里，而是戴在他手上。*

“我有点想带你回君临，”河文大人对伊戈说，“让你……在宫中做客。”

“我父亲不会喜欢这主意。”

“我想也是。梅卡殿下的脾性……有些……敏感。或许我该把你送回盛夏厅。”

“我的位置在邓肯爵士身边。我是他的侍从。”

“七神啊，随你们吧。你们可以走了。”

“我们可以走，”伊戈说，“但你得先给钱。邓肯爵士要付蜗牛赎金。”

血鸦大笑：“我在君临见过的那个害羞男孩怎么成了这样？就按你说的，我的王子。去找我的会计，要多少都行——当然得在合理范围之内。”

“只是借。”邓克坚持，“我会还的。”

“毫无疑问，等你学会长枪比武之后。”河文公爵挥挥手指，示意他们离开，然后展开一张羊皮纸，用鹅毛笔画掉一些名字。

他在决人生死，邓克明白。“大人，”他说，“我们在门外看到那些人头。那个……提琴手……戴蒙……会不会也被砍头？”

血鸦大人从羊皮纸上抬起头。“这要由伊里斯国王决定……但戴蒙有四个弟弟，还有其他姐妹，如果我傻到摘了他那颗漂亮脑袋，他母亲会伤心的，他的朋友会诅咒我为弑亲者，寒铁则会拥戴他弟弟哈耿。死去的小戴蒙便成了英雄，而苟活下去的他将是我同父异母兄弟未来的阴谋中最大的障碍。第二个黑火国王光明正大地活着，他怎能替第三个加冕？再说，如此高贵的俘虏对朝廷而言是不错的点缀，足以展示伊里斯国王陛下的仁爱之心。”

“我也有个问题。”伊戈道。

“我开始明白你父亲为何急于摆脱你了。你想问什么呢，侄孙？”

“谁拿了龙蛋？门口有守卫，台阶上更多，没可能悄无声息地溜进巴特威的卧室啊。”

河文公爵笑了，“要我猜，可能有人爬进了厕所的茅坑。”

“可茅坑太小。”

“对成人来说太小，但孩子可以。”

“或是侏儒。”邓克脱口而出。一千零一只眼睛，为什么不能有几只属于滑稽侏儒团呢？

附录

Appendix

主要出场家族介绍

黑火家族

黑火家族是坦格利安王族的分支，当国王伊耿四世亲手将族剑“黑火”授予私生子戴蒙之后，戴蒙创建了该家族（这件事发生在伊耿历184年）。黑火家族以红底上的黑色三头龙为家徽（不同于坦格利安家族的黑底上红色三头龙），以族剑“黑火”之名为家名。

黑火家族从一开始就是坦格利安王朝的不稳定因素，因为戴蒙·黑火乃是老王伊耿四世的长子，临死前被划归正统，自身又深得人望。戴蒙·黑火在坦格利安王朝蛰伏了十几年后，于伊耿历195年正式树起叛旗，宣布自己作为伊耿四世的长子和族剑传人，才是伊耿四世的正统继承人和铁王座的拥有者，而非当时的国王戴伦二世。黑火家族的叛乱吸引了大批诸侯支持，半个王国为他们而战，但在伊耿历196年的红草原决战中，戴蒙·黑火和他最大的两个儿子当场殒命，群龙无首的黑火叛乱遂被镇压。戴蒙剩下的五个儿子在伊耿四世的另一高贵私生子“寒铁”伊葛·河文的保护下流亡海外，寒铁还聚集流亡者们，建立了黄金团，伺机反攻维斯特洛，以将黑火家族推上铁王座。

第二次黑火叛乱发生于伊耿历212年，当时以葛蒙·培克为首的不满贵族，秘密迎回戴蒙·黑火的第三子戴蒙二世，企图于河间地的白墙城发起叛乱，但阴谋走漏，叛乱胎死腹中。虽然经历了这样的严重挫折，黑火家族仍在不断地与坦格利安王朝作对，有史可载的黑火叛乱就达到五次之多。

黑火家族最后的传人是“凶暴的”马里斯，黄金团团长。传说他在子宫中吃掉了自己的孪生弟弟，所以脖子上长出了一颗拳头大小的小脑袋，那便是他弟弟的残余。马里斯加入了“九人团”，九人团是当时自由贸易城邦一批野心勃勃的商人、佣兵和海盗的联合团体，他们企图打造自己的王国，人们称他们为“铜板王”，而这九个人发动的战争，被称为“九铜板王之战”。九人团一开始征服了争议之地，随后洗劫了泰洛西，接着又轻而易举地攻下石阶列岛。马里斯说服了同伴们将下一个目标顺理成章地定为跨过石阶列岛攻击维斯特洛本土。但坦格利安王室迅速作出反应，派军到石阶列岛堵截，巴利斯坦在这一战中杀入敌阵，一对一干掉了马里斯，就此终结了黑火家族。

黑火家族虽已绝嗣，但他们在厄斯索斯大陆流亡的数十年间，仍可能有其血统的后嗣留下，具体情况还是个谜。

家族成员

戴蒙·黑火

——伊耿·黑火，侍从，伊蒙·黑火的孪生哥哥，死于红草原之战。

——伊蒙·黑火，侍从，伊耿·黑火的孪生弟弟，死于红草原之战。

——戴蒙·黑火，

——哈耿·黑火，

——其他三个儿子

——“凶暴的”马里斯·黑火，最后的黑火家族男性传人，被巴利斯坦击毙于石阶列岛。

培克家族

培克家族原是河湾地的一大家族，他们一度拥有三座城堡，所以家徽是橙底上的三座黑城堡。

在黑火叛乱中，培克家族的族长葛蒙·培克伯爵——他同时也是当时武艺最高强的骑士之一——是戴蒙·黑火的忠实拥护者。叛乱被镇压后（伊耿历196年），葛蒙屈膝臣服，但其行为导致培克家族被削去两座城堡，只剩下星梭城。

葛蒙·培克并不甘心，十多年后（伊耿历212年），他秘密迎回戴蒙之子戴蒙二世（化名“提琴手约翰”），企图发动第二次黑火叛乱，却被血鸦公爵识破，自己也在白墙城下掉了脑袋。

在《冰与火之歌》故事发生时，培克家族的族长是提图斯·培克伯爵，他是泰温·兰尼斯特公爵的堂妹玛歌的丈夫。

另外，培克家族还有一些成员当年就随“寒铁”逃出了维斯特洛，传承一百多年后，培克家族的许多后人现在黄金团中效力，并参与了《冰与火之歌》故事中黄金团对维斯特洛的反攻。

家族成员

葛蒙·培克伯爵，前任族长。

提图斯·培克伯爵，现任族长。

在黄金团：

莱斯维尔·培克爵士，流亡者。

陶曼·培克，流亡者，莱斯维尔之弟。

派克伍德·培克，流亡者，莱斯维尔之弟。

巴特威家族

巴特威家族是河间地的家族，其家徽是绿、白、黄三色波浪，他们曾经的家堡是白墙城，但那个城堡由于成为发动“第二次黑火叛乱”的基地而被血鸦公爵拆毁。

巴特威家族一度极其富有、显赫，牛奶生意是他们主要的收入来源。他们的族长做过国王伊耿四世的国王之手，并因为在自家城堡招待了这位好色的国王一夜——有人说，那一夜国王让他们家三个女儿都怀了孩子——而获赠龙蛋。这位族长的孙子安布罗斯·巴特威伯爵又做了国王戴伦二世的国王之手。

然而安布罗斯·巴特威伯爵在黑火叛乱中首鼠两端，脚踩两条船，黑火叛乱爆发时，他作为国王之手，却只让长子支持戴伦国王，将次子派去支持戴蒙·黑火，试图两边沾光。他自己的表现也是极不称职，令时人以为他是秘密与戴蒙·黑火达成了协议。忍无可忍之下，戴伦国王在红草原决战前撤销了他的首相职务。

在红草原战场上，安布罗斯·巴特威分属两派的两个儿子双双殒命，第三子又死于春季大瘟疫，这样他就没有了直系后嗣，于是寻求与佛雷家族联婚。葛蒙·培克伯爵将这场到场贵族众多的婚礼视为发动“第二次黑火叛乱”的绝好机会，安布罗斯·布特威半心半意地参与了此次阴谋，并因阴谋败露而付出了惨痛代价：失去九成财富，白墙城被王室没收，并一块块拆毁，还在地基上撒盐，以防有人在此再度作乱。

巴特威家族在《冰与火之歌》的故事中并未出现，可能当时已经绝嗣或沦为次等家族。

家族成员

安布罗斯·巴特威伯爵，族长。

——三个儿子，两个死于红草原之战，一个死于春季大瘟疫。

——黑汤姆·海德爵士，安布罗斯的女婿。

佛索威家族

佛索威家族是河湾地的家族，直接效忠于高庭，他们的家徽原是黄底上的红苹果，伊耿历208年于岑树滩比武大会上分家之后，他们家的支系采用了黄底上的绿苹果为家徽。佛索威家族的家堡是果酒厅，位于舟徙河注入曼德河之处（分出来的绿苹果佛索威家以附近的新桶城为家堡）。他们的家族箴言是“尝尝荣耀”。

在《七王国的骑士》中，史蒂芬·佛索威爵士原本答应为雇佣骑士“高个”邓肯出战，却将之故意出卖给“明焰王子”伊利昂，他的堂弟雷蒙·佛索威义愤填膺，当即决定与本家决裂，将自己纹章上的红苹果改作绿苹果，并代表邓肯爵士出战。就这样，佛索威家族裂为了两支，而新分出的绿苹果佛索威家经过近一百年的发展，势力已接近本家。

在《冰与火之歌》故事中，红苹果佛索威家和绿苹果佛索威家起初均支持蓝礼国王，蓝礼死后又双双改事史坦尼斯国王。在君临城下的黑水河一战中，自由骑手罗索·布伦突破数十名佛索威士兵的包围，活捉绿苹果佛索威家的琼恩爵士，击毙红苹果佛索威家的布赖恩爵士和艾德威爵士，为自己赢得了“苹果食客罗索”的称号。战后，两家又均向乔佛里国王屈膝臣服，两家的军队后来也参加了乔佛里一方，北上讨伐。

家族成员

史蒂芬·佛索威爵士，来自佛索威家族本家。

雷蒙·佛索威爵士，史蒂芬爵士的堂弟，青苹果佛索威家的建立者。

琼恩·佛索威爵士，青苹果佛索威家家主。
——他的妻子，洁娜夫人，高庭公爵梅斯·提利尔之妹。

布莱恩·佛索威爵士，出自红苹果佛索威家，死于黑水河之战。
艾德威·佛索威爵士，出自红苹果佛索威家，死于黑水河之战。
坦通·佛索威爵士，出自红苹果佛索威家。

简妮夫人，雷顿·海塔尔伯爵的九子冈梭尔·海塔尔爵士的妻子，出于红苹果或绿苹果佛索威家未知。

莱昂妮夫人，梅斯·提利尔公爵的次子加兰爵士的妻子，出于红苹果或绿苹果佛索威家未知。

亚耐尔爵士，守夜人，母亲出自绿苹果佛索威家。

埃伍德·梅斗伯爵，佛索威家的表亲。

维伯家族

维伯家族是河湾地效忠于罗宛家族旗下的次等家族，他们的家徽是黑底银网上的斑点蜘蛛，他们的家堡是梅葛一世国王从他们的邻居奥斯格雷家族那里没收、转赐他们的冷壕堡。在《七王国的骑士》时代，维伯家族的族长是做过四次寡妇的罗翰妮夫人，由于名声不佳，她又被称为“红寡妇”。

罗翰妮夫人的父亲，威曼·维伯子爵，在黑火叛乱中支持戴伦国王一方，率兵出征，并战死于红草原。由于女儿拒绝接受威曼子爵安排的婚事，威曼子爵遂在遗嘱中写明，如果罗翰妮夫人在父亲的第二个周年祭日时还未结婚，维伯家族的家业就将传给堂弟文德尔·维伯爵士。幸亏有雇佣骑士“高个”邓肯爵士的调解，最终罗翰妮夫人与奥斯格雷爵士得以成婚。

在《冰与火之歌》故事中，雇佣兵团“风吹团”里有一个姓维伯的佣兵，头、胸和胳膊上都有蜘蛛文身，并且声称在维斯特洛拥有失去的领地，此人很可能是维伯家族的后人。

家族成员

雷纳德·维伯子爵，前任族长。

威曼·维伯子爵，前任族长。

——罗翰妮夫人，威曼子爵之女，族长。

——文德尔·维伯爵士，威曼子爵的堂弟，冷壕堡的继承人。

——其妻，罗宛伯爵之妹。

维伯，风吹团佣兵，疑似维伯家族后人。

奥斯格雷家族

奥斯格雷家族是河湾地一支历史悠久的家族，曾是河湾地强盛的家族之一，但目前家道衰落，仅仅作为有产骑士（即不再拥有领主头衔），效忠于罗宛家族旗下，领有的城堡也仅剩昔日的一座瞭望塔“坚定堡”。他们的家徽是白底上由绿色和金色格子拼成的方格狮子。

奥斯格雷家族长期效忠服务于河湾地的国王园丁家族，在伊耿征服之前长达一千年的时间里，他们被封为河湾王国的北疆边帅，总领王国北方防务，主要是时刻抵御凯岩王国的入侵（他们家的一员，“幼狮”威尔伯特·奥斯格雷爵士甚至杀掉了凯岩国王蓝赛尔五世）。奥斯格雷家族最盛时，拥有四座城堡（其中包括冷壕堡）和辽阔领地，以及二十个次等家族与一百名有产骑士的效忠。

当园丁家族与征服者伊耿作对，在“怒火燎原”一役中灰飞烟灭后，奥斯格雷家族的好日子也到头了。奥蒙德·奥斯格雷伯爵由于反对梅葛一世国王镇压教会武装组织“穷人集会”和“战士之子”而被剥夺了冷壕堡（奥斯格雷家族也在这段时间前后被降格为有产骑士，最终沦落到只剩下坚定堡这一座塔楼的地步）。尤斯塔斯·奥斯格雷爵士以戴蒙·黑火忠实拥护者的身份参加了黑火叛乱，戴蒙·黑火许诺将冷壕堡还给奥斯格雷家族，结果红草原一战，奥斯格雷爵士失去了三个儿子，唯一的女儿作为人质也在随后于君临肆虐的春季大瘟疫中过世。

《冰与火之歌》故事中并未出现奥斯格雷家族。

家族成员

“幼狮”威尔伯特·奥斯格雷爵士，当时奥斯格雷家族五兄弟中的幼弟。

“骄傲的”派温·奥斯格雷伯爵，前任族长。

奥蒙德·奥斯格雷伯爵，前任族长。

尤斯塔斯·奥斯格雷爵士，族长。

——艾德温·奥斯格雷爵士，长子，死于红草原之战。

——哈罗德·奥斯格雷爵士，次子，死于红草原之战。

——亚当·奥斯格雷，侍从，死于红草原之战。

——亚莉珊，四女，死于君临爆发的春季大瘟疫。

——叶子湖的奥斯格雷家，为奥斯格雷本家的分支，目前已消亡。

坦格利安家族谱系简表

（自“黑火叛乱”到《冰与火之歌》）

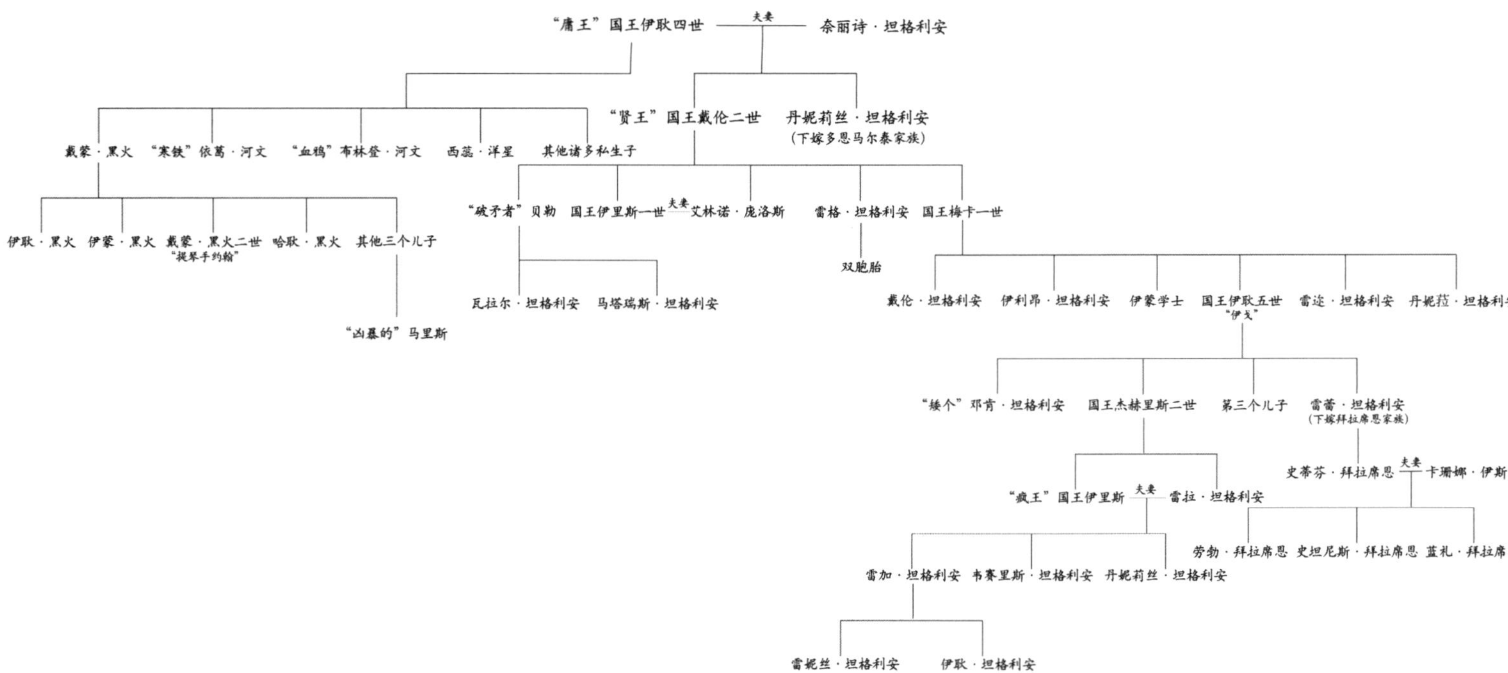